Falcó

ARTURO PÉREZ-REVERTE

roman

TRADUIT DE L'ESPAGNOL
PAR GABRIEL IACULLI

ÉDITIONS DU SEUIL
25, bd Romain-Rolland, Paris XIVe

Les citations en exergue :

Charles Plisnier, *Faux passeports*
© Espace Nord, 2005

John Dos Passos, *La Belle Vie*
traduit de l'anglais par Maurice-Edgar Coindreau
et C. Richard
© Mercure de France, 1968, pour la traduction française

Titre original : *Falcó*
Éditeur original : Alfaguara, Penguin Random House
Grupo Editorial
ISBN original 978-84-204-1968-8
© Arturo Pérez-Reverte, 2016

ISBN 978-2-02-136733-1

© Éditions du Seuil, octobre 2018,
pour la traduction française

www.seuil.com

Je ne crois pas en ceux qui ont une maison, un lit, une famille et des amis.

CHARLES PLISNIER, *Faux passeports*

L'Enfer, nom de Dieu, est un sacré stimulant.

JOHN DOS PASSOS, *La Belle Vie*

Bien qu'inspiré de faits réels, **Falcó** *est un roman dont l'intrigue et les personnages sont imaginaires. L'auteur a altéré certains personnages historiques secondaires selon les besoins de la fiction.*

1

TRAINS DE NUIT

La femme qui allait mourir parlait depuis une dizaine de minutes dans le wagon de première classe. Sa conversation était banale, inintéressante : la saison à Biarritz, le dernier film de Clark Gable et de Joan Crawford. Elle n'avait mentionné la guerre d'Espagne qu'une ou deux fois en passant. Lorenzo Falcó l'écoutait, une cigarette à demi consumée entre ses doigts, jambes croisées, en évitant de trop écraser le pli de son pantalon de flanelle. La femme était assise près de la fenêtre, derrière laquelle défilait la nuit, Falcó sur la banquette en face, près de la porte qui donnait sur le couloir de la voiture. Ils étaient seuls dans le compartiment.

– C'était Jean Harlow, dit Falcó.

– Pardon ?

– Harlow. Jean... Celle de *La Malle de Singapour*. Avec Clark Gable.

– Ah.

Elle le regarda sans ciller pendant trois secondes de plus qu'il ne le fallait. Toutes les femmes accordaient à Falcó au moins ces trois secondes. Il l'examina encore quelques instants, appréciant les bas de soie avec couture, les chaussures de bonne qualité, le chapeau et le sac posés sur le siège voisin, la robe élégante de chez Vionnet, qui contrastait un peu, aux yeux d'un fin observateur – et il en était un –, avec le physique vaguement vulgaire de la voyageuse, dont l'affectation était un autre indice révélateur. Elle avait ouvert son sac et retouchait ses lèvres et ses sourcils, en affichant des manières et une éducation qui lui faisaient en réalité défaut. Une couverture judicieuse, se dit Falcó. Élaborée. Mais loin d'être parfaite.

– Et vous ? Vous vous rendez aussi à Barcelone ? demanda-t-elle.

– Oui.

– Malgré la guerre ?

– Je suis un homme d'affaires. La guerre est défavorable aux uns et favorable aux autres.

Une ombre de mépris, aussitôt chassée, voila le regard de la femme.

– Je comprends.

La locomotive, trois wagons à l'avant, lança un long sifflement et la trépidation des bogies s'intensifia quand l'express aborda une longue courbe. Falcó consulta sa Patek Philippe à son poignet gauche. Dans un quart d'heure, le train s'arrêterait cinq minutes en gare de Narbonne.

– Excusez-moi, dit-il.

Il écrasa sa cigarette dans le cendrier logé à l'extrémité de l'accoudoir de son siège et se leva en lissant les pans de son veston, après avoir ajusté son nœud de cravate. C'est à peine s'il jeta un coup d'œil au filet du porte-bagages, au-dessus de lui, où il avait rangé son chapeau, sa gabardine et une valise en cuir de porc fatiguée dans laquelle il n'y avait que quelques vieux livres destinés à lui donner un poids apparent. L'indispensable, il le portait sur lui : son passeport, son portefeuille avec des devises françaises, allemandes et suisses, un tube de Cafiaspirina – des comprimés combinant aspirine et caféine –, un étui à cigarettes en écaille, un briquet en argent et un Browning 9 mm avec six balles dans le chargeur. Prendre son chapeau pouvait éveiller les soupçons de la femme, aussi se borna-t-il à saisir la gabardine, en adressant un adieu silencieux et peiné à l'impeccable Trilby de feutre marron.

– Avec votre permission, ajouta-t-il en ouvrant la porte coulissante.

Quand il regarda la femme pour la dernière fois, avant de sortir, celle-ci avait tourné la tête et son profil se reflétait dans la vitre obscure de la fenêtre. Il accorda un ultime coup d'œil à ses jambes. Elles étaient belles, conclut-il, équanime. Son visage, quelconque, devait beaucoup au maquillage, mais sa robe moulait des formes dont les jambes confirmaient la suggestivité.

Dans le couloir, il y avait un homme de petite stature vêtu d'un long manteau en poil de chameau, chaussé de souliers bicolores et coiffé d'un chapeau noir aux très larges bords. Ses yeux étaient saillants, et il ressemblait vaguement à l'acteur américain George Raft. Quand Falcó s'arrêta près de lui, l'air de rien, il sentit une forte odeur de brillantine parfumée à l'eau de rose. Presque désagréable.

– C'est elle ? murmura le gringalet.

Falcó acquiesça en sortant de l'étui en écaille une nouvelle cigarette qu'il glissa entre ses lèvres. La petite bouche vermeille et cruelle de l'homme au long manteau se tordit.

– C'est sûr ?

Sans lui répondre, Falcó alluma sa cigarette et s'éloigna jusqu'à l'extrémité du wagon. En arrivant sur la plate-forme, il se retourna et vit que l'individu n'était plus dans le couloir. Il fuma, adossé à la porte des toilettes, immobile, près du soufflet qui reliait cette voiture à la suivante, en écoutant le fracas assourdissant des roues sur les voies. À Salamanque, l'Amiral avait beaucoup insisté pour que ce ne soit pas à lui d'exécuter le côté technique de l'affaire : on ne veut pas te griller, ni prendre de risque si quelque chose tourne mal, telle avait été la conclusion. L'ordre. Cette femme ira de Paris à Barcelone sans escorte. Contente-toi de la trouver et de l'identifier, puis fiche le camp. Paquito

Araña se chargera du reste. Tu sais. À sa manière subtile. Ce genre de travail lui va comme un gant.

Le sifflet de la locomotive retentit une nouvelle fois. Le train ralentissait et l'on commençait à apercevoir des lumières qui défilaient toujours plus lentement. Le tinta-marre des bogies devint plus modéré et moins rythmique. En uniforme bleu, coiffé de sa casquette, le contrôleur, apparut au bout du couloir en annonçant : « Narbonne, cinq minutes d'arrêt », et sa présence mit en alerte Falcó qui, tendu, le regarda approcher et passer devant le compartiment que lui-même venait de quitter. Mais rien n'attira l'attention de l'homme – sans doute Araña avait-il baissé les rideaux –, qui arriva près de Falcó après avoir répété : « Narbonne, cinq minutes d'arrêt » et franchit le soufflet vers le wagon suivant.

Il n'y avait pas grand monde sur le quai : une demi-douzaine de voyageurs descendus du train avec leurs valises, le chef de gare qui, casquette rouge sur la tête et lanterne à la main, marchait sans hâte vers l'avant du train, et un gendarme qui visiblement s'ennuyait, couvert d'une courte pèlerine et planté près de la sortie mains croisées derrière le dos, les yeux rivés sur l'horloge pendue à l'auvent, dont les aiguilles indiquaient 0 h 45. Tandis qu'il passait devant, Falcó jeta un regard vers le compartiment où était restée la femme. Les rideaux étaient baissés. Il remarqua aussi qu'Araña, descendu par la porte du wagon voisin, marchait à une douzaine de pas derrière lui.

En tête du train, le chef de gare agita sa lanterne et lança un coup de sifflet. La locomotive laissa échapper un nuage de vapeur et s'ébranla, entraînant les autres voitures. Au même moment, Falcó entrait dans la gare, traversait le hall et sortait de l'autre côté dans la rue, sous la lumière jaunâtre des lampadaires qui éclairait un mur couvert de panneaux publicitaires et une Peugeot garée au bord d'un trottoir peu après la station de taxis, à l'endroit convenu.

Il s'arrêta un instant, juste ce qu'il fallait pour permettre à Araña de le rattraper, et il ne dut même pas se retourner, parce que l'odeur de la brillantine et de l'eau de rose lui annonça que son acolyte l'avait rejoint.

– C'était bien elle, confirma Araña.

Tout en disant cela, il tendit à Falcó un petit portefeuille en cuir. Puis, mains dans les poches de son manteau et chapeau incliné sur son front, il s'éloigna d'un pas court et rapide dans la vague lumière jaune de la rue et alla se perdre dans l'ombre. De son côté, Falcó se dirigea vers la Peugeot, dont le moteur tournait et dans laquelle une silhouette noire, immobile, était au volant. Il ouvrit la portière arrière, s'assit sur le siège, posa sa gabardine à côté de lui et le portefeuille sur ses genoux.

– Vous avez une lampe de poche ?

– Oui.

– Donnez-la-moi.

Le chauffeur lui tendit une torche électrique, passa en première et démarra. Les phares éclairèrent des rues désertes, puis la périphérie de la ville, et le véhicule s'engagea sur une route flanquée d'arbres aux troncs chaulés. Falcó dirigea le faisceau de lumière sur le contenu du portefeuille : des lettres, des documents dactylographiés, un agenda renfermant numéros de téléphone et adresses, deux coupures de presse allemande, un laissez-passer avec photographie et cachet de la Généralité de Catalogne au nom de Luisa Rovira Balcells. Quatre des documents portaient des tampons du parti communiste espagnol. Il remit le tout dans le portefeuille, posa la torche près de lui, se rencogna sur le siège, ferma les yeux et appuya sa tête au dossier après avoir desserré son nœud de cravate et s'être couvert avec sa gabardine. Même à présent, détendu par le sommeil qui le gagnait, son visage anguleux et attrayant, où commençait à pointer une barbe qu'il ne s'était pas rasée depuis des heures, ne perdait rien de son expression habituelle, enjouée et sympathique malgré le rictus de dureté cruelle qui pouvait l'assombrir de façon inquiétante ; on aurait dit que celui qui l'affichait était sans cesse accaparé par une plaisanterie tragi-comique, universelle, à laquelle il n'était pas étranger.

Les arbres badigeonnés de blanc continuaient de défiler dans la lumière des phares, de part et d'autre de la route. Avant qu'il ne s'endorme bercé par le balancement de l'automobile, la dernière pensée de Falcó fut pour les jambes de la femme morte. Dommage, conclut-il, en s'abandonnant au sommeil. Quel gâchis. En d'autres circonstances, il n'aurait pas refusé de passer entre elles une longue nuit.

– Nous avons une nouvelle affaire, dit l'Amiral.

Derrière lui, de l'autre côté de la fenêtre, le dôme de la cathédrale de Salamanque se dressait par-dessus la cime encore dénudée des arbres de la place. En se déplaçant dans le contre-jour, le chef du Snio, le Service national du renseignement et des opérations, alla vers la grande carte de la Péninsule qui occupait la moitié d'un mur, près des alignements de l'encyclopédie Espasa et du portrait du Caudillo.

– Une affaire trouble et merdique, reprit-il.

Sur ces mots, il sortit un mouchoir froissé de la poche de son gilet en laine – il ne portait jamais l'uniforme dans son bureau –, se moucha bruyamment et regarda Lorenzo Falcó comme si celui-ci était responsable de son refroidissement. Puis, tout en remettant à sa place le carré de tissu, il jeta un œil vif sur la partie inférieure droite de la carte, qu'il désigna d'un geste vague.

– Alicante, dit-il.

– Zone rouge, remarqua Falcó sans nécessité, et l'autre le considéra tout d'abord avec attention, puis avec mécontentement.

– Évidemment que c'est en zone rouge, répondit-il avec aigreur.

Il avait perçu l'insolence de son agent. Falcó n'était que depuis la veille à Salamanque, après un inconfortable voyage dans le sud de la France jusqu'à la frontière, à Irún. Avant cela, il avait effectué une mission difficile à Barcelone, qui était en zone républicaine. Depuis le début du soulèvement militaire, il n'avait pas eu un jour de repos.

– Tu auras tout le temps de te reposer quand tu seras mort.

L'Amiral rit légèrement de sa propre plaisanterie, d'un rire sombre, destiné à lui seul. Falcó se dit que l'humour de son chef frôlait parfois le sinistre ; et ce plus encore depuis que son fils unique, un jeune enseigne de vaisseau, avait été assassiné à bord du croiseur *Libertad* avec les autres officiers de bord, le 3 août. Cette humeur mordante et un peu macabre était sa marque de fabrique, même lorsqu'il envoyait un agent du Grupo Lucero – section chargée des opérations spéciales – se faire écorcher vif dans une « tchéka » derrière les lignes ennemies. « Comme ça, ta veuve saura enfin où tu dors », était-il capable de dire, entre autres blagues du même acabit, qui n'avaient rien de drôle. Mais au point où l'on en était, après quatre mois de guerre civile et une douzaine d'agents perdus ici et là, ce ton rude et cynique était devenu le style propre à tout le service. Même les secrétaires, les responsables des écoutes et du chiffre l'employaient. De plus, cette tournure d'esprit était à sa mesure : galicien de Betanzos, maigre, court de taille, avec une épaisse tignasse grise et une moustache jaune de nicotine qui couvrait complètement sa lèvre supérieure, l'Amiral avait un grand nez, des sourcils hirsutes et l'œil droit – le gauche était en verre – très noir, sévère et vif, d'une extrême intelligence, dans lequel les mots *rouge* ou *ennemi* ne manquaient pas de faire apparaître une rancune rassise. Pour résumer, le responsable du noyau dur de l'espionnage franquiste était petit, malin, sombre et terrible. Au quartier général de Salamanque, on l'appelait *le Sanglier*. Mais jamais devant lui.

– Je peux fumer ?

– Non, bordel. Tu ne peux pas fumer. – Il jeta un regard de regret sur la pipe posée sur la table. – J'ai une crève de tous les diables.

Bien que son chef fût debout, Falcó restait assis. C'étaient de vieilles connaissances, du temps où l'Amiral, alors capitaine de vaisseau et attaché naval à Istanbul, avait organisé en Méditerranée orientale les services du renseignement pour la jeune République espagnole, avant de passer du côté des franquistes quand la Guerre civile avait éclaté. Tous deux s'étaient rencontrés pour la première fois à Istanbul, bien avant la guerre, lors d'une affaire de trafic d'armes destinées aux Irlandais de l'IRA, pour lesquels Falcó travaillait comme intermédiaire.

– J'ai trouvé quelque chose pour vous, annonça-t-il.

Tout en disant cela, il tira de la poche de son veston une enveloppe qu'il posa sur la table, près de l'Amiral. Celui-ci l'observait, curieux. L'œil de verre, d'une couleur légèrement plus claire que celle de l'œil naturel, donnait à son regard un curieux strabisme bicolore qui inquiétait le plus souvent ses interlocuteurs. Au bout d'un instant, il ouvrit l'enveloppe et en sortit un timbre postal.

– Je ne sais pas si vous avez celui-ci, dit Falcó. Il est de 1850.

L'Amiral le fit tourner entre ses doigts et l'examina à contre-jour dans la lumière de la fenêtre. Pour finir, il ouvrit un tiroir de son bureau plein de pipes et de boîtes de tabac, y prit une loupe et étudia la vignette avec attention.

– Noir sur bleu, confirma-t-il, satisfait. Et non oblitéré. Le Numéro 1 de Hanovre.

– C'est ce que m'a dit le philatéliste.

– Où l'as-tu acheté ?

– À Hendaye, avant de passer la frontière.

– Il vaut au moins quatre mille francs sur catalogue.

– Je l'ai payé cinq mille.

L'Amiral alla jusqu'à une armoire, en sortit un album dans lequel il rangea le timbre.

– Ajoute ça sur ta note de frais.

– C'est déjà fait... Que se passe-t-il à Alicante ?

L'Amiral ferma doucement l'armoire. Puis il se tapota l'aile du nez, regarda la carte, et refit le même geste.

– Nous avons le temps. Deux jours, au moins.

– Je dois m'y rendre ?

– Oui.

C'est curieux que ce monosyllabe puisse recouvrir tant de choses, se dit Falcó, ironique. Le passage d'une zone à l'autre, l'incertitude familière de se savoir une fois de plus en territoire ennemi, le danger, la peur. Peut-être aussi la prison, la torture et la mort : une aube grise face à un peloton d'exécution, ou une balle dans la nuque au fond d'un sous-sol lugubre. Un cadavre anonyme dans un fossé ou une fosse commune. Une pelletée de chaux vive, et tout serait terminé. Un moment, il se remémora la femme du train, quelques jours plus tôt, et nota avec une moue résignée, fataliste, qu'il commençait à oublier son visage.

– Profites-en, en attendant, lui conseilla l'Amiral. Détends-toi.

– Quand me mettrez-vous au courant ?

– Cette fois, nous le ferons par étapes. La première est pour demain, avec les gens du SIIF.

Falcó haussa un sourcil, contrarié. C'était là le sigle du Service du renseignement et des enquêtes de la Phalange, la milice paramilitaire fasciste. La partie la plus idéologisée et la plus dure du Mouvement national[1] présidé par le général Franco.

— Qu'est-ce que la Phalange a à voir avec ça ?

— Quelque chose. Tu le sauras. Nous devons rencontrer à dix heures Ángel Luis Poveda... Oui. Cette saleté. Ne fais pas cette tête.

L'expression de contrariété s'effaça du visage de Falcó. Poveda était le chef du SIIF. Un phalangiste des premiers temps, une chemise bleue de la ligne la plus dure, un Sévillan qui s'était taillé une réputation en Andalousie dès le début du soulèvement national en fusillant sur ordre du général Queipo de Llano des syndicalistes et des instituteurs.

— Je croyais que nous devions toujours agir seuls. Pour notre compte.

— Eh bien, tu vois que ce n'est pas le cas. Ce sont les ordres du Généralissime en personne... Cette fois, nous opérons en coordination avec la Phalange, et ce n'est pas tout : les Allemands sont impliqués, eux aussi, et je prie le ciel que les Italiens n'interviennent pas. J'ai vu Schröter, il y a un moment, à ce sujet.

Falcó allait de surprise en surprise. Il ne connaissait pas personnellement Hans Schröter – que la sempiternelle gouaille espagnole avait rebaptisé Juanito Escroto, quelque chose comme Juanito Scrotum –, mais il savait que l'homme était à la tête des agents secrets nazis en territoire contrôlé par l'armée séditieuse, et qu'il était en ligne directe avec l'amiral Canaris, à Berlin. Tout le quartier général franquiste de Salamanque grouillait d'agents et de services secrets nationaux et étrangers. L'Abwehr, le service de renseignement de l'état-major allemand, menait ses opérations conjointement avec le Servizio informazioni militare

1. Né à partir du soulèvement militaire du 18 juillet 1936. Les membres et les sympathisants de ce mouvement sont appelés les « nationaux ». (*Toutes les notes sont du traducteur.*)

italien, en plus des multiples organismes d'espionnage et de contre-espionnage espagnols qui rivalisaient entre eux et se gênaient souvent les uns les autres : les phalangistes du SIIF ; les militaires du SIM, le Service d'investigation militaire de l'armée de terre ; celui de la marine ; les réseaux d'espionnage civil du nord-est de l'Espagne, le SIFNE ; ceux implantés en France – sous le nom de MAPEBA ; la direction de la police et de la sûreté et d'autres organismes mineurs. Quant au SNIO, dirigé par l'Amiral et dépendant du quartier général, sous l'autorité directe de Nicolás Franco, le frère du Caudillo, il était spécialisé dans l'infiltration, le sabotage et l'élimination des éléments hostiles, en zone républicaine comme à l'étranger. C'était dans ce service que s'insérait le Grupo Lucero, auquel appartenait Lorenzo Falcó ; une équipe d'élite réduite, composée d'hommes et de femmes, qui, dans le jargon des services secrets locaux, était connue comme « le groupe des affaires sales ».

– Ce soir, une fête est organisée au Casino pour la réception de l'ambassadeur d'Italie. Sa légation va s'installer à l'étage au-dessus. Il y aura beaucoup de monde. Si le cœur t'en dit…

Falcó l'examina avec curiosité. Il avait l'intuition que son chef l'aimait bien – « Tu me fais un peu penser à mon fils », avait-il laissé échapper un jour –, mais il le savait guère soucieux de ses distractions mondaines comme de celles de n'importe quel autre de ses subordonnés. L'Amiral, interprétant ce regard, esquissa un sourire plutôt mordant.

– Hans Schröter sera là lui aussi… Je vous ai préparé une brève rencontre, un entretien de quelques minutes. En privé. Il veut te connaître, mais sans attirer l'attention. Ni visite dans un bureau ni rien de pareil.

– Que dois-je lui dire ?

– Rien. – L'Amiral se moucha de nouveau. – Conversation anodine. Tu te tais, tu te laisses examiner, sans broncher et sans souffler mot. Pour tâter le terrain. Il a entendu parler de toi et il veut se faire sa petite idée.

– Compris. Voir, écouter et se taire.

– C'est cela même... Ah, et il y aura aussi un autre Allemand, que nous connaissons, toi et moi. Wolfgang Lenz.

– Celui de la Rheinmetall ?

– Lui-même. Avec sa femme, il me semble... Ute, je crois. Ou Greta. Quelque chose comme ça. Un nom court. Petra, peut-être.

– Je la connais.

L'Amiral lui adressa un sourire torve, prêt à ne s'étonner de rien. Ils se fréquentaient depuis trop longtemps.

– Bibliquement ?

– Non, seulement de vue. Nous les avons croisés, elle et son mari, à un dîner, à Zagreb, l'an passé. Vous vous en souvenez ? Vous étiez là.

– Je m'en souviens, bien sûr. – La grimace de l'Amiral se mua en un rire méprisant. – Une grande blonde, avec un décolleté dans le dos qui montrait jusqu'à son cul. Putasse comme toutes les Allemandes... Te connaissant, je suis surpris que tu n'aies pas mordu à l'hameçon.

Falcó sourit, évasif, comme pour se disculper.

– C'est que je mordais à d'autres appâts, Amiral.

– Évidemment. – Le regard posé sur lui, distrait, indiquait que son chef pensait à autre chose. – Mais maintenant qu'ils sont là, il faut voir quel matériel ils peuvent nous fourguer. Invités très spéciaux et raseurs en tout genre.

– En rapport avec l'affaire d'Alicante ?

L'index de l'Amiral visa Falcó comme le canon d'un pistolet chargé.

– Je n'ai jamais parlé d'Alicante... Pigé, gamin ?

– Pigé.

L'œil droit était devenu plus dur, plus sévère.

– Je n'ai mentionné ni ce putain d'endroit ni aucun autre.

– Bien sûr que non.

– Alors, arrête de faire le malin, décolle tes fesses de cette chaise et fous le camp. Je te retrouve demain matin à dix heures moins le quart rue du Consuelo, pour voir Poveda... Ah. Et veille à venir en uniforme.

– En uniforme ? Vous êtes sérieux ?

– Évidemment. Tu l'as encore, je suppose, si les mites ne l'ont pas bouffé.

Falcó se leva, lentement. Surpris. Il n'était pas militaire, tout au contraire. En 1918, il avait été expulsé avec un blâme de l'École navale à la suite d'une scandaleuse affaire impliquant la femme d'un professeur et une bagarre avec le mari dans l'amphithéâtre, en plein cours sur les torpilles et autres armes sous-marines. Toutefois, quand la guerre avait éclaté, l'Amiral s'était débrouillé pour lui obtenir un grade provisoire de lieutenant de vaisseau des forces navales, afin de lui faciliter la tâche. Rien n'ouvrait autant de portes dans l'Espagne nationale que quelques galons ou des étoiles au revers du poignet.

– Les phalangistes sont très sensibles à l'uniforme, dit l'Amiral alors que Falcó se préparait à sortir. Comme ça, nous allons partir du bon pied.

Arrivé à la porte, Falcó se retourna et d'un geste caricatural fit mine de se mettre au garde-à-vous.

– Et quand je suis en uniforme, je dois vous dire « à vos ordres », Amiral ?

– Va au diable.

Fleurant la lotion Varón Dandy, la raie très haute et coiffé en arrière à l'aide d'un fixatif, il plaçait attentivement devant le miroir de sa chambre d'hôtel le faux col et les poignets de la chemise du smoking. Le plastron était immaculé, des bretelles noires tenaient le pantalon aux plis impeccables dont les jambes tombaient sur les chaussures vernies reluisantes. Pendant un moment, Falcó examina sans bouger son reflet, satisfait de son apparence : rasage irréprochable au sabre, pattes taillées au carré, yeux gris qui se contemplaient, comme ils contemplaient le reste du monde, avec une mélancolie sereine et ironique. Une femme – c'est toujours à elles qu'il revient de qualifier des détails de ce genre – les avait un jour définis comme des yeux de bon garçon pour qui les choses ont mal tourné au lycée.

Mais, en réalité, rien n'avait mal tourné pour lui, même si en donner l'impression se révélait parfois utile, surtout en présence d'une femme. Falcó était issu d'une bonne famille andalouse liée aux chais, aux vins et à leur exportation en Angleterre. Les manières et l'éducation acquises pendant son enfance l'avaient bien servi plus tard, quand une jeunesse peu exemplaire, une carrière militaire interrompue et une vie vagabonde et aventureuse avaient mis à l'épreuve d'autres ressorts de son caractère. Il avait maintenant trente-sept ans et un lourd passé sur le dos : Amérique, Europe, Espagne. La guerre. Les trains de nuit, les frontières franchies sous la neige ou la pluie, les hôtels aux quatre coins de la terre, les rues obscures et inquiétantes, les étreintes clandestines. Il y avait aussi, là où la mémoire récente se mêlait aux demi-jours, des endroits et des souvenirs troubles dont il lui importait peu, du moins jusqu'à présent, d'augmenter le nombre. La vie était pour lui un territoire fascinant, une chasse gardée dont le droit d'accès était réservé à quelques rares audacieux : ceux prêts à courir des risques et, le cas échéant, à en payer le prix sans rouspéter. Dites-moi combien je vous dois, garçon, et gardez la monnaie ! Il y avait encore des gratifi-cations immédiates et de possibles châtiments atroces qui attendaient leur heure, mais semblaient cependant bien lointains. Pour Falcó, des mots comme *patrie*, *amour* ou *avenir* n'avaient aucun sens. Il était l'homme du moment présent, formé à cet effet. Un loup dans l'ombre. Avide et dangereux.

Après avoir mis son nœud papillon, le gilet noir et la veste, il boucla le bracelet de sa montre – les poignets de la chemise, qui dépassaient de la manche d'exactement trois centimètres, s'ornaient de boutons de manchette en argent poli de forme ovale –, et il mit dans ses poches les objets disposés sur la commode : un briquet en argent massif Parker Beacon, un stylo à plume Sheafer Balance vert jade, un portemine en acier, un carnet de notes, un pilulier en argent contenant quatre comprimés de Cafiaspirina, un portefeuille en peau de crocodile avec deux cents pesetas en petites coupures et quelques pièces de monnaie destinées aux pourboires. Ensuite, il prit une vingtaine de cigarettes dans une grosse boîte de Player's – elles lui venaient de Lisbonne, par l'intermédiaire de l'estafette du Snio – avec lesquelles il remplit les deux logements de son étui en écaille, qu'il glissa dans la poche droite de sa veste. Puis, tout en se palpant pour contrôler que chaque objet était bien à la place adéquate, il se tourna vers le pistolet qu'il avait laissé sur la table de nuit, près du lit. C'était son arme favorite et, depuis le mois de juillet précédent, il ne s'en séparait pas. Il s'agissait d'un Browning FN semi-automatique de 1910, fabriqué en Belgique, à triple sûreté, platine simple action et recharge par recul, avec un chargeur de six cartouches : une arme très plate, maniable et légère, capable d'envoyer une balle de 9 mm à la vitesse de 299 mètres/seconde. Il avait consacré une bonne partie de l'après-midi, avant d'entrer dans la baignoire, à la démonter, en nettoyer et graisser soigneusement les pièces principales, et vérifier que le ressort récupérateur autour du canon fonctionnait librement, sans entraves. Maintenant, il la soupesait dans la paume de sa main, s'assurait que le chargeur était plein, bien calé, et la chambre vide, après quoi il l'enveloppa dans un mouchoir et la cacha en haut de l'armoire. Ce n'était pas le moment, se dit-il, d'aller l'arme au poing à la fête du Casino ; même si, par les temps qui couraient, n'y manqueraient ni uniformes, ni bandoulières, ni pistolets.

Il promena un dernier regard autour de lui, prit le pardessus, l'écharpe blanche, le chapeau claque noir, et éteignit la lumière avant de quitter la pièce. Tandis qu'il marchait dans le couloir, le souvenir plaisant que le Browning 1910 avait été l'arme utilisée par le Serbe Gavrilo Princip pour abattre l'archiduc François-Ferdinand à Sarajevo et déclencher la Grande Guerre lui arracha un sourire cruel. En plus des vêtements de prix, des cigarettes anglaises, des accessoires en argent ou en cuir, des analgésiques contre le mal de tête, d'une vie hasardeuse et des belles femmes, Lorenzo Falcó aimait les détails pittoresques. Qui avaient du cachet.

2

SOUPIRS D'ESPAGNE

Un orchestre militaire jouait *Soupirs d'Espagne* quand Lorenzo Falcó entra dans la salle. Le patio couvert du Casino, installé dans un palais du XVIᵉ siècle, était éclairé avec un excès qui démentait l'austère économie de guerre préconisée par les ordonnances nationales. Comme il s'y attendait, il vit de nombreux uniformes, bandoulières, bottes lustrées et gaines de pistolet luisantes coquettement arborées au ceinturon par leurs possesseurs. Les militaires, remarqua-t-il, pour la plupart des gradés de haut rang, capitaines et en delà, portaient presque tous des insignes de l'état-major ou de l'intendance, mais on remarquait aussi quelques bras en écharpe et des décorations récentes obtenues sur le champ de bataille au cours de ces journées où les nouvelles de la guerre s'étalaient dans la presse et où les combats autour de Madrid se déroulaient avec un acharnement extrême. Pourtant, malgré ces signes de rappel, les uniformes et la touche martiale de l'assemblée, tout semblait trop loin du front. Les dames, en dépit de la réserve mise au goût du jour dans le camp des nationaux – qu'elle soit fiancée, épouse ou mère du combattant, la femme se devait d'être son délicat soutien –, étaient bien vêtues, avec l'élégance des revues de mode les plus actuelles, et quelques-unes d'entre elles s'ingéniaient à combiner de façon efficace les nouvelles orientations morales à l'attrait de leur sexe. Chez les hommes, hormis les uniformes, on voyait des smokings plus ou moins corrects et beaucoup de costumes sombres, certains avec la chemise bleue de la Phalange et une cravate noire. Dans le brouhaha des conversations, des serveurs militaires en gilet blanc circulaient, porteurs de plateaux chargés de boissons, et un buffet était installé dans le fond, du côté opposé à l'orchestre. Personne ne dansait. Falcó salua en passant une connaissance, promena un regard autour de lui et s'arrêta devant le large escalier orné du drapeau rouge et jaune – conquis quelques semaines auparavant par les nationaux, qui en avaient arraché la bande violette de la République – avec l'intention d'allumer une cigarette. À peine avait-il sorti son étui qu'il entendit :

– Que fais-tu ici, Lorenzo ? Je te croyais à l'étranger.

Il leva les yeux : un homme et une femme se tenaient devant lui. L'homme s'appelait Jaime Gorguel et était en uniforme, avec au poignet les trois étoiles de son rang de capitaine et les insignes de l'infanterie aux revers de son habit. La femme, brune et mince, qu'il ne connaissait pas, était vêtue de cachemire satiné aux reflets argentés. Une belle robe de prix, conclut Falcó, si son œil et son expérience ne le trompaient pas.

– Et moi, je te croyais au front, répondit-il.

– J'en reviens. – Le militaire lui montra sa tempe, où sous les cheveux lissés à la brillantine se devinait l'hématome d'une contusion. – Commotion cérébrale, ont-ils dit.

– Oh... C'est grave ?

– Non. Un ricochet de mitraille, qui par bonheur a été amorti par le calot. À Somosierra. On m'a accordé une permission d'une semaine pour me remettre. Je suis réincorporé après-demain.

– Comment vont les choses ?

– À merveille. Nous sommes à moins de vingt kilomètres de Madrid, et nous gagnons du terrain. On dit que le gouvernement rouge a évacué la capitale et s'est rendu à Valence, si bien que, avec un peu de chance, tout sera terminé pour Noël... Tu connais Chesca, ma belle-sœur ?

Il sentit un parfum. *Amok*. Cher, élégant, il était devenu difficile de s'en procurer – « Une folie d'Orient », d'après les revues de mode. Falcó regarda avec attention celle qui le portait : elle avait les yeux clairs, le nez grand, des seins parfaits et un corps harmonieux. Le type de femme que peignait Romero de Torres, estima-t-il. Un vague air gitan ne déparait pas son style, mais au contraire l'accentuait. Et elle était plus belle que la plupart des femmes. Beaucoup plus belle.

— Je n'ai pas eu ce plaisir.

— Dans ce cas... Voici Lorenzo Falcó, un vieil ami de lycée. Nous avons étudié ensemble chez les frères marianistes de Jerez... María Eugenia Prieto, l'épouse de mon frère Pepín. Nous l'appelons tous Chesca.

Falcó inclina brièvement la tête et serra la main qu'elle lui tendait. Il connaissait de vue son mari, José María Gorguel, comte de la Migalota. Un type sec, élancé et élégant, dans la quarantaine, passionné de chevaux de course. À une certaine époque, ils avaient tous deux fréquenté les mêmes cabarets flamencos et les mêmes bordels de luxe à Séville et à Madrid.

— Et comment va ton frère ? demanda-t-il à Jaime Gorguel, plus par courtoisie que par intérêt réel, mais sans lâcher la beauté des yeux : il était toujours instructif, et utile, d'observer les réactions d'une femme mariée quand on parlait de son mari absent.

— Bien, que je sache, répondit Jaime. Il s'est engagé le 18 juillet, et on lui a confié une compagnie de combattants marocains. Il se trouve quelque part sur le front de Madrid. Du côté de Navalcarnero, il me semble... Et ça tombe pile-poil, non ? Comme dans l'ancien temps. Un grand d'Espagne à la tête d'une troupe de Maures... L'Espagne éternelle qui ressuscite pour balayer toute cette racaille marxiste.

– Réellement épique, remarqua Falcó.

En regardant l'épouse du comte, il s'aperçut qu'elle avait décelé l'ironie. Mais il n'eut pas le temps de considérer si c'était tactiquement bon ou mauvais, parce qu'il remarqua aussi, par-dessus son épaule – sa peau nue voilée par un fin tissu assorti aux nouvelles tendances –, quelqu'un qui réclamait son attention. C'était Marili Granger, la secrétaire de confiance de l'Amiral. Il fut surpris de la voir là, jusqu'à ce qu'il s'avise qu'elle était mariée à un officier du quartier général de la marine à Salamanque, et qu'il était normal qu'elle assistât à la réception. Rien de plus naturel et de plus discret que de l'employer comme agent de liaison. Entre les colonnes du fond de la salle, près du buffet, il reconnut encore la tête blonde de Hans Schröter, qui se dirigeait vers un salon particulier.

– Je vous prie de m'excuser, dit-il.

Quand Marili ferma la porte et les laissa seuls, Schröter regarda attentivement Lorenzo Falcó. L'Allemand tenait un verre de cognac dans une main et un cigare dans l'autre. Sa pomme d'Adam proéminente ressortait sur le faux col et le nœud papillon noir du smoking. Une cicatrice horizontale barrait sa pommette gauche et durcissait son expression. Il était grand et sec, avec un menton carré rasé avec soin et des yeux inexpressifs d'un bleu arctique.

– Je suis heureux de faire votre connaissance, dit-il dans un espagnol correct, quoique en raclant les *r*.

– Moi de même.

Ils restèrent debout l'un en face de l'autre, à s'étudier en silence tandis que l'Allemand tirait sur son cigare et prenait de temps en temps une gorgée de cognac. On n'entendait que la musique lointaine de l'orchestre militaire. Au bout d'un moment, Schröter regarda en direction de la porte.

– Agréable fête, dit-il.

– Oui.

– Je crois que les nouvelles qui arrivent du front sont bonnes... Les marxistes battent en retraite et Madrid est sur le point de tomber.

– C'est ce qu'on dit.

Le commentaire sceptique de Falcó parut augmenter la curiosité de l'Allemand, qui porta de nouveau le verre à ses lèvres en regardant son interlocuteur avec une attention accrue.

– Savez-vous qui je suis ? demanda-t-il enfin.

– Bien sûr.

– Que vous a dit votre chef, l'Amiral ?

– Que vous vouliez me voir de plus près, pour je ne sais quoi qui a un lien avec une mission.

Les pupilles de Schröter se contractèrent.

– Quel genre de mission ?

– Ça, il ne me l'a pas dit.

Le chef du service de renseignement allemand en Espagne continuait de le scruter. Il y avait des fauteuils dans le petit salon, mais aucun des deux ne semblait disposé à aller s'asseoir.

– Vous parlez allemand ?

La question lui avait été posée dans cette même langue. Falcó sourit et lui répondit en allemand :

– Passablement. J'ai vécu quelque temps en Europe centrale.

– Quelles autres langues connaissez-vous ?

– Le français et l'anglais. Je baragouine l'italien... Et je connais aussi tous les mots grossiers, les insultes et les blasphèmes turcs.

La plaisanterie glissa sur le visage impassible de Schröter. Il regarda la cendre de son cigare, jeta un coup d'œil autour de lui à la recherche d'un cendrier introuvable et, d'un léger tapotement du doigt, la fit tomber sur le tapis.

– Puisque vous évoquez la langue turque… Vous avez tué un de mes compatriotes, l'an dernier, à Istanbul.

Falcó soutint son regard en silence.

– C'est possible.

La cicatrice, sur la joue de Schröter, parut se creuser un peu.

– Il s'appelait Klaus Topeka et il vendait du matériel d'optique militaire.

– Ma foi, je n'en ai aucun souvenir. – Falcó haussa les épaules. – Je ne saurais vous dire.

– Vous avez tué tellement de monde à Istanbul et ailleurs que vous ne vous en souvenez plus ?

Falcó ne dit rien. Il se souvenait parfaitement de Topeka, un trafiquant qui travaillait pour son compte et pour celui de l'Abwehr. Novembre 1935, avant la guerre. Une affaire rapide et sans bavure : une balle dans la nuque à la porte d'un bordel miteux du quartier de Beyoglu. Déguisée en vol à main armée. Il avait reçu l'ordre d'éliminer un homme qui se mêlait de trop près à un marché de matériel d'optique acheté à l'Union soviétique pour le compte de la République. L'Amiral lui-même, alors chef du service d'espionnage en Méditerranée orientale, avait désigné l'objectif à Falcó. Curieux, se dit celui-ci, de voir comment la vie brouille les cartes. Les alliances. Les affinités et les haines.

– Votre chef vous donne pour un homme solide. Auquel on peut se fier. Et la mission dont on va vous charger est délicate… Vous me disiez qu'il ne vous en a pas encore soufflé mot ?

– Oui. C'est ce que j'ai dit.

Pensif, Schröter tira longuement sur son cigare.

– Dans ce cas, je ne vais presque rien vous en dévoiler moi non plus, fit-il en soufflant la fumée. Sinon que les forces navales de mon pays viendront à l'appui de l'opération.

Un navire de la Kriegsmarine y participera... Peut-être une unité de surface, ou un sous-marin. Nous le saurons dans les prochains jours.

Falcó décida de feindre l'étonnement.

– En zone rouge ?

L'autre le regarda sans répondre, avec l'air de se demander ce que Falcó savait ou pas.

– Il y a un consul allemand à Carthagène, dit-il. Il s'appelle Sánchez-Kopenick et a reçu des instructions. Le moment venu, vous prendrez contact.

– Personne ne m'a parlé de Carthagène jusqu'à présent.

Les yeux bleus glacés restèrent impassibles.

– Alors, je viens de le faire. Avec, bien entendu, l'assurance que vous oublierez le nom de cette ville aussitôt sorti de cette pièce.

Carthagène et Alicante. Le Levant républicain espagnol. Falcó réfléchissait à toute vitesse, en faisant des rapprochements entre les rares éléments dont il disposait.

– Et qu'attendez-vous que je fasse, là-bas ? En quoi consiste la mission ?

– Ça, votre chef vous le dira, répondit Schröter en tirant de nouveau sur son cigare. Ce n'est pas mon affaire. Je crois que vous avez demain un rendez-vous important à ce sujet. Avec des tiers.

Falcó grimaça in petto. Inquiet. Il aimait travailler à sa guise, ce que lui permettait l'Amiral. Le Grupo Lucero était là pour ça. Mais cette histoire, quelle qu'elle soit, s'annonçait différente. Le SNIO, les phalangistes et les Allemands dans le même panier, c'était loin d'être une bonne nouvelle. Réunion de bergers, mouton mort, dit un vieil adage espagnol, et il ne lui était pas agréable de se dire qu'il pouvait bien être le mouton.

– Autre chose ? demanda-t-il.

Schröter posa son verre vide sur une table.

– Rien de plus.

Falcó était surpris.

– C'est tout ?

– Oui. Je voulais vous rencontrer. Voir de quoi vous avez l'air.

– Curiosité professionnelle ?

– On peut le dire comme ça. On m'a raconté que vous avez assisté à l'évacuation de la Crimée dans les années vingt, du côté de l'armée blanche. Et même que vous y avez été blessé.

Impavide, Falcó soutint son regard.

– Peut-être bien.

– Moi j'étais officier de marine à bord du *Mütze*. Mais vous n'êtes pas russe… Et vous étiez très jeune, à l'époque. Que faisiez-vous là-bas ?

– Des affaires.

– Drôle de façon de s'y prendre. Les temps étaient très durs.

– On le dit.

– Vous vendiez des armes, n'est-ce pas ? Un peu d'un côté, un peu de l'autre. Ou vous travailliez pour ceux qui les vendaient… Ces gens de Zaharoff.

Falcó se permit de sourire intérieurement. Il avait fait la connaissance de Basil Zaharoff à bord du *Berengaria*, en jouant aux cartes. Cinq jours de traversée entre Gibraltar et New York avaient suffi à inspirer au célèbre marchand d'armes de la sympathie pour l'aplomb et la désinvolture du jeune Espagnol qui venait d'être exclu de l'École navale et envoyé par sa famille en Amérique pour y refaire sa vie. Six mois plus tard, Falcó travaillait pour Zaharoff entre le Mexique, les États-Unis et l'Europe.

– Ma foi, je n'en sais rien, répondit-il. J'ai oublié.

Schröter ne le quittait pas des yeux.

– Est-il vrai qu'à part votre commerce avec les Russes vous vous livriez aussi au trafic d'armes pour le compte des révolutionnaires mexicains, et pour l'Ira ?

– Je m'en souviens encore moins.

– Oui… Je vous comprends. Vous avez aussi été en Allemagne, il me semble… À Berlin, non ?

– Cela, je me le rappelle parfaitement, en revanche. Les façades ornées de stucs, les globes de gaz des cabarets et la fausse joie qui deux rues plus loin se changeait en tristesse. Toutes ces putes aux manteaux de fourrure râpée en train de murmurer : « *Komm, Süßer.* »

– Ça, c'était avant.

– Avant quoi ?

– Le national-socialisme.

– Si vous le dites…

L'Allemand avait ouvert la porte. Ils retournèrent ensemble dans le salon, où, couvrant la rumeur des conversations, l'orchestre interprétait le paso-doble d'*El gato montés*.

– Connaissez-vous monsieur Lenz ? s'enquit Schröter.

– Oui.

Ils s'étaient arrêtés près d'un couple constitué d'un homme aux cheveux roux et d'une très grande femme blonde, assez corpulente, vêtue de satin noir.

– Wolfgang Lenz et son épouse, Greta. Lorenzo Falcó. On dirait que vous vous êtes déjà rencontrés, non ?

– Nous connaissons monsieur, confirma Lenz.

Wolfgang Lenz ne portait pas un smoking mais un costume sombre. Il avait l'haleine anisée et tenait un verre à moitié vide à la main. Son embonpoint tendait le tissu de son veston sur l'estomac, là où il était boutonné. Représentant de la société productrice d'armes et de munitions Rheinmetall pour le sud de l'Europe, il avait effectivement eu avec Falcó quelques rencontres professionnelles par le passé. En 1929, à Bucarest, ils s'étaient même occupés ensemble d'une affaire – un chargement de trois mille vieux Mauser défectueux, néanmoins très bien refourgués – dans laquelle Falcó agissait en tant qu'intermédiaire. Tous deux y avaient gagné pas mal d'argent. Présentement, depuis le soulèvement militaire contre la République, Lenz approvisionnait les troupes séditieuses. Il vivait avec sa femme dans un hôtel de Salamanque et on le voyait aller et venir, comme s'il était chez lui, dans le palais épiscopal où siégeait le quartier général du Caudillo.

– Je vous laisse en bonne compagnie, dit Schröter en s'éloignant.

Falcó sortit son étui en écaille et offrit des cigarettes. Lenz déclina, sa femme accepta.

– Des anglaises ? Oh, oui, merci. Je les aime beaucoup.

Plus grande que son mari, qu'elle dépassait d'une bonne tête, Greta Lenz, sans être vraiment laide, avait des traits durs, vulgaires. Des cheveux lisses coupés à la hauteur des épaules, une bouche d'un rouge vif. Sa robe du soir moulait de fortes hanches germaniques et présentait un décolleté bien rempli, au double contenu lourd et turgescent qu'aucune Espagnole, se dit Falcó, amusé, n'aurait osé arborer avec autant de désinvolture dans cette nouvelle Espagne nationale catholique et coincée.

– Vous avez des amitiés intéressantes, remarqua Lenz, qui désigna avec son verre le dos de Schröter.

– Des amitiés d'affaires, répondit Falcó, tout en approchant la flamme de son briquet de la cigarette que Greta avait glissée dans l'embout évasé d'un tube d'ambre.

Lenz but une gorgée d'anis et regarda Falcó avec malice.

– Patrie et affaires vont souvent de pair.

Falcó alluma sa cigarette et souffla la fumée par le nez.

– Comment vont les vôtres ?

– Je n'ai pas à me plaindre. Vous connaissez la chanson… Le général Franco a besoin de certaines choses que je peux lui procurer.

– Des choses qui coûtent très cher.

– Bien entendu. Mais certains les paient pour lui, et tout le monde y trouve son compte. L'Allemagne et l'Italie coopèrent et présentent leurs factures. Ou les présenteront.

Il paraît qu'un de vos compatriotes qui vit en France, le financier Tomás Ferriol, règle pour le moment une grande partie des dépenses... Vous êtes au courant ?

– Non.

Ils conversèrent encore un peu. Greta Lenz ouvrit son sac et se poudra le nez, exhalant des senteurs signées Elizabeth Arden. Elle regardait Falcó avec intérêt, ce à quoi il était habitué. Les dames aimaient ses manières élégantes combinées à un profil racé et au sourire sympathique, hardi, mesuré au millimètre et éprouvé mille fois qui lui servait de carte de visite. Dès sa jeunesse, moyennant quelques désillusions, il avait appris une chose cruciale : les femmes ressentaient de l'attirance pour les hommes du monde, mais elles préféraient coucher avec les canailles. C'était mathématique.

– Veux-tu un verre d'anis, chérie ? demanda Lenz.

– Non, merci.

Elle baissa la voix, et ajouta sur un ton de reproche :

– Je crois que tu as assez bu.

– Tu exagères.

Lenz s'éloigna pour aller chercher un nouveau verre, et quand Greta se tourna vers Falcó, celui-ci affichait un sourire tranquille.

– Wolfgang adore l'Espagne, dit-elle au bout d'un moment. Il se sent très bien ici.

– Je vois... Et vous ?

– Moins que lui. – Elle fit une grimace de dédain. – Tout me paraît sale et gris. Les hommes sont cruels, vaniteux ; et les femmes trop tristes, avec tous ces rosaires et ces messes... C'était plus gai, avant, à Madrid, Séville ou Barcelone. – Elle posa sur Falcó un long regard songeur. – Où nous sommes-nous vus, la dernière fois ?

– À Zagreb. À l'hôtel Esplanade. Lors d'une fête.

Elle sonda ses souvenirs, arquant ses sourcils très épilés, réduits à deux fines lignes à peine soulignées d'un trait de crayon brun. Ses yeux marron avaient des reflets jaune paille.

– C'est juste. Vous étiez accompagné d'une dame, d'un militaire espagnol et d'un écrivain italien… Malaparte. Nous nous sommes entretenus pendant un moment, sur la terrasse, mais nous n'avons pas eu l'occasion de nous dire grand-chose.

– Exactement. – Falcó ménagea une courte pause très calculée pour regarder son décolleté avec une certaine insolence. – Et je l'ai beaucoup regretté.

Greta Lenz avait subi l'examen avec un naturel admirable. Être ainsi observée, conclut-il, devait pour elle être aussi banal que de s'entendre dire bonjour. Elle y était visiblement tout à fait habituée.

– Vous n'en aviez pas l'air, rétorqua-t-elle au bout d'un instant. Si j'ai bonne mémoire, cette dame était très belle… Grecque ou italienne, je crois ?

Falcó soutint son regard sans broncher.

– Je ne me souviens d'aucune dame.

– À Zagreb ?

– Nulle part.

Maintenant, Greta Lenz regardait son sourire avec une attention doublée d'ironie. Elle était sur le point de dire quelque chose quand ils virent revenir Lenz, qui s'approchait en fendant la foule. Un verre à la main, il s'était arrêté pour s'adresser à quelqu'un.

– Vous logez ici, à Salamanque ? demanda-t-elle avec une quasi-indifférence.

– Oui, au Gran Hotel.

Elle plissa les yeux dans la fumée de la cigarette.

– Quelle coïncidence, dit-elle. Nous aussi.

Il était dix heures et demie du soir quand Lorenzo Falcó sortit dans la rue. Le couvre-feu sonnait à onze heures, mais l'hôtel était proche, aussi décida-t-il d'y aller à pied sans se presser. C'était une promenade d'une dizaine de minutes et, après l'atmosphère enfumée, les boissons et les conversations, il avait envie de se dégourdir les jambes. Peu auparavant, il avait pris deux comprimés de Cafiaspirina – de fréquentes migraines étaient son talon d'Achille – et leur effet analgésique commençait à agir et à lui communiquer un bien-être opportun. Le froid, qu'accentuait l'humidité montée du Tormes, la rivière proche, se faisait légèrement sentir. Il marcha à pas lents entre les immeubles plongés dans l'obscurité de la rue Zamora – la lune n'était pas encore levée sur la ville privée d'éclairage en prévision d'éventuels pilonnages de l'aviation républicaine –, puis traversa la Plaza Mayor, les mains dans les poches de son manteau, l'écharpe croisée sur la poitrine et le chapeau rabattu jusqu'aux sourcils. Il ne rencontra personne et n'entendit que le bruit de ses pas. La nuit était si noire que, pour quitter la place, il lui fallut pour ainsi dire détecter l'ouverture de l'arcade sous la voûte de laquelle, avant de descendre l'escalier, il s'immobilisa, le temps d'allumer une cigarette. Ce fut l'étincelle du briquet qui attira l'attention de quelques ombres sorties des galeries inférieures.

– Qui va là ? l'interpella l'une d'elles.

– *España.*

C'était alors la réponse habituelle. Un son métallique lui apprit qu'on armait un fusil et qu'il avait affaire à une patrouille. Un piquet chargé de la surveillance du secteur pendant la nuit.

– Mot de passe ? dit la même voix.

Maintenant, le ton était impérieux. Acariâtre et arrogant. Un sous-officier fâché de devoir passer la nuit dehors, se dit Falcó. Ou, pire, un milicien phalangiste à la gâchette facile, désireux de prendre du galon.

– Je ne connais pas le mot de passe.

– Dans ce cas, éteins cette cigarette et mains en l'air.

Le tutoiement ne laissait pas place au doute : c'étaient des phalangistes. Falcó grimaça dans l'ombre. Le canon d'un fusil toucha sa poitrine. Il obéit, docile, et des mains le palpèrent sans considération. L'éclat d'une lampe torche en plein visage l'éblouit brusquement.

– D'où viens-tu ?

– Du Casino.

– Où vas-tu ?

– Au Gran Hotel. Où je loge.

Falcó entendit des murmures dans l'ombre.

– C'est le couvre-feu, dit la même voix.

– Pas encore. Pas avant une quinzaine de minutes.

– Et ce chapeau si élégant ?

– Les rouges ne portent pas de chapeau.

– Tes papiers.

À la lueur de la torche, l'homme examina les papiers de Falcó. Une simple carte d'identité nationale où figuraient, sous sa photographie, un prénom et un faux nom, ainsi qu'une adresse fictive à Séville. Le faisceau de lumière lui permit de voir brièvement le joug et les flèches brodés sur le brassard que le phalangiste arborait à la manche de sa veste en velours côtelé. Il y avait près de lui deux autres ombres. Visages revêches et reflets de fusils. Pas la moindre bienveillance. Le tout plus froid, constata-t-il, que l'air de la nuit.

– Tu as ta carte d'affiliation à la Phalange ?

– Non.

– À un autre organe du Mouvement ?

– Non plus.

– Un petit merdeux de fils à papa, estima l'un.

– Qui fait la fête pendant que les autres se battent, renchérit l'autre.

Falcó fut tenté de leur faire remarquer qu'eux-mêmes se trouvaient précisément à deux cents kilomètres du front, mais il opta pour la prudence. Dans les régions occupées par les militaires soulevés contre la République, toute la racaille et tous les opportunistes s'empressaient de revêtir la chemise bleue et d'adhérer au dénommé « Mouvement national ». Avec un peu de piston et un peu de chance, appartenir aux milices de la Phalange était le moyen idéal de rester à l'écart des combats. Des embusqués, disait-on. Ces patriotes d'occasion pouvaient impunément régler leurs comptes avec leurs voisins, dénoncer les suspects, piller leurs maisons, et même leur tirer dessus à la lumière des phares d'une voiture, sur le bas-côté d'une route. Depuis les premiers jours de guerre, les autorités militaires déléguaient la répression la plus brutale à des gens de cette sorte. Qui n'avaient pas grand-chose à voir avec les centuries phalangistes qui combattaient véritablement, laissant leur peau dans le nord du pays ou autour de Madrid.

– Tu vas venir avec nous, dit le chef.

Falcó sourit, jaune. Pour lui seul. « Tu vas venir avec nous » était la traduction libre de « tu vas nous suivre pour qu'on te flanque une raclée et qu'on te vole tout ce que tu as sur toi ».

Finalement, le rire franchit ses lèvres. Stupides amateurs.

– On peut savoir ce qui t'amuse ?

Il respira profondément avant de parler. Puis il le fit avec le plus grand calme :

– C'est que, tout bien réfléchi, je ne vois que deux possibilités. L'une, je sors mon étui à cigarettes, nous en fumons une et nous repartons chacun de notre côté, copains comme cochons… L'autre, je vous suis, comme vous l'avez dit, et, une fois arrivés où vous voulez me conduire, je dis deux mots à votre chef de centurie, nous appelons au téléphone le camarade Poveda, responsable du SIIF, ou le quartier général du Caudillo, ou celui de la marine, ou celui de la putain de mère qui vous a mis au monde… Et demain, à cette heure, vous chanterez tous les trois le *Cara al sol* dans une tranchée de Navalcarnero, en volant glorieusement au secours de la patrie. Avec tout ce que vous avez de couilles.

C'était bien envoyé, et Falcó continuait de sourire pour lui seul, moins à cause des mots en eux-mêmes que de sa façon de les dire. Un long et lourd silence suivit, pendant lequel il se prépara à se battre si la situation se retournait contre lui. Trois adversaires, c'était un chiffre respectable, et il faisait trop sombre pour pouvoir recourir à la lame Gillette glissée dans la basane de son chapeau. Froidement, son esprit réglait d'avance la chorégraphie violente du ballet classique, quasi automatique, qu'il avait déjà tant de fois exécuté : un, deux, trois. Crac. Plaf. Vlan. Un coup de tête au type qui tenait la lampe – avec un peu de chance, il lui casserait le nez –, un coup de pied au plus proche de lui – avec encore un peu de chance, il l'atteindrait à l'entre-jambe – et quant au troisième, eh bien, il improviserait. L'obscurité et la crosse d'un fusil, s'il arrivait à s'emparer d'une des armes, l'aideraient beaucoup à conclure l'affaire. Et en cas de succès mitigé, il avait devant lui toute la ténébreuse ville de Salamanque pour décamper. La nuit ne faisait que commencer.

– Pour qui se prend ce fils de pute ? gronda un des phalangistes.

– Ta gueule, merde, dit le chef.

Il se fit un nouveau silence, presque aussi long que le précédent. Le faisceau de lumière revint se poser, un instant, sur le visage de Falcó. Brusquement, la torche s'éteignit et il se retrouva avec sa carte d'identité à la main.

– Tu peux filer… C'était sérieux, ton offre de cigarettes ?

Du bar américain du Gran Hotel on voyait le vestibule. Lorenzo Falcó, un coude appuyé sur le comptoir et un pied sur la barre, levait de temps en temps son verre pour boire une petite gorgée. Il y avait quatre mégots dans le cendrier triangulaire qui portait la marque de l'apéritif Cinzano. Le bar était agréable, à la mode internationale d'avant-guerre : photos d'artistes de cinéma encadrées sur les murs – Douglas Fairbanks, Paul Muni, Loretta Young –, confortables hauts tabourets de cuir, décor de placages de bois et de métal chromé.

– Je crois que je vais te demander un autre hupa hupa, Leandro.

– Si j'étais vous, j'attendrais un peu, don Lorenzo… Vous en êtes au deuxième, et c'est un mélange dont les effets tardent à se faire sentir.

– N'en parlons plus. C'est toi qui commandes.

Leandro, le barman, était un type posé, aux cheveux gris et au visage mélancolique marqué par la variole. Pour lors, une intimité était établie entre lui et Falcó, ce qui se produisait pour ce dernier avec les barmans, les maîtres d'hôtel, les réceptionnistes, les vestiaires, les fleuristes, les chasseurs, les cireurs de chaussures et autres employés subalternes si utiles pour faciliter la vie. Les batailles – Falcó l'avait aussi appris de bonne heure – se gagnent grâce aux caporaux et aux sergents, et pas aux généraux. Quant à Leandro, sa spécialité était le hupa hupa, un cocktail à base de martini, vodka, vermouth et quelques gouttes d'orange. Depuis le soulèvement national, pour des raisons patriotiques ou de simple prudence de la part du gérant de l'établissement, le marc de Galice remplaçait la vodka. Falcó le préférait même ainsi. Avec du marc.

Il était près de minuit quand il vit les époux Lenz pénétrer dans le hall. Le manteau du mari était ouvert, son chapeau repoussé en arrière, et il marchait avec peine en s'appuyant sur sa femme. En sortant de la porte tambour, il faillit trébucher sur le tapis. Greta portait un manteau de vison sur sa robe du soir, et elle semblait irritée. Ils se dirigeaient vers l'ascenseur quand elle regarda en direction du bar et aperçut Falcó. Sans montrer qu'elle le reconnaissait, elle suivit son mari et s'éclipsa.

– Sers-moi un autre hupa hupa, Leandro. Et prends aussi quelque chose.

Satisfait d'entendre le bruit du shaker que le barman agitait avec un style vigoureux, Falcó alluma une nouvelle Player's. La dernière de son étui.

– Tu as du tabac ?

– Seulement à rouler, des Canaries, don Lorenzo. Et du papier gommé.

– Tant pis pour moi.

Le barman le servit et versa le reste de la boisson dans son propre verre. Falcó leva le sien et regarda le mélange à contre-jour.

– *Arriba España*, Leandro.

– Maintenant et toujours, don Lorenzo.

– Que Staline et Lénine aillent se faire mettre. Et Douglas Fairbanks avec eux.

– Comme vous voudrez.

– L'Union soviétique est coupable.

– Jusqu'au trognon.

Ils trinquèrent et burent, Falco avec le sourire au bord du verre, le barman avec le plus grand sérieux comme toujours. Ils n'avaient pas reposé leur verre que Greta Lenz entrait dans le bar.

Ils ne s'embrassèrent pas avant que Falcó eût refermé la porte de sa chambre, à double tour – un mari, aussi saoul qu'il soit, reste toujours un mari. Jusqu'à cet instant, tout s'était déroulé dans le cadre de la froide formalité : après une courte conversation banale dans le bar, Leandro discrètement replié à l'extrémité du comptoir, Greta avait fini son verre et, sans parole superflue ni aucun préambule, s'était levée du tabouret dans un silence complice et était partie en direction de l'ascenseur ; son pied encore sur la barre, Falcó s'était contenté de regarder s'éloigner la promesse de ses hanches sous le fin tissu de la robe du soir, son dos massif de teutonne et ses cheveux blonds et raides coupés au ras des épaules. Trois minutes plus tard, laps de temps dûment contrôlé sur le cadran de la montre à son poignet gauche, Falcó posa deux billets de cinq pesetas sur le comptoir, échangea un rapide coup d'œil avec l'imperturbable barman et se dirigea vers sa chambre. Il venait d'ôter sa veste, son nœud papillon et le faux col de sa chemise quand elle frappa à la porte. Ils étaient maintenant là, tous les deux, à nouer des liens fraternels entre la nouvelle Allemagne et la vigoureuse jeune Espagne.

Greta Lenz était assez cochonne, constata Falcó dès le premier assaut. Bien allemande en cela. Très efficace en ce genre d'activité, comme l'avait insinué l'Amiral, qui semblait s'y connaître. Elle travaillait de la langue avec une adresse surprenante, en savourant réellement la tâche, si bien qu'il dut vite réagir pour que l'affaire ne se termine pas sur-le-champ dans une explosion d'ardeur prématurée. Il se concentra aussitôt sur le général Franco, la mission qui l'attendait, les trois phalangistes de tantôt, ce qui refroidit un peu son emportement et lui permit de reprendre le contrôle de la situation. Hormis une bouche avide, elle avait un corps vraiment colossal. Au point où ils en étaient, une des bretelles de la robe avait glissé sur le côté, découvrant la poitrine de Greta et une chair abondante en sa perfection : libre, vibrante et généreuse, avec des mamelons sombres, dressés, et d'une taille notable. Une walkyrie aux ongles des mains et des pieds vernis, dont la peau – elle devait s'en être abondamment aspergée – sentait *Soir de Paris*. Expérimentée et prévoyante, avant de venir le rejoindre dans sa chambre, elle avait ôté soutien-gorge, culotte, bas et porte-jarretelles, ce qui, estima Falcó, était un détail technique qui facilitait les choses. Ce dont il fallait lui être reconnaissant, parce que cela permettait d'aller droit au but. Il lui caressa les seins tandis qu'elle déglutissait tout ce qui peut s'avaler sur une anatomie masculine. Sous le satin de la robe, le grand corps musculeux acquérait des galbes dignes d'admiration.

– Tu as pris tes précautions ou pas ? lui demanda-t-il, courtois.

– Ne sois pas stupide.

Tranquillisé sur ce point, il la troussa jusqu'aux reins. Là aussi, le paysage était splendide. Il y avait tout juste un petit sillon blond, frisé, entre les cuisses puissantes et blanches, recouvrant une magnifique structure osseuse. Un Walhalla sur pieds, conclut Falcó après s'être demandé comment définir l'ensemble. Tout était généreux, chaud et confortable. Parfait. Il avait connu des nuits moins fastes.

– Attends, dit-il.

Avec une habileté due à des années de pratique, sans cesser de la pétrir d'une main, il se dévêtit de l'autre en commençant par le bas : chaussures, chaussettes, pantalon, chemise. Tout cela d'une façon très méthodique. Rigoureuse. Quand il en arriva aux derniers boutons de la chemise, Greta prit un peu de recul. À genoux devant lui, sa robe réduite à un amas de satin autour des fesses, elle le regarda avec satisfaction. Des reflets d'or étincelaient dans ses iris marron.

– C'est bien, petit Espagnol. C'est très bien.

– Merci.

Il s'agenouilla et lui plongea les doigts dans la vulve. Elle souriait.

– Traite-moi de pute.

– Pute.

Le sourire obscène s'élargit.

– Maintenant, traite-moi de salope.

– Salope.

Il voulut la coucher dos sur le tapis, mais elle s'esquiva en riant. Puis elle se tourna et se mit à quatre pattes. Ses seins germaniques pendaient, volumineux et lourds. Il ne manquait qu'un petit air de Wagner.

– Prends-moi par-derrière, lui ordonna-t-elle.

3

UNE MISSION AU LEVANT

Le siège du Service du renseignement et des enquêtes de la Phalange se trouvait dans une des maisons de la rue du Consuelo, près de la Torre del Clavero. Il y avait un garde en chemise bleue avec un pistolet à la ceinture dans le vestibule, un autre dans l'escalier qui menait à l'étage supérieur. Le même escalier descendait, dans le sens opposé, vers un sous-sol alors de sinistre réputation : à l'aube, par la porte de derrière, on faisait sortir, mains liées, des prisonniers – syndicalistes, communistes, anarchistes et autres citoyens partisans de la République – que l'on découvrait quelques heures plus tard fusillés dans les bois de La Orbada ou à côté des murs du cimetière. Les légistes du coin, peu enclins à se compliquer la vie avec des précisions dangereuses, les déclaraient par euphémisme « morts par arme à feu ».

– L'uniforme te va bien, remarqua l'Amiral pendant qu'il montait l'escalier avec Falcó. Tu devrais le porter plus souvent.

– Je suis allergique aux uniformes, répondit Falcó en glissant un doigt sous le col de sa chemise blanche, noué par une impeccable cravate noire. Ils me donnent des démangeaisons.

– Tu n'as qu'à les ignorer. – L'Amiral sortit un mouchoir de sa poche dans lequel il souffla bruyamment. – Dans les moments comme celui-ci, ils font miracle. De plus, le bleu marine, la casquette, les boutons dorés et le double galon aux poignets te donnent une apparence respectable... Et il serait bon que tu paraisses tel de temps à autre, pour changer un peu.

– Vous êtes un père pour moi, Amiral. Toujours prêt à m'encourager.

– Autre chose : une fois là-dedans, essaie de ne pas faire le clown. Poveda est un type dangereux.

– Vous aussi.

– Avec cet oiseau-là, le danger est tout autre.

Dans son bureau, sous un portrait de José Antonio Primo de Rivera, le fondateur de la Phalange, Ángel Luis Poveda se leva pour les accueillir. C'était un individu trapu, d'âge moyen, aux mains délicates, au visage rasé et aux cheveux frisés gris. Il portait des lunettes. Sur la table couverte de dossiers, il y avait un petit drapeau aux couleurs de l'Espagne et un autre, rouge et noir, de la Phalange. Un Astra 9 mm long, le modèle appelé *Sindicalista*, faisait office de presse-papiers fanfaron.

– Lieutenant de vaisseau Falcó, dit l'Amiral en faisant les présentations tandis qu'ils se serraient la main, Ángel Luis Poveda.

– Très heureux. Asseyez-vous, je vous en prie.

Il avait un fort accent andalou. Son apparence pacifique ne cadrait pas avec son parcours, se dit Falcó. Phalangiste de la première heure – autrement dit, « vieille chemise », dans le jargon du parti –, propriétaire foncier dans la région de Séville, il s'était joint au mouvement séditieux dès qu'avait commencé le soulèvement militaire, le 18 juillet. Son premier acte patriotique consista à exécuter de sa main cinq des journaliers qui travaillaient sur ses terres : une balle dans la tête de chacun d'eux, *pour décourager les autres*[1],

1. Les mots en italique suivis d'un astérisque sont en français dans le texte.

comme l'écrivit un journaliste français quelque temps plus tard, au terme d'un entretien. Poveda, membre du comité directeur du parti avec le fondateur de la Phalange – arrêté par les républicains dès avant la guerre et maintenant détenu dans une prison d'Alicante –, avait été chargé par les militaires de la partie la plus visible des opérations de répression menées dans la zone nationale afin de garder propres, autant que faire se pouvait, les mains de l'armée et de la Guardia Civil. De son bureau de la rue du Consuelo, le chef du S IIF coordonnait aussi bien certaines opérations parapolicières à l'arrière que la cinquième colonne phalangiste, qui agissait clandestinement en zone rouge.

– Monsieur Falcó est-il au courant de la mission ? demanda Poveda à l'Amiral.

– En aucune manière.

Le phalangiste examina Falcó. À travers les verres ronds de ses lunettes, ses yeux étaient petits et suspicieux. Il s'était assis de l'autre côté de la table, et ses doigts tambourinaient sur la couverture verte d'un dossier. Le geste était intentionnel. Sans devoir se rapprocher pour lire l'inscription sur l'étiquette qui y était collée, Falcó comprit que ce dossier était le sien.

– Votre parcours est intéressant, dit Poveda au bout d'un moment.

– Le vôtre également, ai-je cru comprendre, repartit Falcó, qui sentit immédiatement peser sur lui le regard réprobateur de l'Amiral.

Poveda l'étudia encore quelques secondes en silence. Il finit par ébaucher une grimace qui ne parvint pas à devenir un sourire. Sans se retourner, il montra du pouce, derrière lui, le portrait du fondateur de la Phalange accroché au mur.

– Que savez-vous de lui ?

Falcó dissimula sa surprise, en réprimant l'impulsion de jeter un coup d'œil du côté de l'Amiral. C'était tout à fait inattendu.

– Je l'ai rencontré plusieurs fois à Jerez, répondit-il après un bref temps de réflexion. Lui et ses frères.

– Le reconnaîtriez-vous si vous le voyiez ?

– Bien entendu.

– Je veux dire : dans des situations particulières. Inhabituelles.

– Comme ?

– De nuit, avec peu de lumière…

– Je crois que oui, si je parviens à voir son visage.

Poveda le regarda de nouveau en silence, pesant le pour et le contre.

– Que savez-vous encore de lui ?

– Ce que tout un chacun en sait, je suppose. Qu'il est avocat, fils du général Primo de Rivera… cultivé, bel homme, qu'il plaît aux femmes et parle plusieurs langues. Qu'il admire Mussolini plus que Hitler, que c'est un fasciste convaincu qui a fondé il y a trois ans la Phalange espagnole. Je sais aussi que les républicains l'ont incarcéré en mars dernier, qu'en juillet nous avons appris qu'il était prisonnier en zone rouge, et qu'il est toujours dans la prison d'Alicante.

– Sympathisez-vous avec la cause phalangiste ?

Falcó soutint son regard sans broncher.

– Je sympathise avec diverses causes.

Poveda jeta un bref regard sur le dossier, avant de poser un doigt sur la couverture.

– À ce que j'ai cru comprendre, surtout avec la vôtre… Votre cause personnelle, quelle qu'elle soit.

– Principalement.

L'Amiral s'éclaircit la gorge. Il sortit son mouchoir, souffla dedans et graillonna de nouveau. De son œil droit il foudroya le phalangiste.

– Les sympathies politiques du lieutenant de vaisseau Falcó n'ont rien à faire ici, dit-il sur un ton irrité. Il est attaché sans réserve au Mouvement national et c'est un élément qualifié, de valeur et d'une efficacité extrême…

Depuis le 18 juillet, il a effectué d'importantes opérations, en prenant les plus grands risques. C'est pourquoi il a été choisi pour cette mission. Et restons-en là.

– Bien entendu, concéda Poveda. Mais il est toujours bon de savoir de quel pied on boite.

Falcó sortit son étui et alluma une cigarette. Il referma le briquet avec un claquement.

– Moi, je boite du pied sur lequel on me marche.

– J'ai dit qu'on en restait là, trancha l'Amiral, dont l'œil se riva sur Poveda. Venons-en une bonne fois à ce qui nous occupe... C'est vous qui le lui dites, ou moi ?

Le phalangiste se renversa sur son siège, regarda le pistolet posé sur ses papiers puis Falcó.

– Nous allons faire évader José Antonio, dit-il abruptement.

C'était ce que Falcó redoutait d'entendre depuis une dizaine de minutes, soucieux surtout de la partie qu'il allait devoir tenir dans cette affaire.

– Qui, « nous » ? demanda-t-il.

– Nous, la Phalange. L'Espagne digne et décente. La place de notre fondateur est ici, à Salamanque. Où il doit participer activement au renouveau de la nation. En dirigeant ses camarades.

Il prit une carte d'état-major posée sur un coin de son bureau et la déplia devant Falcó. C'était celle de la côte méditerranéenne, où figuraient Carthagène et Alicante.

– Certaines personnes malintentionnées, poursuivit-il, disent que Franco ne serait pas mécontent de voir José Antonio moisir en cellule là où il se trouve. D'où il ne peut pas lui faire de l'ombre. Mais ceux qui répandent ces insinuations n'ont pas la moindre idée de ce que pense le Caudillo. Et nous allons en faire la démonstration... Le quartier général est enthousiasmé par ce projet : une opération audacieuse pour libérer notre chef et le ramener auprès de nous. – Il regarda l'Amiral comme pour lui demander de confirmer ses propos. – Les militaires nous ont offert tout l'appui nécessaire.

– C'est exact, précisa l'Amiral, l'œil sur Falcó. C'est pourquoi nous sommes ici.

Poveda indiqua quelques endroits sur la carte.

– Nous avons des gens en zone rouge. Courageux et sûrs. Le débarquement d'un petit groupe de phalangistes triés sur le volet est prévu, ils se joindront à ceux que nous avons sur le terrain.

– Un raid ? voulut savoir Falcó.

– Oui. Contre la prison d'Alicante.

– Et l'évacuation ?

– Par la mer.

L'Amiral acquiesça.

– Nos amis allemands et italiens collaboreront à l'opération, reprit le phalangiste en se penchant sur la carte. C'est en train de se mettre en place, dit-il en pointant une position. José Antonio et ses sauveteurs seront embarqués près du cap de Santa Pola.

– Et quel est mon rôle ?

Poveda adressa à Falcó un autre de ses demi-sourires. Le second. Il ne semblait pas en être prodigue.

– Vous êtes le maillon le plus important. Vous franchirez les lignes et entrerez en contact avec notre cinquième colonne, à Carthagène, base des opérations prévues. C'est là que tout s'organise. Vous apporterez les instructions et surveillerez les préparatifs. Puis vous irez par la route à Alicante pour l'assaut de la prison. La nuit de l'attaque, le groupe de débarquement se joindra à vous.

– Ce qui aura lieu à quel endroit ?

L'Amiral montra un point sur la carte.

– Probablement ici, dit-il, à l'abri des vastes pinèdes de cette région. Une dépression boisée qu'on appelle El Arenal.

– Quelles armes utiliserons-nous ?

– Des grenades, des pistolets et des pistolets-mitrailleurs, répondit Poveda. Nous avons des complices à l'intérieur de la prison. Fonctionnaires et gardiens. Des gens gagnés à notre cause... Connaissez-vous Carthagène ?

– Oui.

– Et Alicante ?

– Aussi.

– Très bien. Je vous ai dit qu'il s'agira pour vous d'une mission de coordination et de liaison. Pour tout mettre au point.

– Pourquoi n'en chargez-vous pas un de vos phalangistes ?

Le regard de Poveda s'arrêta un instant sur l'Amiral, puis il revint sur Falcó.

– Vous, au SNIO, vous avez les moyens, les contacts et l'expérience. Nos camarades, sur le terrain, sont encore des bleus. Voilà pourquoi ce sera vous qui coordonnerez la première phase de l'opération... Le chef de notre section d'assaut ne prendra le commandement que pour l'attaque de la prison. Excepté l'action militaire, le reste sera votre affaire.

Falcó sourit, en laissant doucement la fumée de sa cigarette s'échapper de sa bouche.

– Et aussi ma responsabilité, si ça tourne mal, j'imagine...

– Évidemment.

– Qui commandera la section d'assaut ?

– Un camarade de toute confiance, qui revient de l'Alto del León... Un héros de guerre. Il s'appelle Fabián Estévez et vous ferez sa connaissance ce soir ou demain matin, quand il arrivera à Salamanque. Une réunion entre vous est prévue, pour mettre les choses au point. – Il consulta sa montre. – Je ne pourrai pas y assister parce que je dois me rendre dans un moment à Séville.

– Et que ferai-je quand on aura embarqué le rescapé, si tout se passe bien ?

– Vous aurez le choix entre revenir avec eux ou par vos seuls moyens. Votre mission sera terminée.

Falcó hocha la tête en lançant un bref regard à l'Amiral. Il attendait de lui une remarque ou un geste qui donnerait la conversation pour terminée. Mais le chef du Snio demeurait inexpressif et silencieux. Et ce silence l'inquiétait.

On était bien au soleil, à la terrasse du café Novelty. Assis sous l'une des arcades de la place, tout près de la mairie au balcon de laquelle pendait le drapeau national, Lorenzo Falcó écoutait l'Amiral. C'était l'heure de l'apéritif, aussi avaient-ils commandé du vermouth et des olives. Aux tables voisines fourmillaient bottes lustrées et uniformes kaki des officiers, blousons de cuir sur chemises bleues, bérets rouges des miliciens carlistes, casquettes militaires et calots à pompon des légionnaires. À peine sorti du bureau de Poveda, Falcó avait voulu regagner son hôtel, qui était à deux pas, pour se changer ; mais son chef l'avait retenu, disant qu'il voulait prendre un verre avec lui pendant qu'il était en uniforme. « On ne voit jamais d'officiers de marine à Salamanque, alors allons un peu hisser le pavillon. Pour qu'on sache que nous aussi, les marins, contribuons à libérer l'Espagne de la barbarie marxiste, la franc-maçonnerie libérale et autres pernicieux et cætera.

– Je ne suis marin que par accident.

– Tu es, pour le moment, ce que je te dis d'être. »

Maintenant, à mi-voix et à demi-mot, en prenant de petites gorgées de vermouth entre deux bouffées factices tirées de sa pipe vide, l'Amiral livrait à Falcó quelques précisions additionnelles. À propos d'un ancien fonctionnaire de la prison d'Alicante, en fait son ex-sous-directeur, que l'armée séditieuse avait arrêté en zone nationale alors qu'il faisait une visite à sa famille. L'homme était en ce moment même incarcéré à la maison d'arrêt de Salamanque, à cause de son affiliation au parti socialiste.

– Il finira sans doute fusillé, mais il pourrait auparavant vous être utile, pour décrire l'intérieur de l'établissement et vous dessiner un plan précis.

– S'il doit être fusillé, je ne crois pas qu'il coopère, remarqua Falcó.

– Il a de la famille. Il sera facile de faire pression de ce côté-là.

– Quand irai-je le voir ?

– Demain, quand le phalangiste sera arrivé. Vous irez ensemble.

– Que sait-on de ce Fabián Estévez ?

– Ses chefs ont en lui une confiance aveugle. Il est jeune et on dit qu'il les a bien accrochées. Ce n'est pas un de ces embusqués de l'arrière qui accourent au secours du vainqueur. Quand il étudiait le droit, il vendait déjà le journal de la Phalange dans les quartiers ouvriers, un exemplaire dans une main et l'autre dans la poche où il rangeait son pistolet. Carte du parti numéro trente et quelques… Il a participé au soulèvement à Tolède et, après l'échec, il a résisté, à l'intérieur de l'Alcázar, aux côtés du général Moscardó, jusqu'à ce qu'on les ait libérés. Alors, au lieu d'aller dans les cafés raconter de petits faits de guerre comme le font les autres, il s'est porté volontaire pour être envoyé sur le front, où il s'est battu comme un tigre dans la sierra du Guadarrama.

– Il semble être taillé pour l'affaire.

– C'est clair. Il ne sera pas chargé de penser, mais de tout faire valser, ce qu'il fera sans doute parfaitement. À toi de te charger du reste.

Falcó garda le silence pendant un moment. Il essayait d'assembler le casse-tête, mais des pièces lui manquaient.

– Pourquoi moi ? demanda-t-il enfin.

– Tu es ce que j'ai de mieux.

L'un soutint le regard de l'autre. Ils se connaissaient depuis que Falcó trafiquait pour son compte et que l'Amiral avait dû choisir entre le liquider ou l'enrôler dans son service. Finalement, après une nuit de vodka, de cigarettes et de conversation dans le port roumain de Constanza – près du bateau dans lequel Falcó comptait faire arrimer une cargaison de vingt mitrailleuses Maxim soviétiques –, l'Amiral avait décidé de le recruter au service de la jeune République espagnole. Plus tard, peu avant le 18 juillet, il l'avait enrôlé pour servir le soulèvement militaire contre cette même République, en sachant bien que si ses loyautés étaient allées au camp ennemi, il aurait tout aussi bien pu le convaincre de changer d'allégeance. Le seul commentaire de Falcó, en apprenant le prochain éclatement de la sédition, avait été : « Sommes-nous pour ou contre ? »

– Je ne t'ai pas demandé comment les choses s'étaient passées avec Schröter, dit l'Amiral.

– Bien.

– De quoi avez-vous parlé ?

Le regard louche et bicolore de l'Amiral l'étudiait avec intérêt. Et aussi avec défiance, crut percevoir Falcó.

– De la mission, mais pas tellement, répondit-il. Il a confirmé que la Kriegsmarine était dans le coup… Il s'est même intéressé à mes années de jeunesse, quand je faisais des affaires avec les Russes blancs et tout le reste. Apparemment, il se trouvait alors en mer Noire, sur un des navires des forces de la coalition.

– Quel hasard.

– On dirait bien.

L'Amiral, intéressé, eut un trait d'ironie :

– Quand tu as été blessé lors de la retraite en direction de Sébastopol, et que tu as failli te laisser prendre par les rouges comme un imbécile ?

– Les gens parlent trop. – Falcó souriait avec une candeur qui aurait convaincu un procureur. – Et ils racontent n'importe quoi.

Son chef sourit sans ôter de sa bouche le bec de sa pipe.

– C'est la partie la moins connue de ta vie de fringante canaille. Il est bien naturel qu'elle éveille la curiosité de certains.

Falcó eut une expression vague.

– Il n'y a aucun secret… Quand j'ai été renvoyé de l'École navale, mes parents m'ont fait prendre le large, en m'expédiant chez des proches, pour voir si je pouvais me mettre un peu de plomb dans la cervelle. Mais, bon, je n'en ai pas mis beaucoup. Vous savez tout ça très bien.

– Oui. Mais parfois quand je te vois avec cette fausse tête de bon garçon, je l'oublie. Il t'arrive de me faire prendre, à moi aussi, des vessies pour des lanternes.

– Vous me vexez, monsieur, dit Falcó en souriant.

– Boucle-la, ou je t'en colle une dont tu ne te relèveras pas. Je jure que je te fais boucler dans un cachot, aux fers.

– Qui ferait le sale boulot, alors ?

– Boucle-la, te dis-je.

– À vos ordres.

Dans l'œil droit de l'Amiral palpitait un curieux éclat de finasserie. Falcó se pencha vers son chef.

– Y aurait-il quelque chose que vous ne m'auriez pas dit et que je devrais savoir ?

L'Amiral resta un bon moment silencieux. Il hocha d'abord la tête en signe de dénégation, puis baissa la voix.

– Le Caudillo s'intéresse personnellement à l'affaire… Hier, j'étais avec lui et son frère Nicolás au quartier général, et il me l'a bien fait entendre. Il veut faire venir ici, à Salamanque, l'illustre prisonnier. À tout prix. Il paraît que Mussolini, qui sympathise avec la Phalange, fait fortement pression sur lui.

– Très noble de la part du Caudillo, ironisa Falcó. Surtout s'il doit finir par céder le pouvoir à José Antonio.

L'Amiral contempla la dernière olive qui restait dans la soucoupe. Pensif.

– Ça m'étonnerait. Le général Franco est galicien.

– Comme vous.

– Plus ou moins, fit l'Amiral en souriant.

– De ceux avec lesquels on ne sait jamais, quand on les croise dans l'escalier, s'ils montent ou s'ils descendent.

Le sourire de l'Amiral s'élargit.

– Avec le Caudillo, on ne sait même pas s'il monte, s'il descend ou s'il campe sur ses positions.

Falcó prit un cure-dents, piqua l'olive et la mit dans sa bouche. Un nuage obscurcit la place.

– Avec vous non plus, Amiral.

Il vit venir de loin Chesca Prieto, alors qu'ils allaient se lever. Sortie des arcades proches du café, elle traversa la place, passa devant les tables, et Falcó la suivit des yeux, intéressé. Elle portait un paletot de flanelle beige aux revers de velours, très élégant, et était coiffée d'un chapeau aux bords étroits presque masculin, orné d'une plume. L'Amiral surprit le regard de Falcó, sa façon de décroiser les jambes et de s'immobiliser.

– Tu la connais ?

– Elle m'a été présentée hier soir, au Casino. Je connais son beau-frère.

– Et son mari ?

– Vaguement. – Il se leva, en ajustant son nœud de cravate. – Avec votre permission, monsieur.

L'Amiral, encore assis sur sa chaise à tirer sur sa pipe vide, l'examinait, apparemment amusé.

– C'est du gros gibier, mon petit gars.

– Gros comment ?

– On lui connaît deux amants... L'un est commandant de l'armée de l'air, un cousin du général Yagüe, et l'autre marquis de quelque chose.

– Toujours en activité ?

– Je ne sais rien sur ce chapitre. Mais Pepín Gorguel, son mari, est une sale bête. Armée d'un pistolet.

– Il est sur le front de Madrid, dit Falcó. Occupé à sauver la patrie.

Il lissa sa veste, puis inclina légèrement sa casquette sur le côté, jusqu'au sourcil. Il souriait.

– De quoi ai-je l'air, Amiral ?

Celui-ci l'examina d'un œil critique.

– Même en uniforme, conclut-il, tu as tout d'un maquereau.

– Métier qui m'irait mieux que celui que j'exerce.

– Fous-moi le camp.

Il pressa le pas pour la rattraper à l'entrée de la galerie, et elle se montra tout d'abord surprise. Il l'aborda avec naturel, ôta sa casquette pour la glisser sous son bras avant de serrer la main gantée de cuir fin qu'elle lui tendait... quel heureux hasard, quelle belle journée de soleil, et tout à l'avenant. Falcó égrena le rituel mondain adéquat avec une impeccable courtoisie, tandis que Chesca Prieto paraissait heureuse de cette rencontre. Ses yeux de blé vert souriaient, lumineux, éclairés par la lumière du matin. Ils faisaient un beau contraste, trouva Falcó, avec sa peau mate et son nez insolent qui lui donnaient l'apparence d'une gitane élégante issue de la gargote où dansait sa lointaine aïeule, raffinée par des générations de belles femmes aimées dans des ateliers de peintre, des cours d'haciendas ornées d'azulejos et des salons luxueux de grandes villes de province. Il pensa au commandant de l'armée de l'air et au marquis qu'avait évoqués l'Amiral, puis au mari qui commandait une compagnie de combattants marocains sur le front de Madrid, et il sentit une morsure impétueuse dans laquelle se mêlaient la jalousie, l'émulation et le désir.

– Où allez-vous, Chesca ?

– Au Secours patriotique, où j'ai à faire.

– Admirable… Vous contribuez à l'effort de la Croisade nationale ?

– Bien entendu. – Elle souriait, moqueuse, comme si la question l'avait légèrement offensée. – Quelle Espagnole ne le ferait pas ?

– Sans doute. J'aimerais vous accompagner.

– Rien ne vous en empêche.

Ils marchèrent jusqu'à la rue Bordadores, lentement. Elle regardait son uniforme.

– Vous aussi contribuez à l'effort de guerre, à ce que je vois.

– Un peu.

– Pourtant, la mer la plus proche est à trois cents kilomètres d'ici.

– Vous savez, de nos jours les distances ne sont plus ce qu'elles étaient.

– C'est vrai. – Elle se tournait de temps en temps vers lui pour l'examiner, appréciative. – Quoi qu'il en soit, cet uniforme vous va très bien.

– Je ne le porte que rarement.

– Je le pensais bien. Il me semble que vous étiez plus à l'aise hier soir en smoking. Mon beau-frère vous a aussi trouvé très bien.

– Ce brave Jaime… Que dit-il de moi ?

– Que vous êtes une tête brûlée, en un mot.

– Et en deux ?

– De bonne famille, effronté et coureur de jupons, vous vous êtes fait expulser de tous les lycées et écoles que vous avez fréquentés. Vos parents vous ont envoyé à l'étranger pour ne plus avoir à vous supporter. Pour la suite, Jaime ignore ce que vous avez fait, mais il suppose que vous vous livrez à des activités douteuses… Ce qu'il ne m'a pas dit, c'est que vous êtes officier de marine.

– Seulement de façon provisoire. Tant que durera la guerre.

– Plus pour longtemps, alors. Tout le monde dit que Madrid tombera avant Noël.

– Et votre mari reviendra, je présume.

Un éclair vert traversa les yeux de Chesca. Fugitif. Sans que l'on puisse deviner s'il était d'amusement ou de colère.

– Êtes-vous toujours comme ça ?

– Comment ?

– Si présomptueux. Si sûr de vous. Si sûr de tout.

– Cela dépend des jours.

– Aujourd'hui est-il un de ces jours-là ?

Il la regarda avec sa tête de bon garçon. Droit dans les yeux.

– Cela dépend de vous.

– Vous me flattez.

– Je le voudrais bien.

Ils s'étaient arrêtés un instant. Visage baissé, songeuse, elle serra son sac contre sa poitrine et ils se remirent en marche.

– J'aimerais vous voir, Chesca.

Elle gardait les yeux baissés, le regard posé sur ses bottines à talons hauts.

– Vous me voyez.

– J'aimerais vous voir plus tard. Quand vous en aurez fini au Secours patriotique. Aujourd'hui. Laissez-moi vous inviter à déjeuner.

– Impossible. J'ai un rendez-vous.

– Alors, voyons-nous cet après-midi.

– C'est tout aussi impossible. Je dois retrouver quelques amies pour aller voir *Nobleza baturra* au Coliseum… J'adore Imperio Argentina et Miguel Ligero.

– Vous avez déjà vu ce film. Toute l'Espagne l'a vu vingt fois.

Quand elle leva enfin son visage, Falcó découvrit l'ironie dans les reflets émeraude de ses yeux.

– Et que me proposez-vous comme autre option ?

– Un verre dans un endroit agréable. – Après y avoir réfléchi, il décida de tenter le tout pour le tout. – Le barman du Gran Hotel prépare des cocktails magnifiques.

Il avait raté son coup, et dans les grandes largeurs.

– Auriez-vous perdu l'esprit ? Je ne peux aller avec vous au bar du Gran Hotel.

– Si vous préférez, je peux vous accompagner en uniforme, comme à présent. Nous aurons l'air tout à fait respectables.

– Vous n'avez pas un air respectable, même en uniforme, monsieur. Ce serait plutôt le contraire.

– Appelez-moi Lorenzo, je vous en prie.

– Je n'ai l'intention de vous appeler ni comme ceci ni comme cela. – Elle désigna l'immeuble où était situé le Secours patriotique. – Nous voici arrivés.

Falcó ne s'avoua pas vaincu. Il savait interpréter les regards des femmes. Surprendre leurs silences.

– Il y a une buvette agréable près du pont romain, au bord du Tormes, dit-il avec le plus grand sang-froid. Et il fait beau. Nous pourrions y aller à pied et contempler le coucher de soleil.

– Tiens, tiens, fit-elle, goguenarde. Vous êtes aussi un romantique.

Remarquant qu'elle ne scrutait pas ses yeux mais ses lèvres, et de temps à autre ses mains, il reprit son expression de bon garçon.

– Je ne crois pas, non, répliqua-t-il. Cela dépend des jours. Ou des moments.

Elle éclata d'un rire franc, presque lumineux.

– Vous n'êtes pas fatigué de jouer sans cesse les séducteurs ?

– Votre visage souffre-t-il d'être toujours aussi beau ?

Elle redevint brusquement sérieuse, mais ses yeux de blé vert riaient encore.

– Écoutez, monsieur Falcó…

– Lorenzo.

– Cela ressemble beaucoup au harcèlement du taureau avant qu'on lui fasse faire la culbute.

– J'en ai fini avec le harcèlement… mais j'attends encore la culbute.

Pendant une seconde, il s'attendit à être giflé. Mais elle se contenta de le regarder fixement, sans bouger, si longtemps qu'il en vint à croire que tout était perdu. Puis elle serra plus étroitement son sac contre sa poitrine et fit un mouvement étrange de la tête, comme si elle venait d'entendre un bruit lointain dont elle aurait cherché à deviner l'origine.

– Soyez à la buvette demain, à midi, dit-elle d'une voix sourde.

– J'y serai… Et vous, à quelle heure y serez-vous ?

– Je ne vous ai pas dit que je m'y rendrais.

Falcó hocha la tête, acceptant les règles du jeu.

– C'est vrai. Vous ne l'avez pas dit.

4

BOURREAUX INNOCENTS

La prison régionale de Salamanque, construite pour recevoir une centaine de prisonniers, en avait accueilli plus de mille depuis le 18 juillet. Ce qui sautait aux yeux. L'entassement était colossal. Les conseils de guerre et les exécutions qui s'ensuivaient dépeuplaient un peu les cellules, mais les places libérées étaient aussitôt occupées. La nouvelle Espagne nationale et catholique avait hâte d'arracher le chiendent gauchiste, tâche à laquelle contribuait ce que l'on appelait les *transferts* : un groupe de phalangistes ou de miliciens carlistes se présentait avec l'ordre écrit de conduire certains détenus dans une autre prison, où ceux-ci n'arrivaient jamais, parce qu'ils finissaient abattus dans un fossé, un champ, ou jetés dans un puits – c'était, comme on disait, les *emmener faire un tour*. Lorenzo Falcó n'en ignorait rien tandis qu'il traversait l'enceinte extérieure en observant les guérites où pointaient les fusils de la Guardia Civil.

– Triste endroit, dit Fabián Estévez.

Falcó l'observa avec curiosité. Ils avaient fait connaissance trois heures auparavant, dans le bureau de l'Amiral. Tous deux étaient vêtus en civil. Estévez avait une mâchoire carrée et un regard à la fois énergique et distant, voilé par des années d'astreinte et de clandestinité, auxquelles étaient venues s'ajouter au cours des derniers mois les épreuves et la guerre. Ses cheveux noirs et gominés étaient coiffés en arrière au-dessus d'un large front que des golfes agrandissaient encore, ce qui accentuait une vague ressemblance avec son leader, José Antonio Primo de Rivera. Il avait bien plu à Falcó. C'était un garçon éduqué, retenu, peu disert. Il avait écouté avec respect les instructions de l'Amiral, discuté avec Falcó les particularités de l'opération, et semblait disposé sans réserve à accomplir tout ce que l'on attendait de lui. Ce qui avait suscité la sympathie de Falcó était le fait que, contrairement à tous les autres phalangistes qu'il connaissait, Estévez ne portait pas de chemise bleue sous son veston, mais une simple chemise blanche avec une cravate en tricot de laine. Il ne se montrait pas fier de sa condition ni de son rang – il commandait une centurie de troupes de choc – et n'avait pas dit un seul mot sur sa participation récente à la défense de l'Alcázar de Tolède et aux très durs combats qui se livraient autour de Madrid.

– Il faut assainir l'Espagne, je suppose, lâcha Falcó pour le sonder, en le regardant de côté.

– Je préfère l'assainir sur le front. Ce que nous voyons là pue la revanche et l'ignominie.

– J'ai bien peur que nous n'en soyons qu'au commencement. D'après ce que l'on dit à la radio et dans les journaux, les rouges détalent et se rendent en masse.

– C'est un mensonge. J'en viens... Ils se battent avec acharnement. Défendent pied à pied leurs positions et, même quand ils doivent en céder un pouce, ils le font en luttant avec beaucoup de courage.

Falcó l'observait avec un intérêt renouvelé.

– Ça ne sera pas fini pour Noël ?

– Bien sûr que non. C'est de la propagande.

– Alors, ce sera long et sanglant ?

– Qu'est-ce que vous croyez ? La meilleure infanterie du monde contre la meilleure infanterie du monde.

Le directeur de la prison les reçut et les accompagna dans une galerie éclairée par une longue file de grandes

lucarnes avec, sur le mur opposé, un escalier, et, le long
de passerelles métalliques, deux niveaux où s'alignaient les
portes des cellules. Il n'y avait pas de chauffage et le froid
était intense. On entendait une rumeur de voix lointaines,
le claquement des grilles qui se refermaient, et le bruit des
pas prenait des résonances sinistres. Tout en marchant,
le directeur leur retraça le curriculum de l'homme qu'ils
allaient voir, l'ancien directeur de la prison d'Alicante
qui, affilié au parti socialiste, s'était trouvé piégé en zone
nationale lors d'une visite à sa famille. Alors qu'il essayait
de gagner le Portugal, l'homme avait été arrêté à Béjar.
Maintenant, il était en cellule avec quinze autres détenus
prêts à passer en conseil de guerre, où l'on déciderait de
leur sort.

– Sa mère vit dans la commune d'Alba de Tormes ; veuve
d'un député socialiste, elle est surveillée, bien entendu…
L'un des frères de notre oiseau s'est affilié à la Phalange,
pour se mettre un peu à l'abri, croyons-nous.

Le prisonnier, Paulino Gómez Silva, attendait dans une
pièce aux murs gris qui n'avait pour tout mobilier qu'une
table, trois chaises, et un portrait du Caudillo accroché au
mur. Le directeur les laissa seuls avec lui et referma la porte.
Gómez Silva était un individu de petite taille, décharné,
avec une tête de fouine et des yeux de myope craintifs. Il
portait un costume gris sale et tout froissé, des chaussures
dont on avait ôté les lacets, et une chemise dépourvue de
col aux poignets très râpés. Les trois hommes s'assirent et,
sans préambule, Fabián Estévez déboutonna son manteau
et tira de la poche intérieure un plan plié en quatre qu'il
lissa sur la table.

– Reconnaissez-vous ceci ?

Le prisonnier regarda le plan, puis leva les yeux vers
eux. Surpris et soupçonneux.

– Qui êtes-vous ?

– Peu importe. Répondez à la question que nous vous posons. Reconnaissez-vous ce bâtiment ?

Gómez Silva cilla, déconcerté.

– Évidemment. C'est la prison d'Alicante.

– Décrivez-nous-la exactement et montrez-nous chaque endroit sur le plan.

– Je n'ai pas mes lunettes. On me les a cassées quand on m'a arrêté.

– Approchez-vous. Je vous expliquerai.

Docile, Gómez Silva fit ce qu'on lui demandait, en répondant à chaque question qu'on lui posait sur la porte principale, la porte secondaire, les distances, les murs, les cours, les galeries et les cellules. Tandis qu'il parlait, ses mains tremblaient, ainsi que son menton mal rasé où pointaient des poils poivre et sel. Les doigts avec lesquels il prit la cigarette que lui offrit Falcó révélèrent des ongles longs et sales. Une fugitive lueur de reconnaissance passa dans ses yeux de chien battu.

– Il y a longtemps que vous n'avez pas fumé ? voulut savoir Falcó.

– Trois mois.

– Ce doit être dur.

Le prisonnier lança un regard rapide sur Fabián Estévez et un autre vers la porte.

– Ce n'est pas ce qu'il y a de plus dur ici.

– Ah.

Le phalangiste avait sorti un petit carnet à la couverture en toile cirée, un crayon, et il prenait des notes : l'entrée, les trois corps de bâtiment, les huit cours, la chapelle, les grilles et la hauteur des murs. Il consignait tout froidement, d'une écriture serrée, minutieuse, en faisant des croquis. De temps en temps, le prisonnier regardait Falcó avec une question muette dans les yeux. Quand il eut fini de fumer sa cigarette, il eut droit à une autre.

– Je crois que ça suffira, dit Estévez en rangeant le carnet.

– Vous n'avez plus besoin de moi ?

– Non.

Falcó et le phalangiste se levèrent. Gómez Silva restait assis, déconcerté.

– Cela me servira d'une façon ou d'une autre ?

– Sans doute, mentit Falcó.

– Il y a trois mois que j'attends d'être jugé. J'ai peur qu'un de ces jours on ne vienne me chercher et qu'on m'emmène sans autre forme de procès, comme les autres.

– Rassurez-vous. Dans votre cas, les choses suivront un cours parfaitement normal. Vous pouvez nous croire.

Gómez Silva s'accrochait à cet espoir. Ou désirait le faire. La cigarette tremblait entre ses doigts.

– Je suis favorable au Mouvement national, croyez-moi. J'ai reconnu mes erreurs politiques... J'ai même un de mes frères qui milite dans la Phalange.

Tandis qu'Estévez frappait à la porte, Falcó vida son étui et mit les cigarettes dans les mains du prisonnier, qui lui adressa un regard de remerciement. Le directeur attendait dehors et les raccompagna à travers les cours et les galeries jusqu'à la porte.

– Juste une remarque, dit Estévez alors qu'ils se quittaient : pour des raisons de haute sécurité, il faudrait que le prisonnier reste à l'écart de ses compagnons pendant quelque temps... Je recommande l'isolement.

– Je vais voir ce que je peux faire. Vous avez constaté que nous manquons d'espace, ici, et ça ne va pas aller en s'arrangeant.

– Mes ordres proviennent de la direction de la Phalange et du quartier général du Caudillo. Il faut éviter que cet individu puisse parler aux autres détenus. Rien ne doit transpirer de ce qui s'est dit ici.

Le directeur fronça les sourcils.

– Et pendant combien de temps ?

– Au moins quatre semaines.

Leur interlocuteur parut soulagé.

– Oh, dans ce cas, il n'y a aucun problème. Les documents sont justement arrivés hier. Il doit être jugé dans trois jours. Et avec ses antécédents…

Ils ne dirent rien dans l'automobile pendant le trajet du retour. Ni sur le sort qui attendait Paulino Gómez Silva, ni sur quoi que ce soit d'autre. Assis sur le siège arrière – le chauffeur était un jeune soldat en civil, indifférent –, Estévez consultait son carnet et Falcó contemplait le paysage par la fenêtre. Quand ils descendirent du véhicule dans la rue Toro, ils restèrent muets l'un devant l'autre, à se regarder, les mains dans les poches de leur manteau. Falcó portait un chapeau, mais pas Estévez. Peu de phalangistes en mettaient un.

– Quand partez-vous ? demanda Estévez.

– Demain.

– Vous voyagez par la route ?

– Oui.

– Franchir les lignes est dangereux.

– Ce ne sera pas la première fois.

– Oui. On me l'a dit.

Estévez souriait légèrement, ce qui le faisait paraître beaucoup plus jeune. C'était un sourire triste, celui de quelqu'un qui en a trop vu en trop peu de temps. Un type mélancolique, se dit Falcó, qui porte son passé et son avenir sur la figure. Et qui n'était pas, conclut-il, de ceux qui survivent.

– Que vous a-t-on dit d'autre ?

– Juste ce qu'il faut. Comme on l'aura fait pour vous à mon sujet, je présume.

– Il faut savoir avec qui on embarque.

– Comme vous dites.

Falcó allait sortir son étui à cigarettes quand il se rappela l'avoir vidé. Estévez regardait au loin, l'esprit ailleurs. La veille, l'Amiral avait raconté à Falcó que lors de la défense de l'Alcázar de Tolède, quand les rouges avaient réussi à poser le pied et à planter un drapeau sur ce qui restait de la façade nord, Estévez avait été l'un des cinq volontaires qui, armés seulement de pistolets et d'échelles de corde, avaient grimpé jusqu'en haut pour déloger l'ennemi.

– Comme je l'ai souligné au cours de la réunion avec votre chef, dit le phalangiste au bout d'un moment, les camarades avec lesquels vous entrerez en contact sont nos meilleurs éléments. Des gens déterminés et vaillants.

– Ils le sont sans doute, pour intervenir là où ils se trouvent, admit Falcó.

– Ils savent ce qu'ils risquent. Vous pouvez vous fier entièrement au frère et à la sœur dont je vous ai parlé, Ginés et Caridad Montero… Je les connais personnellement.

Il avait parlé avec la plus ferme conviction, quasi vibrante, de celles qui n'admettent ni chancellement ni doute. Un ton presque ingénu, estima Falcó, empreint des loyautés des temps passés et des chemises brodées aux emblèmes de la Phalange, le joug et les flèches, et qui n'étaient plus en vigueur que dans les rares endroits où être phalangiste n'était pas encore un moyen de se pousser et d'exercer des représailles, mais une destinée clandestine et dangereuse, un rituel d'élus et de croyants pour ces « vieilles chemises » qui se rêvaient en héros avant d'être engloutis par les opportunistes et les canailles – sort vieux comme le monde.

– Nous nous reverrons sur cette plage, dit Falcó. Je ferai en sorte que tout soit réglé quand vous débarquerez.

– J'y compte bien.

– Ce sera pour bientôt, je suppose.

– J'y compte bien moi aussi, dit Estévez en regardant autour de lui avec une expression de gêne. Ce n'est pas un endroit pour moi. – Il surprit le regard de Falcó et esquissa le même sourire triste qu'un peu plus tôt. – Vous le comprendrez sans doute… Je suis un soldat.

Un long silence suivit, qui devint presque pesant. Ils restaient l'un en face de l'autre comme s'ils hésitaient à se quitter. Lors de leur prochaine rencontre, se disait Falcó, ils n'auraient pas le temps d'échanger des confidences.

– Bonne chance, Fabián.

– Bonne chance.

Ils se serrèrent la main. D'une poigne ferme des deux côtés. Puis Estévez tourna les talons et remonta la rue. Falcó le regarda s'éloigner. Mains dans les poches de son long manteau sombre, tête découverte et air mélancolique, le phalangiste marchait enveloppé de cette aura qui nimbe les héros, les martyrs et les bourreaux innocents – qui, Falcó le savait par expérience, sont les plus redoutables.

La Cafiaspirina commençait à faire son effet, dissipant le mal de tête de Falcó et lui donnant une impression de lucidité optimiste, tandis qu'il contemplait le paysage. Par-delà le pont romain, le Tormes décrivait une courbe qui reflétait dans des tons de nacre et d'argent le bleu brumeux du ciel. La vieille Salamanque de toujours, ecclésiastique et universitaire sous ses tours, ses dômes et ses clochers – mais aussi martiale et patriotique depuis quelques mois, avec ses étudiants qui luttaient sur le front et ses professeurs qui se dénonçaient les uns les autres –, se dressait sur la rive opposée de la rivière, bigarrure d'ocre et de brun. Il avait vu venir de loin Chesca Prieto, qui traversait le pont en direction de la buvette, après avoir garé le cabriolet Renault deux places qu'elle conduisait. Vêtue d'un ensemble à carreaux gris et verts, une courte cape sur les épaules, coiffée d'un béret gris, elle portait des chaussures demi-talons et juste ce qu'il fallait de maquillage : une touche discrète de rouge à lèvres, un coup de crayon sur les sourcils. Elle marchait d'un pas tranquille, sûre d'elle, de sa beauté et de sa position sociale. Elle venait vers lui comme la plupart des femmes se rendent à leur premier rendez-vous : plus par curiosité et par défi que par désir.

– Vous ne m'avez pas encore expliqué ce que fait un officier de marine à Salamanque.

L'affaire n'allait pas être facile, conclut Falcó au bout d'un quart d'heure de conversation. En tout cas, pas dans cette première passe d'armes. Elle en savait long sur son compte, du moins sur la partie de son passé qui pouvait être considérée comme publique. Sans doute son beau-frère, reparti au combat le matin même, avait-il illustré un peu plus le sujet à son intention, ce qui, bien entendu, avivait la curiosité de Chesca mais portait à leur comble ses réticences, lui faisant adopter une tactique très féminine faite de douce agression défensive. Il s'agissait de sonder l'adversaire et d'étudier ses réactions. Rien de nouveau dans le sempiternel mode d'emploi de la vie. Mais, comme elle était intelligente, elle prenait assez de risques pour laisser des brèches dans ses lignes de défense, comme autant d'invitations à s'y glisser au risque et au bénéfice de celui qui les acceptait.

– Mais si, je vous l'ai dit.

– Ce n'est pas vrai. Vous ne m'avez rien dit. De plus, j'ai cru comprendre que vous aviez été chassé de l'École navale quand vous étiez jeune.

– Le soulèvement a changé la donne. On a besoin d'hommes. J'ai été réintégré dans la marine.

– D'après Jaime, on doit y être aux abois pour vous avoir admis. Il m'a dit en riant que vous n'étiez pas un garçon exemplaire. Coureur de jupons et indiscipliné.

– Qu'a-t-il dit d'autre ?

– Que vous êtes ensuite allé en Amérique, puis dans divers pays d'Europe, où vous vous êtes mêlé d'affaires louches.

– Votre beau-frère est un plaisantin.

– Je ne crois pas. Les derniers mois qu'il a passés sur le front lui ont ôté toute envie de rire.

Il y avait un carafon de vin blanc et deux verres remplis sur la table. Elle but une gorgée, pensive. À sa main gauche luisait une alliance en or à côté d'un simple anneau avec un petit diamant.

– Peut-être ne le savez-vous pas, mais nous nous sommes croisés en deux occasions, dit-elle au bout d'un moment.

– Impossible. Je me serais souvenu de vous.

– Je parle sérieusement… Une fois, c'était au *grill* du Palace, à Madrid. J'étais avec des amis, vous déjeuniez à une table voisine et quelqu'un qui vous connaît a dit votre nom et parlé de vous.

– En quels termes ?

– Sympathique, voyageur et peu digne de confiance. Mot pour mot.

– Tiens… Et où m'avez-vous vu la seconde fois ?

– Devant le casino de Biarritz, dans le parc. Il y a environ un an. Vous portiez un veston bleu, un panama et un pantalon blanc. Vous donniez le bras à une femme.

– J'espère qu'elle était belle.

– Elle l'était. Et les commentaires que vous avez suscités n'ont pas non plus été très élogieux. Ils venaient de Pepín, mon mari… Le connaissez-vous ?

Falcó opina du chef. Prudent. Terrain miné.

– Vaguement.

– C'est ce que j'ai cru comprendre. – Elle souriait, presque avec cruauté. – Ce jour-là, à Biarritz, il n'a pas paru vous apprécier beaucoup.

– On ne peut pas toujours gagner. Ni contenter tout le monde.

– Bien entendu. Quoique vous ne semblez pas faire partie des perdants.

– Je fais ce que je peux.

Maintenant, Chesca le regardait d'une façon différente. Comme si elle cherchait les défauts de la cuirasse. Elle croisa les jambes, et Falcó se dit qu'une femme comme elle ne pouvait que savoir croiser les jambes, fumer et avoir des amants avec l'élégance adéquate. Sans y accorder d'importance. Et cette femme-là, à n'en pas douter, le savait.

– Et est-il indispensable qu'elles soient belles ? demanda-t-elle brusquement.

– Pardon ?

– Je voulais parler des femmes de votre vie.

Falcó ne la lâcha pas du regard, sachant trop bien que s'il le faisait le poisson couperait la ligne et d'un battement de queue disparaîtrait dans les profondeurs.

– Je n'en revois aucune d'aussi belle que vous.

– Vous me l'avez déjà dit hier. Vous devez pouvoir mieux faire.

Il y réfléchit un instant. Pas plus de deux secondes.

– Comme toutes demandent le même effort, dit-il enfin, il est préférable que le jeu vaille la chandelle.

– Voulez-vous dire qu'à prix égal vous préférez le meilleur ?

– Plus ou moins.

– Et quelle valeur attribuez-vous aux femmes intelligentes ?

– Intelligence et beauté peuvent être compatibles.

– Et si ce n'est pas le cas ?

– Alors, je préfère la belle à l'intelligente.

Elle avait de nouveau tendu la main vers son verre, mais elle suspendit son geste.

– Êtes-vous toujours aussi brutalement sincère ?

– Seulement quand, en plus d'être belle, la femme est intelligente.

Il vit qu'elle reposait doucement sur la table la main ornée de bagues.

– Monsieur Falcó…

– Lorenzo, je vous en prie. Je vous l'ai déjà demandé. Lorenzo.

– Vous n'allez pas coucher avec moi.

– Maintenant, voulez-vous dire ?

– Jamais.

– Accordez-moi au moins le droit d'essayer.

– Moi, je ne me mêle pas de vos droits. – Elle gardait la main posée sur la table, sous ses yeux. – Mais je suis une femme mariée.

– Je ne vois pas pourquoi ce serait un empêchement. Au contraire.

– Au contraire ? Vous nous préférez mariées ?

– C'est selon. Le plus souvent, une femme mariée a quelque chose à perdre. Elle est plus attentive. Plus prudente.

– Elle ne vous complique pas la vie, voulez-vous dire ?

Il ne répondit pas. Ce n'était pas nécessaire. Il s'empara donc de l'étui à cigarettes qui était sur la table et le lui présenta, ouvert. Elle en prit une, mais, après qu'il en eut fait autant, refusa d'un signe de tête la flamme du briquet qu'il lui tendait.

– Et que faites-vous des sentiments ? De l'amour et de l'affection ?

– Ni l'un ni l'autre ne sont exclus, rétorqua-t-il en allumant sa cigarette et en la regardant à travers le premier nuage de fumée. Mais je n'ai jamais ressenti la nécessité d'agir comme vous le faites. Presque toutes les femmes que j'ai pu connaître prennent la précaution de tomber amoureuses avant de passer aux actes.

– Pour se protéger ?

– Pour se justifier.

– Mon Dieu ! Quelle impudence ! Je n'avais encore jamais entendu revendiquer un adultère avec tant de froideur.

Elle posa sur la table la cigarette qu'elle n'avait pas allumée comme s'il s'agissait d'un objet méprisable, et se leva.

– Vous partez ?

– Naturellement.

– Je vous accompagne jusqu'à votre voiture.

– Ne prenez pas cette peine.

– J'insiste.

Il laissa un bon pourboire sur la table, devant le regard déconcerté de la serveuse, et il se leva aussi. Dans un silence gêné, ils foulèrent la pierre millénaire du pont. L'ouvrage romain était désert. Salamanque se dressait de l'autre côté, monumentale et chaste.

– Je vais être absent un certain temps. En voyage.

– Peu m'importe où vous êtes.

– Non, je crois au contraire que cela vous importe.

Il s'était arrêté, elle aussi. Son visage semblait impassible, mais elle entrouvrait un peu les lèvres, et son menton tremblait très légèrement. Avec une lucidité subite, suivant ce que son instinct lui dictait sur le moment – cela équivalait parfois à déplacer une pièce sur l'échiquier –, Falcó leva une main et, avec précaution, posa deux doigts sur le cou de Chesca, comme s'il voulait prendre sa température ou son pouls sur l'artère. Elle le laissa faire, sans bouger. Et quand il constata que dans ses yeux verts passait un éclair de tendresse et de chaleur, il s'approcha d'elle pour lui parler à l'oreille.

– Je pars demain, souffla-t-il avant de reculer. Tout ce que je souhaite, c'est que vous soyez là à mon retour.

– Salaud, fit-elle.

– Oui.

Leandro, le barman du Gran Hotel, cessa d'agiter le shaker et en versa le contenu dans le verre de Lorenzo Falcó. Celui-ci regarda le mélange à contre-jour, puis le leva encore un peu et trinqua avec l'Amiral, qui buvait du scotch sur glace sans eau.

– À votre santé, monsieur.

– À la tienne, il va t'en falloir plus qu'à moi.

Ils burent tranquillement, en silence.

– Il est bon, remarqua l'Amiral, en faisant claquer sa langue. Rien à voir avec cette mort-aux-rats frelatée qui nous vient d'Oporto.

Ils étaient en civil, comme d'habitude, juchés sur deux tabourets dans le coin du comptoir le plus proche de la porte. À cette heure, le bar était fréquenté par la clientèle habituelle : militaires en uniforme, chemises bleues et correspondants étrangers, ainsi que quelques propriétaires terriens qui sentaient le taureau de combat et semblaient ravis, après cinq ans d'embardées républicaines, de voir leurs journaliers faire profil bas ou pourrir dans les chênaies et les fossés.

– Quand pars-tu ? demanda l'Amiral, qui se retenait de poser cette question depuis un bon moment.

Falcó regarda sa montre. Il avait déjà fait ses bagages dans sa chambre : un sac à dos, tenue et bottes de campagne, cigarettes et Cafiaspirina. À quoi s'ajoutaient le Browning avec trois chargeurs, un couteau à cran d'arrêt et un livre de code chiffré et alphabétique. La lame de rasoir serait cachée sur le côté interne du ceinturon.

– Dans huit heures une voiture passera me chercher.

– Je me lèverai tôt pour venir te dire au revoir.

– Ne vous dérangez pas.

– Ça ne me dérange pas. Je veux m'assurer que tu fiches vraiment le camp… Qui va te conduire ?

– Paquito Araña. En voiture jusqu'à Séville et Grenade, après quoi je me débrouillerai seul.

– Il est revenu de France ?

– Hier.

– C'est un bon élément… Savais-tu que, tout pédé qu'il soit, il a été l'homme de main d'Alejandro Lerroux[1], à

1. Chef du gouvernement républicain espagnol de 1933 à 1935.

Barcelone, quand le parti républicain radical plastronnait encore ? Et que c'est lui qui a liquidé Chiquet del Raval, entre autres ?

– Oui, je le savais.

– Il a bien réussi son coup dans le train, à Narbonne. Je veux dire : le vôtre. Cette femme…

Il s'interrompit, chassant le sujet d'une gorgée de scotch.

– Ça ne fait pas de différence, dit Falcó un moment plus tard.

– Je sais.

Falcó souriait, le verre au bord des lèvres.

– Ce sont de vieux complexes, vous ne croyez pas ? Quand elles sont sur le terrain, elles tuent et meurent comme les hommes.

– Et parfois mieux.

Il y eut un long silence, au terme duquel l'Amiral lui demanda où il comptait franchir les lignes.

– Dans le secteur de Guadix.

– Sois prudent. Si les nôtres te surprennent, ils peuvent croire que tu passes à l'ennemi et te descendre avant que tu aies pu t'expliquer. Surtout si ce sont des Maures : « Toi rouge, moi te liquider », tu connais la chanson.

– Sur cette partie du front, la situation est stable, dit Falcó. Il y a deux endroits favorables.

L'Amiral regardait un groupe assis à une table, dans le fond. On s'y levait pour se serrer la main. L'un des hommes portait l'uniforme vert de la Guardia Civil.

– Regarde un peu qui est là : Lisardo Queralt, le boucher d'Oviedo.

Falcó se tourna en direction du groupe. Le colonel Queralt s'était chargé de torturer et de fusiller des douzaines de mineurs pendant la sinistre répression de l'insurrection de 1934 dans les Asturies, alors même que ses talents sur le champ de bataille étaient loin d'égaler ses capacités sanguinaires. Lors du soulèvement national, il avait levé une troupe pour la conduire au désastre absolu de Navalperal de Pinares, une tuerie colossale. Ce qui avait conduit à sa destitution. Mais les bonnes relations ne lui manquaient pas au quartier général, et son manque de scrupule faisait de lui le parfait meneur de la répression intérieure. Voilà pourquoi Nicolás Franco, le frère du Caudillo, l'avait mis à la tête de la police et de la sûreté – « la Secrète », comme on disait.

– Tiens, tiens, quelle surprise… Voilà les gars qui n'en font qu'à leur tête, ou du moins qui le croient… Le Sanglier et un de ses marcassins.

En se dirigeant vers la porte, il s'était arrêté près d'eux, tricorne à la main. Corpulent, il avait un visage sombre et désagréable, le regard très fixe et de grosses lèvres pâles. Falcó savait que la relation entre Queralt et l'Amiral était ancienne et tourmentée. Il y avait, du côté du colonel, de l'antagonisme, de la jalousie et de bien mauvaises manières. Mais la protection de Nicolás Franco dont ils bénéficiaient tous les deux les tenait à l'abri l'un de l'autre. Pour un temps.

– Je sais ce que vous êtes, dit-il à Falcó, grossier. Je sais tout sur votre compte.

– Que sais-tu ? demanda l'Amiral, amusé.

– Ce que va faire ton dogue. – Il écarta son pouce et son index d'une dizaine de centimètres. – J'ai un dossier épais comme ça sur son compte. L'épisode du trafic d'armes et les morts qu'il a à son actif. Tout, te dis-je.

– Il reste toujours un petit « presque », fit l'Amiral, moqueur, avec le sourire.

Falcó considérait Queralt sans desserrer les lèvres. Celui-ci lança un regard sinistre à l'Amiral.

– Jouez aux espions tant que vous le pouvez.

Sur ces mots, il alla rejoindre ses compagnons. Falcó ne le lâchait pas des yeux.

– Ce sale type est plus pénible qu'un clou dans une chaussure, estima l'Amiral.

– Mais que sait-il ?

– Ne te soucie pas de ça.

Falcó posa son verre vide sur le comptoir.

– Ne pas m'en soucier ? C'est moi qui vais entrer en zone rouge. Queralt sait-il ce que je vais y faire ?

– C'est possible.

– C'est possible ? Est-ce une affaire de notoriété publique, ou quoi ? Tout d'abord la Phalange, maintenant la police. Y a-t-il encore quelqu'un qui ne soit pas informé de ma mission à Alicante ?

L'Amiral regardait tout autour de lui.

– Baisse la voix, bordel.

– Je me fous de la baisser ou pas. Parce que je me vois déjà, photo à l'appui, à la une d'*El Adelanto*.

– Tu exagères. Il est normal que quelques personnes aient été informées.

– Ce qui inclut aussi l'autre camp ?

– Ça suffit, lança l'Amiral avec sévérité. Ne me fais pas ton petit numéro de rufian offensé. Tu sais très bien comment ça marche, tout le monde veut y mettre son grain de sel... Il y a par ailleurs certaines choses qui m'inquiètent beaucoup plus.

– Plus que le fait que je sois attendu en fanfare par les rouges ?

L'Amiral fit tinter les glaçons dans son verre.

– On parle d'unifier les services secrets et la police au cours des prochains mois. Avec un seul commandement général. Et comme il sera sous les ordres de Queralt, nous pouvons nous estimer foutus.

Falcó en resta bouche bée l'espace d'un instant.

– Mauvaise nouvelle.

– À qui le dis-tu.

– Que va-t-il advenir de vous... du Snio ?

L'Amiral avait tiré de sa poche une pipe Dunhill, une blague à tabac, et il remplissait le fourneau avec soin, en tassant le tabac du pouce.

– Je n'en ai pas la moindre idée, reconnut-il. C'est pourquoi j'espère que ta mission tournera bien. Ce ne serait pas mal de réussir un coup spectaculaire pour leur montrer qui commande et par la même occasion leur faire un bras d'honneur.

Falcó poussa un soupir, abattu. Il aurait mieux fait, se dit-il, de se trouver loin de là, en zone républicaine. Maître de ses actes et de son sort. Sur le terrain, au moins, les choses étaient claires : entre ennemis déclarés, on pouvait se traiter comme tels. Tuer ou mourir devenait simple. On n'était pas forcé, en outre, de se prendre la tête.

– Offrez-moi un autre verre, Amiral, dit-il en levant les épaules. Vous me devez bien ça.

– Tu as dit que tu m'invitais. C'est pour ça que j'ai commandé un scotch.

– J'ai changé d'avis.

Tandis que le barman agitait de nouveau le shaker, Falcó vit Greta Lenz traverser le vestibule pour se rendre dans sa chambre. Il savait que son mari était en déplacement, à Burgos, pour régler quelque affaire, et qu'il ne reviendrait pas avant le lendemain.

– Servez le hupa hupa à monsieur, Leandro.

– Je ne bois pas ces trucs de pédé, grogna l'Amiral.

– Eh bien, prenez un autre scotch. Je dois filer.

Il se leva du tabouret, adressa un sourire d'adieu à l'Amiral et gagna le vestibule en ajustant son nœud de cravate. Cinq secondes avant d'appuyer sur le bouton d'appel de l'ascenseur il pensa encore un instant à Chesca Prieto, puis l'oublia.

5

TUER N'EST PAS DIFFICILE

Tuer n'est pas difficile, pensa Lorenzo Falcó. La difficulté réside dans le choix de l'instant propice et de la manière de s'y prendre. Tuer un être humain, c'est un peu comme jouer au sept et demi : une carte de plus ou de moins peut tout faire capoter. Tuer à l'improviste ou sur un coup de colère est à la portée du premier imbécile venu. Tout comme le faire parce qu'on se croit hors d'atteinte, ce qui n'est pas rare par des temps comme celui-ci. Mais tuer de façon adéquate, impeccable, professionnelle, c'est une autre paire de manches. Un enjeu majeur. Dans le cas présent, il fallait être très déterminé, savoir saisir l'occasion favorable avec le plus grand sang-froid et un indéniable degré de maîtrise.

Il fallait aussi de la patience, et pas qu'un peu, pour tuer ou ne pas tuer. Depuis un bon moment, Falcó se tenait immobile, tapi près de la pile du pont. La lune en son premier quart éclairait, entre deux nuages, la ravine couverte de roseaux et le talus qui menait de l'autre côté, où la route continuait en direction de Guadix. À une dizaine de mètres au-dessus de sa tête, deux hommes fumaient et discutaient. D'en bas, il pouvait voir leurs silhouettes et les braises de leurs cigarettes dans l'obscurité, là où commençait le parapet de pierre. Un peu plus loin se devinaient le toit d'une guérite et les formes noires de quelques sacs de sable.

Ç'avait été une erreur. Après avoir laissé derrière lui les tranchées nationales non loin de Guadix, où il avait pu s'infiltrer sans se faire repérer, Falcó avait passé à gué le Darro et longé pendant toute la nuit le côté droit de la route, à quelque distance, mais en ne la perdant jamais de vue. À peine deux heures avant l'aube, se croyant loin des lignes de l'avant-garde républicaine et s'étant rapproché du macadam, il était tombé sur ce pont et ce poste de contrôle inattendu. Il avait bien failli aller se heurter aux sentinelles. À ce qu'il pouvait voir et entendre, il y avait là deux hommes. Leur accent était celui de cette région de Grenade. Ils parlaient de banalités, du froid, de la guerre, des récoltes perdues de cet automne et du temps qui restait avant la relève. Il aurait sans doute été assez facile de grimper prudemment et de les tuer, mais il préférait patienter. Quelque chose pouvait mal tourner, et, de toute façon, il avait encore un peu de temps.

Le sac à dos lui blessait les épaules dans la position qu'il avait prise, mais il ne se décidait pas à l'enlever. Pas question de faire le moindre bruit. Il ne s'en débarrasserait que s'il était forcé de se battre. Dans une poche du blouson de cuir qu'il portait par-dessus le bleu de travail – il était en tenue de combattant républicain, nanti des faux documents qui l'accréditaient – il avait glissé son pistolet, une balle chambrée, la sûreté enclenchée, et dans une autre poche le couteau à cran d'arrêt dont la lame faisait près de vingt centimètres de long et se dépliait par simple pression sur un bouton. Mais se créer quelques problèmes de plus n'était pas la meilleure façon de démarrer une mission. Les deux types, là-haut, allaient finir par se retirer. Alors, il quitterait sa cachette et s'éloignerait dans la ravine, ferait un détour pour continuer sa route en direction de Guadix, en laissant le pont et le poste de garde derrière lui.

– Je pose le fusil ici, dit une des ombres. Je vais couler un bronze.

J'aurais dû le prévoir, se dit aussitôt Falcó, en s'envoyant au diable. Anticiper. C'était sa seconde erreur de la nuit. Ça commençait mal. Sous le pont, une puanteur d'excréments était pourtant flagrante. Le lieu faisait sans doute office de latrines aux types d'en haut. Mauvais endroit où se planquer. De toute façon, conclut-il rapidement, se lamenter ne servait à rien. Un des soldats descendait déjà la pente ; on entendait ses pas et le froissement de ses vêtements dans les arbustes. Avec précaution, Falcó ôta son sac à dos et le posa sur le sol. Il respirait profondément, pour bien oxygéner ses poumons, en sortant de la poche droite du bleu de travail le couteau qu'il avait empoigné. De son autre main, il retint la lame pour éviter qu'elle clique en s'ouvrant, et il pressa sur le bouton du manche.

L'ombre était déjà devant lui, à contre-jour, ses épaules et sa tête se découpant sur le vague éclat de la lune. Un homme sans visage. Il devait probablement déboucler son ceinturon et déboutonner son pantalon quand Falcó se dressa soudain dans l'obscurité. Pendant un instant lui arriva une odeur de sueur, de vêtements crasseux, de terre et de lubrifiant pour armes, et il imagina un visage mal rasé d'homme déconcerté de voir se matérialiser devant lui une forme noire et mortelle. De la main gauche, Falcó chercha sa bouche, pour la lui fermer et localiser exactement la gorge, tandis que la main droite donnait un fort coup de couteau latéral et légèrement orienté vers le haut pour empêcher de jaillir tout son qu'aurait pu émettre la sentinelle. Il acheva le mouvement sur une brusque torsion du poignet destinée à sectionner à l'horizontale, et il sentit en même temps le spasme mortel du corps tremblant, la faible évacuation d'air du cri qui ne pouvait plus se faire entendre, parce qu'il sortait de la blessure béante, et le bouillonnement du sang chaud – 36,5° exactement, si l'homme n'avait pas la fièvre – se répandit immédiatement sur le manche du couteau, la main et le bras de Falcó, jusqu'à son coude.

Il l'aida à tomber en le soutenant afin qu'il s'écroule sans bruit, gardant la main plaquée sur la bouche de la sentinelle, pour en étouffer le râle. Il le laissa s'avachir peu à peu contre la pierre de la pile jusqu'à ce qu'il soit couché par terre – une main du moribond s'agitait convulsivement, comme si tout ce qui lui restait de vie y avait trouvé refuge. Puis Falcó se releva, en respirant à fond, pendant que les battements de son cœur revenaient à la normale. Au bout de quelques secondes, il se baissa de nouveau, cette fois pour nettoyer le couteau et sa main couverte de sang sur les vêtements du mort.

– Tout va bien, Luciano ? lança une voix, sur le pont.

– Oui, répondit-il dans un grognement sourd, pour masquer sa voix, et il commença à gravir le remblai, le couteau à la main.

Dans la guérite des sentinelles, il y avait un bidon d'eau qui lui permit de se laver et d'effacer autant qu'il le put le sang qui maculait son blouson et son couteau. Il y avait aussi une gamelle avec du ragoût de lapin et une bouteille de vin qui allaient être les bienvenus pour lui caler l'estomac. Il avait porté le second corps jusqu'à la ravine, auprès de l'autre, et récupéré son sac à dos après avoir caché les cadavres entre les roseaux. De toute manière, qu'ils soient découverts ne l'inquiétait pas outre mesure : le front était tout proche, et les incursions nocturnes des soldats d'un camp sur le terrain de l'autre pour s'assurer des positions sur la ligne étaient fréquentes. Les combattants marocains des troupes franquistes étaient experts dans ces sortes de coups de main, ils s'infiltraient en profondeur dans les lignes ennemies et jouaient du couteau sans états d'âme. Ils s'en délectaient. Ces deux morts seraient sans doute versées à leur compte.

À l'arrêt de Purchena, trois nouveaux passagers montèrent. Deux étaient des miliciens, armés : un anarchiste en espadrilles avec au cou un foulard de la FAI, la Fédération anarchiste ibérique, et un type en tenue bleu sombre coiffé de la casquette du Corps de sécurité et d'assaut. Tous deux avaient des mains de paysan, l'un et l'autre portaient ceinturon, baïonnette et Mauser. Ils encadraient un jeune homme aux mains attachées sur le devant, en manches de chemise, un veston sur les épaules. Ils s'assirent en face de Falcó, fusil entre les jambes, chacun d'un côté du prisonnier, dont le regard croisa à un moment le sien. Le garçon avait les cheveux en broussaille, une barbe de deux jours et une croûte de sang au-dessus de la lèvre supérieure, tuméfiée, sous un morceau de sparadrap. Sa chemise était tachée de sang. Se sentant observé, animé par un dérisoire vestige de fierté, il leva un peu la tête et ébaucha un sourire machinal qui ne fut guère plus qu'une brève grimace. Une expression vide. Alors, Falcó détourna les yeux, parce qu'il n'avait pas le moindre intérêt à se faire remarquer par ce jeune gars ni par nul autre.

Dans le fond du wagon, des soldats chantaient une chanson triste andalouse avec quelques accents de *cante jondo* et des claquements de mains. Le train continuait de cahoter. Un homme en pelisse grise et béret enfoncé jusqu'aux sourcils, assis à côté de Falcó, demanda aux gardes ce qu'avait fait le prisonnier.

– C'est un fasciste, répondit l'un d'eux. Nous l'avons arrêté hier à Olula.

– Son père avait des terres et une fabrique de conserves, ajouta l'autre comme si c'était là une explication suffisante.

– Et qu'est-il devenu ?

– Il a été fusillé il y a trois mois, avec son autre fils. Il ne nous manquait que celui-là, qui se planquait.

– Où le conduisez-vous ?

– À la prison de Murcie… Provisoirement.

L'homme à la pelisse sortit de ses poches une blague à tabac avec les cigarettes déjà roulées, en offrit aux gardes, puis leur demanda s'il pouvait en donner une au prisonnier.

– Faites, s'il en veut une, consentit un des deux hommes.

Tenant la cigarette dans ses mains liées, le jeune homme se pencha en avant quand l'homme à la pelisse approcha la flamme de son briquet. Quand il s'adossa à la banquette, son regard croisa de nouveau celui de Falcó, qui ne vit dans ses yeux, avant de détourner les siens une nouvelle fois, qu'un immense vide. Un paysage nu, désolé. Opaque. Une lassitude sans avenir.

– Après tout, dit l'anarchiste, celui-là va très bientôt arrêter de fumer.

On lui demanda ses papiers le lendemain, quand il descendit du train à Murcie pour attendre l'express de Carthagène. Ce fut un contrôle de routine, aléatoire, mais Falcó savait que les hasards conduisent souvent à de sérieuses difficultés. Qui peuvent déraper. C'était, bien sûr, le moment ou jamais de s'assurer de la qualité des documents falsifiés, aussi resta-t-il, tendu, une main sur le pistolet qu'il portait dans la poche de son blouson, en cherchant des yeux par où déguerpir, pendant que l'un des miliciens chargés de la surveillance des quais jetait un coup d'œil sur le livret militaire – *Armée de l'air, forces de la* DCA – du caporal Rafael Frías Sánchez, célibataire, fils d'Andrés et de Marcela, né à Guadix, domicilié à Carthagène. L'homme regarda surtout l'emblème – les deux ailes couronnées par l'étoile rouge – et la photographie ; il survola à peine le feuillet dactylographié, tamponné et signé par le chef du « Groupe Sud », le Groupement des milices du Levant, où l'on certifiait que le caporal Frías voyageait avec toutes les autorisations du commandement ; Falcó en déduisit que le milicien – un type citrin et maigre, avec son pistolet, sa casquette plate et son brassard du parti communiste – était analphabète.

Après avoir passé le premier contrôle, il alla jusqu'au kiosque à journaux, acheta *El Liberal* et *Mundo Gráfico*, puis s'assit à une table de la buvette, le sac à dos à ses pieds, entre une affiche de Hipofosfitos Salud et une autre, hommage aux milices populaires. Il commanda deux œufs au plat et un petit pain, qu'il mangea avec appétit tout en feuilletant le quotidien et la revue illustrée. « Madrid résiste à l'agression fasciste, titrait le journal à la une. Le gouvernement, évacué à Valence pour des raisons stratégiques, reprend ses fonctions officielles… Durs combats sur le front aragonais… Le peuple mène une lutte victorieuse de toutes parts… » La couverture de *Mundo Gráfico* montrait la photo d'une très belle femme en uniforme de milicienne en train de monter un pistolet Campogiro sous le regard d'un présumé instructeur. « L'étoile de cinéma Pepita Monteblanco travaille comme chauffeur de l'Union républicaine », disait la légende, ce qui fit sourire intérieurement Falcó. Pepita Monteblanco – de son vrai nom Josefina Lledó – et lui avaient eu une brève aventure après le réveillon du jour de l'An 1935, dans une suite de l'hôtel María Cristina de Saint-Sébastien, où elle tournait un film dans lequel elle interprétait le rôle d'une femme élégante de la haute bourgeoisie. La vie, en conclut-il, est un drôle de manège. Une succession insolite d'instantanés.

Il avait mal à la tête. Le voyage et la tension se faisaient sentir. Le café n'était pas vraiment mauvais, en dépit des restrictions – il supposa que le pire était à venir –, aussi en commanda-t-il une autre tasse, dont il avala le contenu avec un comprimé. Puis il resta tranquille, sans lire ni fumer, l'esprit vide, en attendant que la Cafiaspirina fasse son effet. Il se tenait ainsi quand il vit les uniformes sombres de deux gardes d'assaut, Mauser à l'épaule.

– Vos papiers, dit l'un d'eux.

C'était le plus âgé, et il portait la moustache – ce qui, dans cette société de visages rasés, démontrait de l'assurance et un pedigree républicain à toute épreuve. Sous la visière de la casquette militaire ses petits yeux noirs suspicieux étaient en harmonie avec sa charge. Depuis qu'une bonne partie de la Guardia Civil s'était soulevée avec les rebelles pesait sur les hommes du Corps de sécurité et d'assaut, pour la plupart fidèles au gouvernement légitime, la responsabilité du maintien de l'ordre public en zone rouge, pour autant qu'ils n'interféraient pas avec l'une ou l'autre des innombrables milices partout en activité. Et ces deux gardes, estima Falcó d'un rapide coup d'œil, n'étaient pas des analphabètes comme le milicien de tout à l'heure. C'étaient des professionnels.

– D'où viens-tu, camarade ?

– De voir ma famille à Guadix... Ma mère est morte. J'ai eu une permission de six jours.

– Toutes mes condoléances.

– Merci.

Le garde regardait les documents, lisait attentivement le permis de déplacement.

– Où vas-tu ?

– C'est écrit là.

– Oui, mais je préfère que tu me le dises.

Le rythme cardiaque de Falcó s'accéléra. Il s'efforça de répondre avec un naturel impavide :

– Rejoindre l'unité de défense aérienne de La Guía, près de Carthagène.

– Le nom de ton officier supérieur ?

– Capitaine de milices Segismundo Contreras Vidal.

– Que fais-tu ici ?

– J'attends l'express. Apparemment, il a du retard.

Le garde posa les yeux sur le journal, la revue qui étaient sur la table, près de la tasse à café vide.

– Tu es armé ?

– Pistolet réglementaire, répondit Falcó en lui tendant sans hésiter le Browning qui était dans sa poche.

– Il est interdit de voyager avec une arme, même réglementaire.

Falcó rangea le pistolet.

– J'ai un permis.

Il sortit la licence spéciale de la poche intérieure de son blouson, tandis que le garde continuait de l'étudier du regard. Plus attentif à lui qu'au permis. Falcó devinait sans peine ce que l'homme se disait : ce document n'était pas à la portée de n'importe qui, et il devait se trouver en présence de quelqu'un d'une certaine importance. Avec de bonnes relations.

– Tu milites dans une organisation, camarade ?

Falcó désigna la pochette en toile cirée où était glissé le permis, derrière lequel il y avait une carte de couleur grise portant l'impression de la faucille et du marteau, avec une photo de lui agrafée. L'Amiral et le service des falsifications du Snio, se dit-il, avaient fait de l'excellent boulot prévisionnel.

– L'Amelia, dit-il.

L'Amelia, ou Aml, était le nom courant que l'on donnait au Groupement des milices du Levant, d'obédience communiste, composé de gens disciplinés de la ligne dure, très influent dans cette zone. Ce qui pouvait expliquer que Falcó fût en poste à Carthagène et non pas envoyé au front.

– Pourquoi ne nous as-tu pas montré ça avant les autres papiers ?

– J'ai cru que ce ne serait pas nécessaire.

Le garde le regarda encore un instant. Puis il lui rendit les documents et porta les jointures de son poing fermé à la hauteur de la visière de sa casquette.

– Salut, camarade.

– Salut.

Ils s'éloignèrent vers le portillon du quai tandis que Falcó rangeait ses papiers, et son visage durci par des années de tension, de mensonges et de violence se détendit enfin. Son pouls revint aux soixante pulsations par minute habituelles. Il se dit qu'il venait de passer un mauvais moment. Et la satanée Cafiaspirina n'avait pas produit le moindre effet. Il se leva donc pour aller chercher un verre d'eau. Pas moyen d'y couper, il lui fallait prendre encore un comprimé.

Malgré son nom poétique, la rue Balcones Azules était au bas du Molinete, le quartier chaud de Carthagène, colline couverte de vieilles maisons de piteux aspect, située au centre de la ville, couronnée d'une tour étêtée d'ancien moulin, vers laquelle grimpaient des rues flanquées de tavernes, de cabarets et de maisons mal famées. Il y avait aux fenêtres du linge étendu et sur les balcons du basilic et des géraniums en pot.

Lorenzo Falcó descendit les marches de l'escalier de la pension où il venait de louer une chambre et sortit dans la rue. Il était vêtu d'un pantalon de velours côtelé et de son blouson de cuir par-dessus une chemise blanche – il portait son pistolet glissé entre la ceinture et le creux des reins, avec six balles dans le chargeur et une chambrée –, et il s'était coiffé d'un béret. Le soleil n'était pas près de se coucher, mais l'on voyait déjà des femmes à l'affût devant les portes cochères, des hommes qui marchaient lentement, en les regardant, et des groupes de marins et de miliciens qui se dirigeaient vers le dédale des ruelles de la ville haute. Il se mêla à eux, d'un pas nonchalant, suivant la même direction. Les lieux de divertissement commençaient à ouvrir ; leurs noms figuraient au-dessus des portes : Le Trianon, Le Chat Noir, Au Coup de Couteau. Il entra dans ce dernier, un cabaret qui avait connu des jours meilleurs, avec une scène dans le fond, et il alla s'accouder au comptoir. Sur le mur, il y avait une mauvaise peinture de Betty Boop, coiffée d'un calot de l'armée, le drapeau républicain dans une main, près d'un avis conçu en ces termes : « Camarade, traite bien la compagne que tu choisis. Ce pourrait être ta fille, ta sœur ou ta mère. »

Falcó souriait encore quand il demanda un verre d'anis. Il n'y avait pas grand monde : quatre bravaches de l'arrière avec le ruban légendé du cuirassé *Jaime I* sur la ceinture de leur casquette fanfaronnaient autour d'une table et d'un pichet de vin, en prétendant liquider les factieux, et une demi-douzaine de civils buvaient seuls ou bavardaient avec les filles. Celle qui était derrière le comptoir était d'âge mûr, bien en chair, vêtue d'un peignoir à fleurs chinoises. Quand elle posa le verre devant Falcó, il goûta la boisson et leva les yeux d'un air dégagé.

– Trop doux. Je l'aime plus sec. N'auriez-vous pas de l'anis Romerito ?

La femme le regarda fixement pendant trois secondes. Elle finit par hocher la tête en signe de dénégation.

– Non, je n'en ai pas.

– Dommage. C'est une nouvelle marque.

– Eh bien, nous ne l'avons pas encore, fit-elle en passant un chiffon humide sur le comptoir. Essayez à la poulperie de la rue du Paraíso. Au bas de l'escalier, en tournant au coin.

– Merci.

– Ça fait deux réaux.

– Merde ! fit Falcó en portant la main à sa poche. Plus cher que le champagne !

La barmaid le regarda avec le plus grand sérieux.

– C'est la révolution du peuple, camarade. La richesse se redistribue.

– Je vois.

– C'est comme ça.

Elle parut ne plus faire cas de lui, mais Falcó la vit peu après s'approcher d'une des filles du cabaret et échanger quelques mots avec elle ; les yeux de celle-ci rencontrèrent brièvement les siens. Il finit son verre d'anis et sortit, demanda où se trouvait la rue du Paraíso et descendit jusqu'au bas de l'escalier, où il fut accueilli par une odeur de poulpe grillé qui lui permit de repérer immédiatement l'endroit. C'était un petit établissement bruyant et bondé. Il entra, alla s'installer au bout du comptoir, près du mur, et attendit pendant une vingtaine de minutes. Enfin, il vit entrer la femme qui l'avait regardé au Coup de Couteau. Elle devait avoir dépassé la trentaine et conservait, en dépit de son métier, un certain charme. Cheveux noirs ramassés en chignon, lèvres peintes d'un rouge vif, amorces de cernes de fatigue. Elle fendit la clientèle pour se diriger vers lui.

– Comment tu t'appelles, mon joli ? lui demanda-t-elle avec un sourire machinal, professionnel.

– Rafael.

– Viens t'amuser un peu avec moi, Rafael.

Il la suivit dehors, ils montèrent l'escalier comme le faisaient chaque jour des douzaines d'hommes du quartier et s'engagèrent dans une ruelle où une vieille en deuil, assise devant une caisse avec des bricoles à vendre, murmurait : « Tabac et capotes, tabac et capotes » d'une voix monotone. Ils traversèrent un vestibule, montèrent un escalier étroit et sordide dont les marches en bois grinçaient à chaque pas, et la femme ouvrit une porte. Ils longèrent un couloir obscur qui menait à une pièce. Avant d'entrer, Falcó glissa une main dans son dos, tira le pistolet du ceinturon, le mit dans la poche droite de son blouson en refermant la main sur la crosse, un doigt sur la détente, après avoir ôté la sûreté d'un coup de pouce. À l'intérieur, il y avait un lit couvert d'un dessus-de-lit, une petite table avec un cendrier, un bidet, un broc d'eau et deux serviettes de toilette pliées. Sur le lit était assis un jeune homme, qui fumait. La femme ferma la porte derrière Falcó et resta à l'extérieur. Le garçon assis sur le lit sourit timidement.

– Vous avez pu avoir de l'anis Romerito ?

– Pas une goutte.

Le sourire s'agrandit.

– Je m'appelle Ginés Montero. Soyez le bienvenu à Carthagène.

– Merci.

– On se tutoie ? Ici, il vaut mieux le faire.

Falcó acquiesça.

– Si tu veux.

Le jeune homme avait une apparence agréable. Cheveux bouclés, mains couvertes de taches de son et fossette au menton. Il portait des lunettes rondes en écaille, un veston gris et une chemise au col ouvert, sans cravate bourgeoise. Falcó lui donna vingt-cinq ans. Il avait un petit quelque chose de ces seconds rôles des comédies sentimentales américaines. Celui du meilleur ami du protagoniste.

– Comment dois-je t'appeler, camarade ?

– Rafael, dit Falcó. Mais épargne-moi le « camarade ».

– Comme tu voudras... Tu apportes des instructions ?

– Oui.

– Je t'écoute, si tu veux bien.

Pendant une quinzaine de minutes, Falcó lui transmit exactement tout ce qu'il pouvait lui communiquer. L'opération en cours, le rôle de chacun. Le débarquement prévu et l'attaque de la prison d'Alicante. Les travaux de coordination à charge du groupe de Carthagène.

– Nous ne sommes plus beaucoup, dit Montero. Au cours du mois dernier, trois d'entre nous se sont fait prendre... Deux sont morts. Le troisième a bien résisté aux interrogatoires, sans donner personne, et il est détenu à San Antón, ou du moins il y était encore il y a trois jours... Avant-hier, après une attaque aérienne, les rouges sont allés à la prison et, en représailles, ont fait sortir une douzaine de prisonniers et les ont exécutés. Nous ne savons pas s'il était parmi eux.

– Qui est encore en activité ?

– Ma sœur Cari, Eva Rengel et moi… Plus un quatrième membre du groupe, Juan Portela, mais nous devrons parler de lui plus longuement. De toute façon, pour ce qu'il y a à faire, nous serons bien assez, tous les trois. – Il le regarda avec une respectueuse admiration. – Avec toi, bien sûr.

– Qui est Eva Rengel ?

– La meilleure amie de ma sœur. Phalangiste de la première heure, une des rares femmes à s'être affiliées ici à la Section féminine. Une fille admirable, courageuse, sur qui on peut compter… Il est prévu que tu les rencontres demain, au Cine Sport, à la séance de l'après-midi. Les places sont numérotées. On donne un film soviétique : *La Mère*. Vous ferez connaissance comme par hasard.

Il avait sorti de sa poche un ticket qu'il lui remit. Falcó le rangea dans son portefeuille.

– Que savez-vous d'Alicante ?

– José Antonio y mène une vie normale, il prépare sa défense pour sa comparution en justice, qui semble devoir être imminente, et il joue au football dans la cour de la prison. De ce côté, rien de nouveau.

– Lui a-t-on fait savoir ce que nous préparons ?

Montero hocha la tête en signe de dénégation en écrasant sa cigarette dans le cendrier.

– On ne le lui fera savoir qu'au dernier moment, pour sa sécurité. Il serait capable de s'y opposer, pour ne pas risquer la vie de ses compagnons… Qu'en pense-t-on à Salamanque ?

– On croit que ça peut marcher. Et les Allemands sont impliqués. Leur marine va nous donner un coup de main.

– Je croyais que ce devait être les Italiens.

– Apparemment, le quartier général se fie davantage à la Kriegsmarine.

– C'est une bonne nouvelle.

– Je suppose.

Montero le regardait avec intensité. Ses yeux myopes laissaient percer admiration et respect. Quelqu'un capable de traverser les lignes et d'arriver à Carthagène comme l'avait fait Falcó était sans doute spécial. Quelqu'un d'exceptionnel.

– Je ne sais presque rien de toi, dit le jeune homme.

– Il n'y a pas grand-chose à savoir. Tu n'as pas besoin d'en apprendre davantage.

– On m'a seulement dit que tu n'étais pas un phalangiste mais que tu savais ce que tu faisais. Que tu arrives avec l'appui des plus hautes instances. Mais j'aimerais…

– Ça te suffit largement, trancha Falcó. Où se trouve le consulat allemand ?

– Dans un bureau commercial du front de mer. Pour le moment. On dit que Hitler et Mussolini ne vont pas tarder à reconnaître le gouvernement de Franco. Alors, ils devront lever le camp en vitesse.

– Il faut que j'entre en contact avec le consul. C'est possible ?

– Je crois que oui, en prenant des précautions.

Falcó sortit sa blague à tabac dans laquelle il prit une cigarette déjà roulée sans en offrir une à Montero.

– Où en sont les choses, ici ?

Les bombardiers de l'aviation nationale, commença le jeune homme, soulevaient la colère. Surtout quand il y avait des victimes civiles. Ce qui entraînait des représailles comme celles qui avaient eu lieu récemment. Les miliciens embarquaient des gens pour aller les exécuter dans les cimetières ou dans les campagnes. Les communistes respectaient un certain ordre et une certaine discipline, mais les anarchistes – n'importe quelle épave s'inscrivait à la FAI et refusait d'obéir à quelque hiérarchie que ce soit – étaient un danger même pour la République. Une grande partie des détenus de droit commun qui avaient été libérés quand on avait ouvert les prisons se promenaient

101

armés et n'avaient, même en rêve, aucune intention de rejoindre le front.

– Les gens décents sont sur la ligne de feu, où ils se battent, conclut Montero. Ici ne sont restés que les embusqués qui ont fait main basse sur les usines et les ateliers, et les marins de l'escadre qui, après avoir liquidé tous leurs chefs et les officiers, ne sortent même pas en mer pour pêcher le thon. Ils ont formé ce qu'ils appellent des brigades de récupération prolétaire ; ils entrent de force dans les maisons sous prétexte de chercher les fascistes et embarquent tout ce qui a un peu de valeur… Avec leurs coups de crosse sur les portes des honnêtes gens, les nuits, ici, sont épouvantables.

– Et comment t'en es-tu tiré, toi, jusqu'à présent ?

Montero lui lança un regard scrutateur, pour essayer de déterminer si la question impliquait un reproche. Un instant plus tard, il parut rassuré.

– Quand la guerre a éclaté, je n'avais pas encore de carte, et donc pas de fiche dans celles que les rouges ont trouvées en pillant le siège de la Phalange… Je suis interne des hôpitaux, et je m'occupe des femmes du quartier. On m'a classé parmi le personnel indispensable de l'arrière, parce que, avec la pétaudière de la guerre, les maladies vénériennes font des ravages dans ce coin. C'est ce qui me met relativement à l'abri.

– Et du côté de ta sœur ?

– Elle est affiliée aux Jeunesses socialistes et travaille au central téléphonique, sur la Plaza de San Francisco.

– Ah. Voilà un bon endroit pour écouter les conversations.

– Le meilleur qui soit, et ça nous a été très utile. – Montero regarda l'heure et fronça les sourcils. – Il faut que je m'en aille… Où loges-tu ?

– Ici même, à la Obrera.

Montero sourit.

– Avant, on l'appelait la Pension du Prince. – Il consulta de nouveau sa montre. – Je vais prévenir le consul allemand, pour demain matin de bonne heure. Et l'après-midi, tu rencontreras Cari, ma sœur, et Eva au cinéma. À partir de maintenant, tu prends le commandement jusqu'à l'arrivée des renforts que nous attendons. Ce sont les ordres que j'ai reçus.

– Ça ne te fait rien ? demanda Falcó, en l'observant avec curiosité. Que ce soit moi qui commande, comme tu dis.

– En tant que chef d'escouade, répondit le jeune homme, haussant les épaules, je suis habitué à recevoir des ordres et à les exécuter sans poser de questions.

Falcó sentait qu'il disait vrai. Ou qu'il en était persuadé ; ce garçon ressemblait, par sa façon d'être, à Fabián Estévez, le phalangiste qui devait débarquer quelques jours plus tard. Peut-être Ginés Montero était-il plus ingénu qu'Estévez, beaucoup plus passé que lui au tamis de la guerre ; ils avaient cependant des choses en commun : la clandestinité, le cran, la détermination politique et la foi dans la cause pour laquelle ils risquaient leur vie. Ce qui, paradoxalement, les rapprochait de leurs adversaires, ou de certains d'entre eux : les meilleurs de l'autre camp. Falcó avait pu les voir, les uns et les autres, au moment du soulèvement national, s'affronter à coups de feu dans les rues : phalangistes, socialistes, communistes, anarchistes, qui s'entretuaient avec une admirable ténacité. C'étaient des jeunes gens courageux et déterminés, d'un bord ou de l'autre, qui parfois se connaissaient bien, d'anciens compagnons d'université, d'usine, habitués à aller ensemble voir un film, danser, boire un verre, liés aux mêmes amis, quand ce n'était pas à la même amoureuse. Il les avait vus tout faire pour se trucider les uns les autres, représailles après représailles. Tantôt avec haine, tantôt avec le froid respect envers un adversaire que l'on connaît et que l'on apprécie, bien que l'on ne soit pas dans le même camp. C'est lui ou moi, telle était l'idée. Le mobile. C'est eux ou nous. Quelle misère que tout cela, que ce brasier où allait se consumer, se consumait déjà la fleur de la jeunesse d'un bord et de l'autre.

Il chassa ces pensées en écrasant le mégot de sa cigarette dans le cendrier. Ce n'était pas son affaire, se dit-il. Au diable qui devait tuer ou mourir, leurs raisons d'agir. Leur imbécillité, leur ignominie ou leurs nobles causes. La guerre de Lorenzo Falcó était absolument différente, les camps y étaient parfaitement tranchés : d'un côté, lui ; de l'autre, tous, sans distinction.

Ginés Montero était parti après lui avoir serré la main, et Falcó resta à s'interroger encore un peu sur le regard à la fois ferme et ingénu derrière les verres de ses lunettes rondes, et sur le sourire timide de ce jeune homme qui, destiné à mourir ou à survivre, était de toute façon condamné, comme tous les autres gars de sa génération. Ce fut alors que l'on frappa à la porte et qu'apparut la femme qui l'avait conduit jusqu'ici. Falcó sortit de son portefeuille deux billets de cinq pesetas qu'il posa sur la petite table, à côté du cendrier.

– Merci pour tout, dit-il.

Il se dirigea vers la porte. En passant près d'elle, il revit l'expression lasse de la femme, mais il aperçut aussi le décolleté du corsage qui découvrait la naissance des seins, entre lesquels luisait une médaille de la Vierge du Carmen pendue à une chaînette en or. Pour une pute du Molinete, elle n'était pas mal, se dit-il. Presque au-dessus de la moyenne. Elle parut interpréter son regard, parce qu'elle désigna les billets sur la table.

– Tu veux en avoir pour ton argent ? demanda-t-elle avec une indifférence de professionnelle.

Falcó sourit, dubitatif, en jetant un rapide regard à sa montre.

– Je suis pressé. Peut-être une autre fois.

– Je peux te la sucer... Si l'on m'interroge, je dois savoir à quoi elle ressemble.

6

IL RIRA DE NOUVEAU,
LE PRINTEMPS

L'entrée du Cine Sport se trouvait sur une vaste place plantée de palmiers. Lorenzo Falcó descendit du tramway, dans lequel s'entassaient les voyageurs – le transport public gratuit était un des avantages de la vie en zone de révolution prolétarienne –, et pendant que la voiture s'éloignait en lançant des étincelles à l'endroit où la perche touchait les fils électriques, il traversa la place vers la salle obscure. À mi-chemin, un réflexe de prudence instinctif le fit s'arrêter devant une fontaine pour relacer ses chaussures, et il en profita pour jeter un regard discret autour de lui, sans rien remarquer d'alarmant. Ensuite, il repartit en direction du cinéma.

La matinée avait été productive. Le consul allemand, un consignataire de navires qui s'appelait Sánchez-Kopenick, s'était entretenu seul à seul avec Falcó après que celui-ci se fut introduit discrètement dans le bâtiment, situé au-dessus de la muraille du front de mer, par une entrée secondaire sur le coup de onze heures ; l'homme l'attendait. Blond, replet et sympathique, l'air affairé et sans arrêter de parler à voix basse, il lui avait confié d'emblée qu'il se préparait à quitter Carthagène parce que, avant la fin de la semaine, son gouvernement aurait officiellement reconnu le général Franco. Aussi n'allait-il pas s'attarder dans une ville où les miliciens pouvaient venir le cuisiner à trois heures du matin. Comme ces types-là, ajouta-t-il, avaient pour

habitude de se torcher le cul avec les passeports diploma-
tiques – il le dit en ces termes : se torcher le cul –, il avait
presque fini de boucler ses valises. Sa femme était déjà
partie avec leurs enfants, lui le ferait dans quelques jours
– pendant lesquels Falcó était invité à utiliser les services
que le consulat pouvait lui offrir.

– De votre côté, ajouta-t-il, tout va se dérouler comme
prévu : le débarquement, l'intervention de la force navale
pour vous couvrir, et le reste… En attendant, vous pourrez
continuer de vous servir de nos transmissions, si nécessaire.

Falcó sourit en lui-même. Cette invitation à disposer de
leurs transmissions signifiait que ses dépêches seraient
envoyées aux autorités de Berlin avant d'être redirigées vers
le quartier général de Salamanque. Il en irait de même dans
l'autre sens. De cette manière, les services secrets allemands
n'allaient rien perdre du déroulement de l'opération. Falcó
avait passé une bonne partie de la nuit à chiffrer un rapport
destiné à l'Amiral en utilisant le code du livret qu'il portait
sur lui, tout en sachant très bien que le traduire en clair
serait un jeu d'enfant pour les décrypteurs de l'Abwehr.
En ce qui concernait les Allemands, il aurait tout aussi
bien pu ne pas se donner cette peine. Le seul bon côté de
l'affaire, c'était qu'il s'agissait d'un nouveau code, différent
de ceux qu'employaient les républicains et les nationaux,
peu améliorés depuis l'avant-guerre et conséquemment
souvent connus des deux camps.

– Je dois envoyer ça, dit-il en remettant le message à
Sánchez-Kopenick.

Le consul regarda son interlocuteur par-dessus les deux
pages visiblement arrachées d'un carnet, couvertes de
lettres et de chiffres écrits au crayon.

– Je vais le transmettre immédiatement, dit le diplomate
en glissant les feuilles dans une de ses poches. Je suppose
que vous savez qu'il vaudrait mieux éviter de revenir ici,
à moins que vous n'ayez une information très importante

à envoyer... Vous recevrez les messages qui vous seront destinés par Radio Séville. Il va falloir vous procurer un appareil et rester chaque soir à l'écoute, à vingt-deux heures. Chaque fois que l'on dira : « Nouvelles pour les amis de Félix », un texte codé suivra à votre intention.

– Je sais. J'ai été prévenu avant mon départ.

– Bien. Y a-t-il encore quelque chose que je puisse faire pour vous ?

– Vous deviez me remettre de l'argent.

– C'est vrai. Excusez-moi.

Ils entrèrent dans un bureau où trônait, au-dessus d'une cheminée éteinte, un portrait du chancelier Hitler. Le consul ouvrit un coffre-fort et en sortit une enveloppe qui contenait une épaisse liasse de billets de la République.

– Ici, tout se règle avec ça, dit-il. On a eu la révolution, les revendications prolétariennes et les lendemains qui chantent, mais quand quatre sous se mettent à tinter, tout le monde y va de son « À moi ! À moi ! ». Ça ne paraît pas croyable, la vitesse à laquelle communistes et libertaires ont pris goût au vil métal.

– Comme partout, j'imagine.

– Non, ce qui se passe ici, vous ne pouvez pas l'imaginer. Avec tous ces marins, ces soldats et ces miliciens qui se battent pour savoir qui est le plus à gauche et tue le plus de fascistes, mais en restant peinard à l'arrière et en s'en mettant plein la lampe, c'est de la folie... J'ai dû payer vingt mille pesetas aux brigands de la Confédération nationale du travail pour qu'ils relâchent mon beau-frère, qu'ils voulaient liquider pour la seule raison qu'il est président d'une confrérie de la Semaine sainte... C'est aussi comme ça de l'autre côté ?

– Plus ou moins... Là-bas, on peut être fusillé parce qu'on est maître d'école, mais à quelques détails près les tarifs sont les mêmes.

Sánchez-Kopenick le regarda avec curiosité, et Falcó comprit qu'il essayait de le ranger dans telle ou telle catégorie, sans grand succès. Quant à lui, il avait pris des renseignements sur le consul bien avant de se lancer dans cette mission. Il est toujours utile de savoir avec qui l'on s'engage. À la différence du consul d'Alicante, qui semblait être un nazi convaincu, celui de Carthagène n'avait aucune filiation politique. C'était un homme du monde, un négociant établi en Espagne, qui travaillait aussi pour les services secrets allemands.

– Êtes-vous commodément logé ? s'enquit l'homme pendant que Falcó comptait les billets.

– Oui, dans une pension discrète.

Le consul montra la fenêtre. Derrière la hampe sans drapeau – hisser ici celui du Reich aurait été considéré comme une provocation – se déployait le vaste panorama des quais, des phares et du large.

– J'espère pour vous qu'elle n'est pas trop près du port ou de l'Arsenal… Il y a toujours plus d'attaques aériennes des franquistes, et les bombes pleuvent un peu au hasard.

– Des bombes allemandes ? insinua Falcó non sans malice.

– Les appareils sont des Savoia italiens, même s'ils portent l'emblème de vos nationaux… Depuis qu'ils sont apparus, on a ouvert des abris dans toute la ville. Il y en a quelques-uns dans la rue Gisbert. Si vous êtes surpris par une alerte, courez vous y réfugier.

Falcó se préparait à partir. Il avait rangé l'enveloppe contenant l'argent dans la poche gauche de son blouson.

– Encore une chose, dit le consul.

Il avait l'air gêné. Son sourire était forcé. De circonstance. Falcó leva le curseur de la glissière de son blouson et resta à le regarder.

– Dites.

Sánchez-Kopenick hésita un instant.

– Si l'affaire tournait mal, ne venez pas chercher refuge ici… Vous pourriez nous compromettre.

– Ne vous inquiétez pas. Je suis habitué à me débrouiller seul.

Le consul hocha la tête. Maintenant, son sourire diplomatique était de soulagement.

– Oui, admit-il. Ça saute aux yeux.

L'intérieur du Cine Sport n'était guère ventilé. La décoration de l'orchestre et des balcons montrait des traces d'un faste récent, mais l'odeur était celle des draperies défraîchies et de la sueur. Le sol, sous les bancs de bois, était jonché de morceaux de papier froissés, de mégots écrasés et de coques de graines de tournesol. Quand Falcó entra dans la salle, la séance était sur le point de commencer. Il n'y avait pas grand monde. *La Mère*, mélodrame révolutionnaire soviétique tiré du roman éponyme de Gorki – « Un émouvant hommage aux femmes antifascistes », disait l'annonce –, ne semblait pas trop attirer les masses populaires. Il y avait à peine une douzaine de spectateurs. Falcó s'assit sur le siège numéroté, dans une rangée vide, alors que les lumières s'éteignaient et que l'écran s'illuminait.

Personne ne vint s'asseoir près de lui. Il n'y eut aucun mouvement durant la projection. Attentif à ce qui l'entourait, Falcó ne prêta pas grande attention au film, qui racontait la triste et héroïque histoire de Pélagie, une mère à laquelle l'arrestation de son fils pendant une grève des travailleurs en 1905 donne une conscience révolutionnaire. L'issue, comme on pouvait s'y attendre, était déchirante. Une apothéose prolétaire. Quand le mot *Fin* apparut sur l'écran et que les lumières s'allumèrent sur l'avenir radieux de l'Union soviétique qui montait à l'horizon, Falcó était toujours seul dans la rangée. Personne ni d'un côté ni de l'autre.

Les rares spectateurs s'en allaient. Il se leva, inquiet, et se dirigea vers la sortie.

– Regarde ! Mais c'est Rafael ! Quel bonheur !

Il s'agissait de deux jeunes femmes. Vêtues, en ces temps de deuil et de femmes libérées qui avaient appris à lever le poing, avec une correction que l'on aurait qualifiée, à une autre époque, de bourgeoise. Une brune et une blonde. Elles vinrent vers lui au moment où il laissait retomber le rideau entre la salle et le vestibule, près d'un panneau sur lequel étaient annoncées les prochaines projections : *Une nuit à l'Opéra* et *La Charge de la brigade légère*.

– Quel bonheur ! répéta celle qui avait lancé ces quelques mots.

Elles s'étaient approchées, bras dessus bras dessous.

– Tu ne me reconnais pas ? Je suis Cari... Tu sais : Caridad Montero.

– Mais bien sûr, acquiesça calmement Falcó. Je suis très heureux de te revoir.

La poignée de main de la jeune femme brune fut ferme. Tendue, nota-t-il. C'était un contact qui recommandait une prudence extrême.

– Je ne t'avais pas remarqué, dans la salle... Tu as vu le film ?

Il trouva qu'elle ressemblait assez à son frère. Son apparence était celle d'une jeune fille rangée qu'aurait altérée une prétention au populaire. Ses cheveux châtain ondulés étaient coupés au goût du jour, et elle portait un manteau discret de drap gris souris et des chaussures sur des chaussettes.

– Quel hasard ! Ginés va être si content quand il saura que tu es là ! – Elle se tourna vers sa compagne. – Tu connais Rafa Frías ? C'est un grand ami de la famille.

– Très heureuse, dit l'autre jeune femme.

– Eva Rengel, dit Cari, en la présentant. Ma meilleure amie.

Sa meilleure amie était presque aussi grande que lui, qui mesurait un mètre soixante-dix-neuf. Blonde aux yeux noisette, elle avait de belles formes sous le trench-coat anglais de coupe masculine, serré à la taille. Une peau hâlée, des cheveux très courts. Peu féminine, comme le voulait la mode. Tout cela lui conférait un vague et sympathique aspect de garçon sain. Sportif. Il lui donnait entre vingt-cinq et vingt-huit ans et la voyait bien avec un pull et des skis, ou en maillot de bain sur un plongeoir, ou encore en cavalière de saut d'obstacles.

– Je ne vais pas te laisser filer comme ça, dit Cari Montero. Allons prendre un café, ou ce qui te fera plaisir.

Elle se pendit à son bras avec naturel, et ils marchèrent tous les trois jusqu'à un petit local situé au coin de la Plaza de Risueño, où ils burent de la chicorée infecte tandis que Cari Montero posait à Falcó les questions destinées au serveur pour qu'il puisse témoigner, s'il le fallait, qu'il n'y avait eu là qu'une conversation banale entre jeunes qui se connaissent depuis longtemps. Ce fut un bavardage insignifiant sur de fausses anecdotes familiales et des souvenirs communs inventés.

– Que dirais-tu d'une balade, Rafa ? La soirée est agréable, si l'aviation fasciste ne vient pas nous la gâcher. Ils arrivent souvent à cette heure.

– Ça me semble bien.

Eva Rengel le regarda, railleuse.

– Que les avions arrivent ?

– La balade, fit-il en souriant.

La blonde avait un léger accent qu'il ne put identifier. Il remarqua que, à la différence de la plupart des femmes, elle n'avait pas les lobes percés pour recevoir des pendants d'oreilles. Ses ongles étaient très courts, cassés ou rongés, sans vernis, et les doigts de sa main droite tachés de nicotine. Ce n'étaient pas de belles mains.

– L'idée de la promenade me paraît excellente.

Il paya les cafés et ils prirent la direction du port. Maintenant, il était entre elles, une jeune femme à chaque bras. Ils marchaient lentement. Quatre miliciens qui passaient le regardèrent avec une jalousie taquine. L'un d'eux siffla d'admiration et Falcó lui fit un clin d'œil. Les miliciens s'éloignèrent en riant.

– Mon frère m'a prévenue ce matin, dit Cari. Tout est prêt, il ne te reste plus qu'à nous dire quel jour te conviendra, puisqu'il paraît que c'est toi qui commandes.

– Ce sont mes instructions.

– Alors, on va les suivre. Ginés m'a dit aussi que tu n'es pas un camarade. Que tu n'es pas affilié à la Phalange.

– C'est vrai.

– Sympathisant ?

– Non plus.

Eva Rengel le regardait avec curiosité.

– Dans ce cas, je trouve étrange que l'on t'ait confié cette mission, dit-elle.

– La libération de votre chef suprême est une affaire sérieuse. Pour divers camps. Vous n'êtes pas les seuls à vouloir le délivrer.

Ils passèrent devant un immeuble sans vitres aux fenêtres, colmatées avec des cartons et des journaux, et dont la façade était parsemée d'impacts de mitraille. Le cratère de la bombe était au milieu de la rue, comblé avec de la terre, des pierres et des planches.

– Que faisais-tu avant le soulèvement ? voulut savoir Cari Montero. Tu militais dans un parti ou dans un syndicat ?

– Au PHC.

– Qu'est-ce c'est ?

– Le Parti hydraulique contemplatif.

– Sans blague.

– Sérieusement, je regardais l'eau couler sous les ponts.

– Ça alors, tu es un rigolo. Tu l'entends, Eva ? On nous a envoyé un rigolo.

À cette heure, les éventaires du marché de la rue Gisbert avaient fermé. Des gens – quelques enfants, des femmes âgées et des individus d'aspect misérable – glanaient des déchets de poisson et de légumes.

– Les gens commencent à souffrir de la faim, expliqua Cari. Avec la confiscation des usines et la dévastation des campagnes, plus personne ne produit quoi que ce soit. On a fusillé de nombreux patrons et on ne paie plus les salaires. Il y a autre chose qu'on ne paie plus : les loyers, parce qu'on y voit de l'exploitation capitaliste... Les fûtés s'accrochent à un parti ou à un syndicat et en profitent, les autres se débrouillent comme ils le peuvent. C'est le chaos, et ça ne peut qu'empirer.

Ils quittèrent le marché. Le ciel prenait des teintes violacées du côté du ponant.

– Sais-tu quand il faudra passer à l'action ? demanda Cari.

– Dans trois ou quatre jours. On nous préviendra.

– Que pourrais-tu nous dire dès à présent ?

Falcó adopta une expression ambiguë, de celles qui n'engagent à rien.

– Pour le moment, mieux vaut ne rien dire.

– Tu sais que tu peux nous faire confiance, dit Cari, apparemment blessée. Je ne sais pas où tu étais le 18 juillet, mais nous, nous risquions gros même avant ça, ici, avec mon frère et d'autres camarades... La plupart des informations que tu détiens, c'est Eva et moi qui les avons recueillies. Nous nous sommes même rendues à Alicante, pour faire un relevé de la prison et de ses environs.

En se tournant vers Eva Rengel, Falcó surprit son regard inexpressif, peut-être même légèrement méprisant, estima-t-il. Ce qui le mit un peu mal à l'aise.

– Il ne s'agit pas de ça, répliqua-t-il. C'est la procédure. Allons-y progressivement.

– Tu veux dire, insista Cari, que si on nous arrête et que nous en savons trop nous parlerons plus facilement qu'un homme ?

– Des hommes, il y en a de tout acabit, et il en va de même des femmes.

– Oui, mais tu veux dire que nous, dans une tchéka, aux mains de cette racaille, nous sommes plus vulnérables que vous.

– Tu te trompes. Je ne veux rien dire de tel.

Il sentait encore le regard censeur d'Eva Rengel posé sur lui. Qu'elle aille au diable, se dit-il. Et l'autre avec. Falcó avait assisté à des interrogatoires de femme. Ce n'était pas la même chose. Et de loin. Ses souvenirs, sur ce chapitre, n'avaient rien à voir avec ce que l'on peut dire ou entendre dans les meetings et dans les cafés, ni avec toutes les théories sur l'égalité des sexes. Il avait vu des femmes torturées comme des animaux, sans plus de considération ni de pitié. Il connaissait bien les méthodes. Les points faibles. Il y avait des horreurs qu'aucune femme n'était capable d'encaisser, excepté quand il s'agissait de protéger un fils ou un amant.

– Il y a un truc qui nous inquiète, dit Cari abruptement. Je crois savoir que Ginés t'en a touché un mot. Au sujet d'un type qui s'appelle Portela.

Falcó acquiesça.

– Il a seulement mentionné son nom, en me disant qu'il est dans votre groupe… Qu'est-ce qui vous inquiète ?

– Des coïncidences curieuses avec l'arrestation d'autres camarades.

– Et vous croyez qu'il y est pour quelque chose ?

Cari fit la grimace. Elle était charmante avec ses sourcils froncés et son air inquiet, trouva-t-il. Elle paraissait encore plus jeune. Pendant un instant, il l'imagina aux mains des tortionnaires, et il éprouva aussitôt de la tendresse, une tendresse intolérable qu'il chassa tout aussi vite. Ce n'était pas son affaire. Ou plutôt, ça ne pouvait l'être, dans sa position. De tels sentiments induisent à commettre des erreurs, et les erreurs sont fatales. Pour soi, et pour les autres.

– J'en suis sûre, et Ginés partage mon sentiment. Eva aussi.

Il regarda l'amie de Cari. Il y avait dans ses yeux une résolution sereine. Un assentiment muet.

– Et vous pensez que ce Portela ne devrait pas être informé de ce que nous préparons ?

– Il l'est déjà, gémit Cari. En partie, du moins. C'est ce qui nous inquiète. Il peut jouer double jeu. Livrer l'information aux rouges.

Falcó hésitait, pesant le pour et le contre. Les risques. Ce Portela était un facteur imprévu.

– Pourquoi ne nous en avez-vous pas informés plus tôt ?

– Nous n'avons pas eu la moindre communication avec l'autre côté depuis plusieurs jours. Et nos soupçons sont récents.

– Nos certitudes, corrigea Eva Rengel.

Falcó se tourna vers elle.

– Tu me sembles bien sûre de toi.

– J'ai mes raisons.

Il réfléchit encore un moment.

– Qu'avez-vous envisagé ?

– Mon frère te le dira ce soir, répondit Cari. Parce que nous allons dîner ensemble, si tu peux venir. Chez nous.

– Vous trouvez ça prudent ? s'inquiéta Falcó.

– Mais oui. Tu es un ami de la famille, nous t'avons rencontré au cinéma, rien de plus naturel que de t'inviter à dîner. Toi, Eva et nous.

– Pourquoi elle ? demanda-t-il en désignant l'amie de Cari. Est-ce justifié ?

Cari se mit à rire.

– C'est mon frère qui en a eu l'idée, et ce n'est pas un mauvais prétexte… Tu as fait sa connaissance cet après-midi, elle t'intéresse, elle te plaît. Et tu lui plais.

– C'est crédible ?

– Que tu plaises à Eva ? Demande-le-lui…

Les regards de Falcó et d'Eva se croisèrent. Il s'aperçut qu'elle souriait, elle aussi. On pourrait croire que nous sommes tous les trois en train de faire un craque d'étudiants, se dit-il. Personne ne se douterait, à nous voir, que nous pourrions tous être conduits directement au peloton d'exécution.

– Tu n'y vois pas d'inconvénient ? demanda-t-il à Eva Rengel.

– Au contraire, rétorqua-t-elle, visiblement amusée par la situation. Je crois que c'est une bonne idée.

– Alors, comme ça, nous nous plaisons, toi et moi.

– Comme ça.

– À quel point ?

Elle soutint son regard une seconde de trop.

– Juste ce qu'il faut.

Il se mit à rire à son tour. Il observa un instant Cari, pour voir sa réaction, et rit encore.

– Par ces temps de guerre, de révolution et j'en passe, mieux vaut l'amour libre, non ? Vivons et aimons, nous qui mourrons demain.

Il remarqua qu'Eva Rengel était maintenant légèrement tendue.

– Ça suffit. Tu plaisantes souvent avec ça ?

– L'amour ?

– Le fait d'être tué.

Les lèvres de Falcó se tordirent en un sourire cruel.

– Seulement quand je risque de l'être.

Sur ces mots, il promena un vif regard sur la gabardine qui, nouée à la taille, moulait les formes de la jeune femme. Le cou dégagé sous les cheveux blonds très courts, entre les rabats relevés du col, semblait long et fort. Les lèvres charnues étaient bien dessinées, sans trace de rouge. Le contact de son corps qui le frôlait tandis qu'elle marchait pendue à son bras – elle commençait à se détendre – était très agréable, chaud et ferme, aussi naturel que la vie et la chair mêmes. Il ne sentait aucune timidité dans ce rapprochement. Et il y avait encore ces mains aux ongles cassés et aux doigts jaunis, dont elle ne paraissait nullement se soucier. C'était une fille sûre d'elle ; il fallait bien qu'elle le fût, pour s'impliquer comme toutes les deux le faisaient. Des milliers d'hommes auraient tremblé rien qu'à l'idée de s'en mêler.

Ils arrivaient presque au bout de la rue Gisbert, près du tunnel qui conduisait au port, quand ils furent surpris par une alerte aérienne : au-dessus de leurs têtes retentit la sirène de l'Hospital de Marina, à laquelle d'autres, dispersées plus loin dans la ville, se joignirent immédiatement. Sous la lumière rougeâtre du crépuscule, des groupes de gens du quartier apparurent dans la rue où l'ombre tombait, courant vers les abris taillés dans la roche.

– Nous devrions y aller nous aussi, dit Falcó.

Ils marchèrent d'un pas pressé jusqu'à l'entrée du refuge le plus proche, où il y avait déjà une trentaine de personnes : femmes et hommes âgés, mères avec leurs jeunes enfants, quelques soldats et marins. Une lanterne éclairait l'endroit et multipliait les ombres. Deux miliciens, arrivés les derniers en portant une vieille invalide, avaient couché celle-ci par terre sur une couverture, et elle gémissait maintenant doucement. Les visages étaient tendus, défaits, attentifs. Les expressions inquiètes. On sentait une odeur aigre et lourde de sueur, de peur et de fumée de tabac. Presque tous les hommes fumaient. Un vrombissement sourd, sporadique, se fit entendre au loin et se rapprocha. Tout à coup, une explosion retentit, proche, qui fit trembler les murs. Des femmes crièrent et, dans le fond de l'abri, des enfants se mirent à pleurer.

– Salauds de fascistes, dit quelqu'un.

Falcó était dans l'étroit passage qui menait à la porte avec les deux jeunes femmes. Elles gardaient leur sang-froid, même quand l'explosion des bombes se rapprochait trop. Il sortit ses cigarettes et ils fumèrent tous les trois.

– D'où vient ton accent ? demanda-t-il à Eva Rengel.

– On ne le remarque presque pas, dit Cari.

– Moi, je l'ai remarqué.

Eva le lui expliqua en quelques mots. Son père était un ingénieur des mines anglais, marié à une Espagnole. Directeur d'une exploitation à Linares, il avait été envoyé à Carthagène pour en diriger une autre, à La Unión. Sa femme morte en couches, il s'était résolu à confier l'éducation d'Eva à sa famille, en Angleterre. Elle était souvent venue en Espagne ; elle aimait le pays et ses habitants. Son père, mort juste avant le début de la guerre, lui avait laissé une petite rente. Elle était venue la percevoir à Carthagène au moment où l'insurrection éclatait. Sa rente – ce privilège des parasites bourgeois improductifs – s'était évaporée avec la nationalisation de la banque. Comme personne ne parlait une langue étrangère à la mairie, et qu'elle maîtrisait l'anglais et le français, elle avait obtenu un emploi d'interprète.

– Un endroit qui tombe parfaitement bien, remarqua Falcó.

– Oui.

Les explosions des bombes semblaient s'éloigner, ponctuées par la canonnade lointaine des batteries antiaériennes. Quand le silence revint à l'extérieur, Falcó jeta un regard hors de l'abri.

– On y va ?

– D'accord.

Ils sortirent dans la nuit. La rue qui aboutissait au tunnel menant au port n'était qu'un entassement d'ombres. Sous leurs chaussures crissaient des éclats de verre brisé. Falcó s'adressa à Eva :

— Comment t'es-tu mêlée à ça ?

Il fit quelques pas tandis que la jeune femme restait silencieuse. Leurs trois silhouettes sombres débouchèrent sur l'esplanade du port. Tout était plongé dans l'obscurité, sans autre lumière que l'éclat de la lune entre les nuages. Derrière eux, sur la muraille, la sirène annonçait la fin de l'alerte.

— Je m'étais fait des amis, avant la guerre, dit enfin Eva. Ils étaient affiliés ou sympathisants de la Phalange. En découvrant toutes ces horreurs de la guerre civile autour de moi, je me suis dit qu'il fallait que je fasse quelque chose… J'avais lié connaissance avec Cari au central téléphonique, et elle m'a présenté son frère et les autres. C'est comme ça que je suis entrée dans la Section féminine de la Phalange.

— Et tu n'as pas peur ? Jamais ?

— Elle n'a pas peur, intervint la sœur de Ginés. C'est la fille la plus courageuse que je connaisse. Et mon frère le dit aussi.

— Mais bien sûr que j'ai peur ! se récria Eva. J'ai tout le temps peur.

— Pourquoi le fais-tu, alors ?

Elle ne répondit pas. Ils longeaient la grille des docks. Falcó fit remarquer qu'ils s'en approchaient de trop près et qu'ils pourraient bien être interpellés par une patrouille.

— Je ne veux pas qu'on m'accuse de faire signe aux avions avec la braise de ma cigarette.

— Ils en seraient capables, fit Cari en riant.

— C'est bien pour ça que je le dis.

Ils s'éloignèrent en direction de la muraille et la Plaza del Ayuntamiento. Les grands magnolias de l'esplanade les abritaient sous leurs ramures touffues et sombres.

– Tu ne m'as toujours pas dit pourquoi tu es phalangiste, dit Falcó à Eva.

La jeune femme resta muette pendant quelques instants.

– As-tu jamais vu José Antonio en personne ? insista-t-il.

– Une fois, dans un meeting à Madrid.

– Et ?

– J'ai aimé sa façon de parler. Sensé… éduqué.

– Et beau.

– Oui, ça aussi.

– Tu n'es pas mal non plus, Rafa, dit Cari en riant. Avec une chemise bleue, tu serais sublime.

– Je préfère les blanches.

– Dommage.

Ils étaient arrivés Plaza del Ayuntamiento. Sur la gauche, on apercevait les silhouettes des navires de guerre amarrés poupe à quai. Apparemment, les bombardements n'avaient causé aucun dommage dans le secteur. De l'autre côté, celui où se profilait la ville haute, l'éclat d'un petit incendie découpait les contours de la vieille cathédrale.

– J'aime l'Espagne, finit par dire Eva. J'aurais très honte d'assister à ce qui arrive sans rien faire.

– Ça, dit Falcó, c'est une motivation…

– Virile ?

Elle l'avait interrompu avec brusquerie. Quasi agressive.

– Puissante, acheva-t-il.

– Je ressens la même chose qu'Eva, déclara Cari ; la seule différence, c'est que, comme mon frère, je suis emportée par l'indignation, devant ce qui se passe. Je deviens folle de rage quand je vois comment ces socialistes, ces communistes, ces anarchistes et ces indépendantistes ont démoli l'Espagne. Eva, elle, prend ça autrement… Elle est plus posée que moi. Plus froide dans ses amours et dans ses haines.

– C'est une aventure dangereuse. Il se pourrait que vous ne soyez plus là pour en voir la fin.

– Ne dis pas ça, protesta Cari en lui donnant un petit coup sur le bras. Il rira de nouveau, le printemps.

C'était un vers du *Cara al sol*, l'hymne de la Phalange, ce qui fit sourire Falcó.

– Je saurai quelle est ma fin quand elle sera arrivée, dit Eva.

Cari se pendit derechef au bras de Falcó. Elle semblait contente.

– Donc, Rafa, ou quel que soit ton vrai nom… Elle te plaît, mon amie ?

– Beaucoup, répondit-il, amusé. Elle me plaît beaucoup.

– Alors, ne te fais pas trop d'illusions.

Une patrouille de nuit passa près d'eux. Sans les arrêter. Pendant un instant, la lumière d'une torche électrique éclaira leurs visages, et le faisceau de lumière s'éteignit aussitôt. Les ombres s'éloignèrent avec un bruit de pas et de fusils.

– Des marins d'un bateau, dit Cari, redevenue sérieuse. Ils filent en direction de la prison de l'Arsenal… Quelques malheureux vont payer pour le bombardement de ce soir.

7

LES AMIS DE FÉLIX

Il était avec Eva Rengel chez les Montero, après le dîner. La mère, une femme bien en chair et aimable qui ressemblait à sa fille, avait desservi et s'était retirée en refermant la porte derrière elle, pour ne pas les gêner. On entendait le sifflement régulier d'un radiateur à gaz. La salle à manger était celle d'une famille aisée, sans excès : meubles en acajou sombre, photos de famille aux murs. Sur la nappe, entre les tasses à café vides, il y avait une carte et un plan dépliés, des cendriers, un demi-paquet de Muratti, un carnet scolaire, un crayon, une bouteille de brandy Fundador, un siphon d'eau de Seltz et des verres. Pour respecter le couvre-feu, le grand lustre à pampilles qui pendait au plafond était éteint, et les volets de bois de la fenêtre en rotonde étaient clos. La fumée du tabac grisait le cône de lumière de la lampe de bureau posée sur la table.

– La cellule de José Antonio est ici. – En manches de chemise, Falcó pointait les emplacements sur le plan dessiné à la main. – Pour y arriver, il faut passer par cette cour, et par cette autre, là, à droite. Vous la voyez ? Et par ce couloir.

– Ça, c'est une grille ? demanda Ginés Montero.

Dans ses lunettes se reflétait le plan.

– Oui. Ici, il y en a une autre. – Falcó désigna la situation exacte. – Nous devrions en avoir les clefs.

– On les aura. Le camarade que nous avons parmi les fonctionnaires nous les a promises… Comment allons-nous franchir la porte d'entrée ?

– Six d'entre nous arriveront dans une première voiture, et nous dirons que nous amenons un prisonnier. Nous aurons un ordre écrit avec tous les cachets nécessaires, pour éviter les complications : CNT, UGT, FAI[1]… Quand ils auront ouvert, nous passerons à l'attaque avec les pistolets-mitrailleurs et les grenades. Le second groupe nous emboîtera le pas.

Montero regarda sa sœur, puis Eva, avant d'acquiescer, satisfait.

– Ça me va. Mais comme armes d'assaut, nous n'avons qu'une caisse de grenades Lafitte, trois pistolets Star 9 mm canon long et une centaine de cartouches.

– Ça ira, et il est prévu que la force de débarquement en apportera d'autres, dit Falcó pour le tranquilliser. Armes, munitions et grenades pour tous.

– Formidable.

Falcó replia le plan de la prison et le mit dans la poche de son blouson, pendu au dossier de sa chaise.

– Une objection ? demanda-t-il.

– C'est toi le responsable, maintenant, dit Montero. J'en ai reçu l'ordre.

– Ça n'a pas grande importance. Je me contente de tout coordonner. Le travail préparatoire, c'est vous qui l'avez fait.

– Tu participeras à l'attaque de la prison, toi aussi ? Je veux dire : tu y entreras ?

– Je ne le sais pas encore.

– Il y a aussi son frère, Miguel. Je suppose que nous le libérerons en même temps.

Falcó pensa à Miguel Primo de Rivera, qu'il connaissait de vue, comme le reste de la fratrie – qui comprenait une fille,

1. Confédération nationale du travail, Union générale des travailleurs, Fédération anarchiste ibérique.

Pilar. Il avait parfois rencontré le plus jeune, Fernando, à Jerez, quand celui-ci n'était encore qu'un gamin en culottes courtes, alors que ses frères fumaient leurs premières cigarettes, s'essayaient au tango et baratinaient les filles. Fernando avait été fusillé à Madrid, et Miguel, arrêté et incarcéré avec José Antonio, devait être bientôt jugé. Vu la tournure prise par les événements, une condamnation à mort était plus que probable.

– Je n'ai pas d'ordres le concernant.

– Mais c'est un camarade, protesta Montero.

– Ça n'entre pas en ligne de compte. La priorité est de délivrer José Antonio... Quand il aura été mis à l'abri, si c'est possible nous libérerons d'autres prisonniers. Mais rien de tel ne pourra se faire jusqu'à ce que la fuite de José Antonio ait été assurée, et qu'il ait quitté la prison.

– Certains sont des phalangistes, insista Ginés. Ils seront assassinés si nous les laissons là.

– Je n'y peux rien. Mes instructions portent sur un seul prisonnier. Pour les autres, nous n'avons pas les moyens de les libérer tous. Le lieu de l'embarquement est à une demi-heure de voiture de la prison... Nous n'avons ni moyen de transport, ni assez de place dans le canot qui nous attendra sur la plage.

– Nous pourrions les faire sortir et les laisser se débrouiller, suggéra Cari Montero.

– Cela ne me dit rien qui vaille. En supposant que nous en ayons le temps et la possibilité, ils vont nous coller aux pattes, nous gêner et compromettre la fuite.

– Tu n'es pas des nôtres, observa Montero. Il y a des choses...

Falcó lui lança un regard dur.

– Qui ne m'intéressent pas. Vous êtes connus pour votre discipline, non ? Eh bien, c'est l'occasion ou jamais d'en faire la démonstration. Il en a été décidé ainsi, et c'est ainsi que nous devrons agir.

125

Il se servit un doigt de brandy et ajouta une giclée d'eau de Seltz. Le frère, la sœur et Eva s'entreregardèrent.

– Encore un point, dit Montero. Elles veulent venir.

Falcó ferma à demi les yeux, attentif au goût de l'alcool, puis il hocha la tête et posa tout doucement le verre sur la nappe.

– Hors de question.

– Elles connaissent le terrain. Elles ont couru de grands risques.

– Eh bien, c'est déjà plus que suffisant.

– Elles peuvent nous être très utiles en couverture. Il n'est pas nécessaire qu'elles pénètrent dans la prison. Et elles savent se servir des armes.

– Nous savons tirer au pistolet et lancer des grenades, confirma Cari. Ginés nous l'a appris. Et Eva conduit très bien.

Coudes sur la table, celle-ci avait le menton posé sur une main, et tenait de l'autre une cigarette allumée.

– Oui, confirma-t-elle. Je connais bien les voitures.

La scène plongea Falcó dans une réflexion profonde. Sur son expérience personnelle. Ses souvenirs. Il avait tué des hommes à cause des femmes ou par leur faute. Elles favorisaient ce genre de chose, aussi fortes, déterminées ou indépendantes qu'elles pussent être. Les instincts sempiternels finissaient toujours, malgré la raison, par interférer dangereusement. Et ce, quel que soit la nature des sentiments qui animent les hommes : leur vanité, leur tendance dominatrice ou protectrice, ou même les nobles sentiments tels que l'affection, l'humanité ou l'amour. Placés dans des situations extrêmes en présence de femmes, la plupart d'entre eux n'étaient pas capables de résister au penchant primaire qui les poussait à les protéger. Ce qui les rendait imprudents. Vulnérables. En s'exposant ainsi au danger ils les mettaient elles aussi en péril, devenaient une menace pour tout le monde.

– De combien d'éléments disposerons-nous, indépendamment de ceux qui débarqueront ?

Eva et Cari le regardaient encore, dans l'expectative. Il feignit de n'en rien voir en prenant une gorgée de brandy.

– D'elles deux, et d'un autre camarade, dit Montero. Ils pourront surveiller la plage et envoyer des signaux de reconnaissance au bateau.

– Quel autre camarade ?

– Un gars d'Alhama, très jeune, mais sûr à cent pour cent. Un étudiant. Ricote. Toi et moi, nous guiderons le groupe d'assaut… Qu'en dis-tu ?

Falcó évitait encore le regard des deux femmes. En définitive, conclut-il, l'équipe n'est pas nombreuse.

– Ça me paraît bien, admit-il enfin. Mais ce Ricote, Cari et Eva resteront sur la plage.

Un soupir de soulagement perceptible accueillit ces paroles. En levant les yeux, Falcó croisa ceux d'Eva. Elle le regardait d'une curieuse façon entre les spirales de fumée de sa cigarette.

– Combien seront-ils à débarquer ? s'enquit Montero.

– On m'a parlé d'une quinzaine d'hommes… Tous aguerris et déterminés. Ils ont été choisis parmi les centuries de la Phalange qui combattent sur le front.

– Et à quelle heure le feront-ils ?

– À minuit. Alicante est à neuf kilomètres du lieu de débarquement. Nous aurons une heure et demie pour aller de la plage à la prison, et de la prison à la plage.

– Tu connais l'emplacement ?

– Non. Je ne l'ai découvert qu'ici, sur les cartes.

Montero montra alors, sur une vieille carte d'état-major topographique dépliée sur la table, une étroite frange entre les courbes de niveau et la mer.

– El Arenal, c'est le nom de l'endroit, est là, au nord du cap de Santa Pola. Tu vois ? C'est une vaste pinède dans une dépression derrière la plage et les dunes. Les pins arrivent presque jusqu'au rivage.

– Faut-il traverser un village pour s'y rendre ?

– Non. Il y a là un chemin de terre, il quitte la route de Carthagène à Alicante et s'enfonce dans la pinède... Discrétion assurée.

Falcó prit une cigarette, en tapota doucement l'extrémité contre le verre de sa montre, et l'alluma du côté où la marque était imprimée sur le papier. Il procédait toujours ainsi, pour ne laisser aucun indice superflu. On peut facilement identifier un fumeur à ses mégots. Il le faisait même avec ces Muratti, qui n'étaient pas sa marque habituelle ; c'était un réflexe machinal. Falcó était, entre autres choses, un ensemble bien coordonné d'automatismes. Ils aident à ne perdre ni la tête ni la vie. Être une cible fixe ou en mouvement, ce n'est pas pareil.

– On m'a dit que vous pourriez fournir quelques hommes de plus.

– C'est vrai, dit Cari. Nous disposons d'une escouade de confiance, des types qui n'ont pas froid aux yeux. Ce sont trois camarades de Murcie qui ont un camion : deux cousins, les Balsalobre, et un garde d'assaut du nom de Torres.

– Nous n'avons pas voulu les impliquer jusqu'à présent, confirma son frère. Maintenant, la situation l'exige.

– Connaissent-ils l'objectif de cette mission ?

– Non. Mais ils sont disciplinés et feront ce qu'on leur demandera.

– Peut-on se fier au garde d'assaut ?

– Entièrement. C'est une vieille chemise.

La cigarette aux lèvres, Falcó avait mentalement pris note de tout. Excepté le plan de la prison, indispensable pour ceux qui allaient débarquer, il n'avait sur lui aucun autre document lié à l'opération. Depuis longtemps il ne notait rien, sinon ce dont il ne pouvait se passer, des notes brèves qu'il détruisait après les avoir mémorisées. Un excès de papier dans les poches facilite aussi la culbute définitive. Le jour où sa mémoire le trahirait, il ne lui resterait qu'à changer de métier. Ou à se faire liquider comme un imbécile.

– Avec les quinze hommes du groupe d'assaut nous serons vingt-quatre, en comptant Cari et Eva, dit-il. Ce n'est pas beaucoup.

– Nous n'avons personne d'autre. C'est pour cela qu'elles sont indispensables, toutes les deux... et même avec elles, nous ne serons pas vingt-quatre, mais vingt-trois.

– Pourquoi ?

La réponse fut remise à plus tard parce que, à ce moment-là, madame Montero fit irruption dans la pièce, pâle, tremblant d'angoisse.

– Une voiture vient de s'arrêter dans la rue. Des gens armés en descendent, dit-elle. Seigneur, ayez pitié de nous !

– Ils viennent ici ?

– Je ne sais pas.

Falcó sortit le pistolet de son blouson et le glissa dans la poche arrière de son pantalon. Ils éteignirent la lampe de bureau et les cigarettes. La mère de famille priait à haute voix – « Mon Dieu ! Seigneur Jésus ! Sainte Vierge ! » – de façon incohérente et précipitée, jusqu'à ce que son fils lui ordonne de se taire. Falcó s'approcha de la fenêtre en rotonde, et il entrouvrit légèrement les volets. Comme il ne pouvait voir suffisamment, il s'introduisit dans l'ouverture et, plaqué contre le mur, regarda la rue. Dans la pénombre, il vit une automobile arrêtée, de couleur sombre, sur le capot de laquelle se détachaient, peintes en blanc, les lettres UHP, qui désignaient l'Union des frères prolétaires. Il y avait des ombres avec des fusils.

– Ils vont dans la maison d'en face, murmura Montero, derrière lui. C'est une perquisition.

– Qui habite là ?

– Des voisins. Un militaire à la retraite, avec sa fille, une moniale qui a été chassée du couvent auquel on a mis le feu, et il a aussi un fils, qui est passé dans l'autre camp. L'homme a voté à droite. C'est peut-être après lui qu'ils en ont... C'est l'heure où ils commencent leurs visites nocturnes.

Le canon nickelé d'un revolver luisait dans sa main tandis qu'il parlait.

– Range ça, lui dit Falcó. Si un coup part, nous sommes cuits.

– Tu as sorti ton pistolet, toi aussi.

– Oui, mais il est maintenant dans ma poche.

Falcó pouvait sentir la peur du garçon, mais il fut satisfait de constater, ou de percevoir que c'était une peur maîtrisée, calme. Celle de quelqu'un qui se résigne à ce signe de faiblesse et l'assume sans se laisser abattre. Ils restèrent là tous les deux, immobiles, pendant une quinzaine de minutes. Les femmes attendaient, inquiètes, dans la salle à manger. Il entendait le léger marmonnement des prières de madame Montero. Bientôt, un groupe d'ombres sortit de la porte de la maison d'en face et se dirigea vers la voiture. Maintenant, il y avait de la lumière à l'une des fenêtres en encorbellement, et deux femmes s'y montraient. On entendait des cris et des pleurs. D'en bas monta une voix acerbe qui leur ordonna de rentrer et d'éteindre la lumière si elles ne voulaient pas qu'on les prenne pour cibles. La fenêtre s'éteignit.

– Pourquoi ne serons-nous pas vingt-quatre ? voulut savoir Falcó.

Il était revenu dans la salle à manger avec Montero, dont la mère était sortie en pleurant et en continuant de prier. « Sainte Vierge ! Quelle folie ! Que Dieu les prenne tous en Sa sainte garde ! » La lampe de bureau éclairait les visages graves d'Eva et de Cari.

– À cause de Juan Portela, dit Montero. Un type de notre groupe. Nous n'avons pas confiance en lui.

Falcó montra les deux jeunes femmes.

– Elles m'en ont touché un mot... Jusqu'à quand vous êtes-vous fiés à lui ?

– Jusqu'à trop récemment, fit Cari.

– Sait-il quelque chose à mon sujet ?

– Rien.

– Et sur Alicante ?

– Non plus. Il connaît l'existence du projet, c'est tout.

– Dans ce cas, quel est le problème ?

– Au cours de ces dernières semaines, trois de nos camarades ont été liquidés. Il les connaissait tous les trois.

Falcó grimaça. Les craintes irrationnelles, habituelles dans son monde, ne voulaient pas dire que l'ennemi était réellement à vos trousses. La difficulté était d'établir un équilibre entre entourloupes de l'imagination et menaces réelles.

– Je suppose que vous les connaissiez vous aussi.

Ce fut mal accueilli. Un bref silence suivit, pénible.

– Ce n'est pas drôle, dit Cari.

Son frère s'était levé. Il alla vers un buffet et glissa la main entre le meuble et le mur.

– Eva l'a aperçu deux fois, à la mairie, dans des bureaux où il n'avait rien à faire... ce qui l'a conduite à se livrer à quelques recherches, et elle a trouvé ceci.

Il avait sorti de leur cachette deux feuilles de papier dactylographiées et agrafées qu'il remit à Falcó. Elles portaient l'en-tête de l'Unité spéciale de sûreté et de surveillance. « Selon ce que m'apprend Juan Portela Conesa, âgé de trente-deux ans, célibataire, domicilié au n° 7 de la rue du Salitre... » Le document, signé par un certain Robles, portait le cachet de la police à côté du paraphe, et résumait un entretien au cours duquel étaient nommément mentionnés des gens de droite. Le texte indiquait que Portela les aurait dénoncés.

Falcó examina le document. Les tampons paraissaient authentiques.

– Depuis quand avez-vous ça ?

– Depuis trois jours.

– Comment ce papier est-il arrivé entre vos mains ?

– Eva, qui travaille comme interprète à la mairie, a accès à beaucoup de choses.

Falcó regarda Eva avec un respect sincère.

– J'appelle ça risquer sa vie, lui dit-il.

Elle souriait à peine, distante, en prenant une cigarette. Il saisit la boîte d'allumettes et lui donna du feu. Eva se pencha au-dessus de la flamme, et leurs mains se frôlèrent, un instant.

– Quand j'ai lu ce papier, j'en suis restée sidérée, dit-elle simplement en soufflant la fumée.

– On ne va pas s'apercevoir de l'absence de ce document ?

– J'espère que non, mais je ne pouvais pas faire autrement... Je l'ai pris pour que vous le voyiez, je le remettrai à sa place dès que je le pourrai.

Elle avait dit ça calmement, d'un ton dénué d'emphase. Voilà une femme qui a de la classe, se dit Falcó. Il la trouvait encore plus belle maintenant, sans la gabardine. Tandis qu'elle l'enlevait, en entrant, il avait remarqué ses jambes bien galbées, ses hanches larges de femme vigoureuse moulées par sa jupe bleue, et admiré ses yeux noisette sereins, ses épaules de nageuse, les lobes de ses oreilles non percés, son cou long et fort que découvrait l'échancrure de son corsage, sous ses cheveux blonds coupés très court. De nouveau, il avait conclu, un peu déconcerté, que quelque chose clochait, en elle. Peut-être ses mains vulgaires, aux ongles négligés, peut-être aussi une excessive dureté d'ordre physique, presque masculine, qu'accentuait l'absence de maquillage. Pour la première fois, pendant une fraction de seconde, il se demanda si, en plus d'être phalangiste et courageuse, Eva Rengel n'était pas aussi lesbienne.

– L'un de ceux qui sont mentionnés sur ce document était des nôtres, disait Moreno. Il a été arrêté, mais il n'est jamais arrivé à la prison… Après l'avoir interrogé à la tchéka des Adoratrices, on l'a fusillé dans le cimetière.

Falcó se renversa contre le dossier de sa chaise. Il réfléchissait.

– Qu'en avez-vous conclu ?

Les autres échangèrent un regard.

– Juan Portela joue double jeu, trancha Montero. Peut-être devrions-nous le neutraliser avant qu'il aille plus loin.

Falcó le toisa, moqueur. Le mot l'amusait.

– Le neutraliser ?

– Appelle ça comme tu voudras.

– C'est grave, dit-il en les examinant un par un, pour les sonder. Il s'agit d'un de vos camarades.

– Ce n'est pas un camarade. C'est un traître et un délateur, lança Cari.

Falcó la regarda.

– Tu es d'accord avec ça ? La… neutralisation de cet homme ?

Elle ne dit rien. Il se tourna vers Eva.

– Et toi ?

Il n'obtint pas non plus de réponse.

– Nous avons eu du mal à le croire, remarqua Montero, comme si ces quelques mots expliquaient tout.

– Depuis combien de temps cet individu est-il phalangiste ?

– Depuis aussi longtemps que moi. Et il n'avait jamais failli.

– A-t-il un proche menacé, ou en prison ?

– Non, pas que je sache. Son père est apolitique. Mais un de ses frères, capitaine d'artillerie, a été exécuté par les nationaux à Melilla parce qu'il ne s'était pas joint au soulèvement.

– Quand l'a-t-il appris ?

– Il y a un mois.

– Cela coïncide-t-il avec les premières arrestations de vos compagnons ?

– À peu près.

Falcó éteignit sa cigarette.

– C'est une raison suffisante, estima-t-il, aussi valable que n'importe quelle autre.

Ils restèrent tous à se regarder, en silence.

– À toi de décider ce que nous devons faire, dit enfin Montero à Falcó. Tu es maintenant le chef...

– Je ne l'ai jamais vu, objecta Falcó.

– On peut te le montrer demain, si tu veux.

– Où ?

– Au bar Americano de la Calle Mayor. Il a l'habitude d'y prendre l'apéritif avant d'aller Calle del Aire, faire une partie de billard. Il bosse à côté, dans la boutique de son père, qui est tailleur. J'irai échanger quelques mots avec lui, tu le verras de loin, tu sauras à quoi il ressemble... Je lui donnerai un rendez-vous plus tard, et nous nous chargerons de lui. Toi et moi.

– Et nous aussi, dit Eva avec une soudaine dureté.

Falcó pesait les risques et les avantages. À ce stade du complot, Juan Portela pouvait avoir déjà dit tout ce qu'il savait. Mais il n'était pas envisageable non plus de l'éliminer purement et simplement. Sa mort pourrait alerter les autorités, précipiter les choses et tout compromettre. Voilà pourquoi le terme *neutraliser* s'imposait comme le plus adéquat. Il était essentiel d'apprendre ce que Portela savait exactement, tout comme ce qu'il ignorait et ce qu'il avait dévoilé. Si la pire des possibilités était la bonne, la raison pour laquelle rien n'avait encore été tenté contre le groupe s'imposait : on attendait que tous les impliqués soient rassemblés pour les prendre d'un seul coup de filet. Parmi les rouges, tout n'était pas que mouvements empiriques et ineptes de milices et de factions qui se tiraient dans les pattes. Il y avait aussi chez eux des intelligences fines.

– Ne pourrait-on pas le coincer et l'interroger ?

– C'est envisageable.

– Il y a un principe militaire très utile, dit Falcó après avoir réfléchi encore quelques instants : s'attendre au plus probable, mais s'organiser en fonction du plus périlleux.

– Moi, ça me va ! s'exclama Cari.

– À moi aussi, dit son frère.

– Eh oui, parce que, dans ce cas, le plus probable est combiné au plus périlleux... Et toi, Eva, qu'en penses-tu ?

La jeune femme le regarda, sans expression particulière. Elle écrasa le mégot de sa cigarette dans le cendrier avec soin, jusqu'à ce qu'il ne reste plus la moindre braise fumante.

– Faisons comme ça, dit-elle.

Falcó commençait à avoir mal à la tête. Résigné, il chercha un comprimé de Cafiaspirina dans son blouson.

– D'accord, fit-il en levant les mains comme s'il se rendait. On s'occupera de ça demain.

« Madrid résiste à la furieuse offensive fasciste » faisait le gros titre du quotidien *El Noticiero*. Et plus bas, sur deux colonnes : « À Carthagène, les bombardements criminels sur la population civile se poursuivent. » Appuyé contre le mur près du comptoir de l'Americano, Lorenzo Falcó plia le journal et le posa à côté de son verre de bière. Il s'était acheté une casquette plate et avait épinglé sur le revers du col de son blouson un insigne du parti communiste, une faucille et un marteau en métal doré et rouge, trouvé dans une boutique voisine, ce qui lui permettait de se fondre – du moins en intention – dans le décor. C'était l'heure de l'apéritif, il faisait beau et il y avait foule dans les bars et les cafés de la Calle Mayor. La plus grande partie de la clientèle était composée d'hommes jeunes en âge d'être mobilisés, mais qui se débrouillaient pour ne pas être envoyés au casse-pipe et rester à l'arrière sous l'étiquette salvatrice de *personnel indispensable*. Il y avait là des employés de bureau de la municipalité, des gérants et des propriétaires de magasins proches, et les uniformes ne manquaient pas. L'Americano, qui avait été avant la guerre un bar élégant où se réunissaient les petits messieurs des classes moyenne et supérieure, n'était plus qu'un va-et-vient d'uniformes kaki, de bleus de travail ou de blouses grises, de vestes de cuir, de blousons avec des brassards de groupements et de partis, de casquettes militaires, de bérets avec insigne et de calots à pompon, le tout dûment assorti de ceinturons et de pistolets, à trois cents kilomètres des combattants marocains et des légionnaires les plus proches. Un portrait de Staline et un autre de Lénine étaient calés entre les bouteilles alignées sur les rayons du bar. Avec un sourire intérieur, Falcó se dit que si tous ces guerriers d'opérette étaient expédiés sur le front ils suffiraient, ne serait-ce que par leur nombre, à arrêter la progression des forces nationales. Il se rappela un couplet que l'on chantait dans l'autre camp, mais qui valait aussi pour celui-ci.

Quand du front on débarque
Tout ce que l'on remarque
Ce sont les embusqués
Aux tables des cafés.

Près de Falcó, un individu aux mains et au visage noirâtres, vêtu d'une chemise à carreaux, chaussé d'espadrilles et coiffé du calot rouge et noir des anarchistes, où était cousue une balle de Mauser, avait posé son pistolet-mitrailleur sur le bar et buvait lentement un verre de vermouth en piquant de temps en temps une olive avec un cure-dents. Il avait

136

Il mangea lentement, avec appétit, parce qu'il n'avait rien avalé depuis la veille au soir, et garda pour plus tard les provisions qu'il trimballait avec lui : une moitié de tomme, du pain, une boîte de lait concentré. Ensuite, il consulta sa montre – il avait laissé la Patek Philippe à Salamanque et pris une tocante en acier sans valeur – et, tirant d'une poche une carte et une boussole, il se livra à quelques calculs à la lumière de la lampe à pétrole qui éclairait la guérite. Il avait prévu de suivre la route jusqu'à Guadix, et là de prendre le train à voie étroite de l'ancienne ligne Grenade-Murcie qui, bien que coupée par les sabotages de guerre, continuait à fonctionner à partir de là. Dès qu'il se serait un peu plus éloigné du front, il pourrait marcher sur la route et, avec de la chance, un camion ou une voiture le conduirait à Guadix si le conducteur était bien luné. Après tout, ses papiers faisaient de lui, photos et tampons officiels à l'appui, le caporal d'artillerie républicain Rafael Frías Sánchez, assigné à une batterie de défense aérienne de Carthagène, en déplacement pour aller rejoindre son unité.

L'horizon commençait à s'éclaircir quand Falcó quitta la guérite et partit en coupant à travers champs. Il parcourut environ dix kilomètres en deux heures et le soleil était déjà haut quand il rejoignit la route. À un certain moment, il lui sembla entendre retentir de lointains échos d'artillerie lourde sur les versants de la sierra aux sommets enneigés qui se dressait, majestueuse, à sa droite. Peu après, deux biplans traversèrent le ciel d'est en ouest, et l'un d'eux s'écarta de l'autre pour survoler la route, à basse altitude. C'était un Fiat 32 Chirri. Avec appréhension, Falcó reconnut la croix noire de l'aviation de chasse nationale peinte à l'arrière sur le gouvernail de direction blanc ; mais il était à découvert, sans le moindre endroit où se mettre à l'abri. Il continua donc d'avancer, tendu comme un ressort, tandis que l'avion se rapprochait toujours plus et descendait toujours plus bas. Un instant plus tard, avec la violente et désagréable certitude de faire une cible parfaite, il vit le chasseur passer près de lui, à seulement une trentaine de mètres du sol, et son pilote, silhouette coiffée de cuir avec des lunettes de protection, l'observer avant de reprendre de la hauteur et rejoindre l'autre appareil.

Quand les deux petits points eurent disparu à l'horizon, Falcó s'arrêta pour ôter son sac à dos et ouvrir son blouson. Dessous, le bleu de travail était trempé de sueur. Assis sur un rocher au bord de la route, il sortit d'une de ses poches une blague de cigarettes roulées et une boîte d'allumettes – les Player's et l'étui élégant étaient aussi restés à Salamanque – et, quand il en alluma une, il s'avisa qu'il avait du sang sous les ongles : une fine ligne de croûte sale et brune. Il l'ôta soigneusement avec la pointe de son couteau.

Le wagon, qui avait été de troisième classe – classes qui étaient maintenant officiellement abolies sur le territoire de la République –, était quasi bondé. Les cahots faisaient tout vibrer. Les filets des porte-bagages étaient lestés de paquets, de paniers et de valises en carton qui se balançaient, suspendus au-dessus des têtes des soldats en uniforme bleu ou kaki, avec leur Mauser, leur ceinturon et leur calot. Quatre ou cinq d'entre eux jouaient aux cartes, leurs camarades fumaient ou dormaient. Les autres passagers étaient pour la plupart des femmes en deuil couvertes de châles en laine et des hommes vêtus de velours côtelé ou de gros drap. On voyait quelques bérets ou bonnets, mais aucun chapeau. Le train filait vers le nord-est – il avait laissé derrière lui la gare de Baza – entre des prairies sèches et des collines brunes de peu de hauteur, et par les fenêtres mal fermées avec des cartons qui avaient remplacé les vitres entrait un courant d'air froid et désagréable chargé d'escarbilles venues de la locomotive qui sifflait en tête du convoi.

Lorenzo Falcó écrasa le mégot de sa cigarette sur le sol, remonta le col de son blouson et chercha à s'installer du mieux qu'il pouvait sur le siège de bois dur, pour essayer de dormir un peu. Avec une résignation tranquille, devenue routinière à ce moment de sa vie, il se souvenait d'autres trains et d'autres temps plus confortables, où les hommes semblaient être – ou étaient – plus élégants et les femmes étaient – ou semblaient être – plus belles quand on les croisait dans les couloirs des pullmans et des wagons-lits. Sur ce sujet, plus particulièrement, Falcó disposait d'un riche répertoire mental d'images et d'événements marquants, semblable à un album de photographies : déjeuners dans de luxueux wagons-restaurants sur la ligne de Lisbonne à Berlin ; alcools sur les tabourets de cuir du bar du Train Bleu, encore plus raffiné que celui du Ritz ; repas avec les couverts d'argent de l'Orient-Express, en attendant la chambre avec vue, à l'aube, au Pera Palace d'Istanbul… Trains, passages de frontières et voyageurs de diverses nationalités, villes et paysages se mêlaient dans sa mémoire avec des transatlantiques, des hôtels, des aéroports, fragments d'une vie excitante et dangereuse, en rien conventionnelle. Une vie qui – le train dans lequel il voyageait aujourd'hui, comme sa destination, en était la preuve incontestable – réservait tout autant de cahots que de plaisirs, tout autant d'endroits sordides et dangereux que d'autres, luxueux et agréables. Une vie, la sienne, qui un jour peut-être finirait par lui présenter la facture d'une façon implacable, toc, toc, toc, monsieur Falcó, votre tour est venu de solder les comptes. Rien ne va plus. La fête est finie. Prévoyant, pour que la fin de la fête soit, le cas échéant, aussi rapide et indolore que possible, Falcó avait toujours sur lui, glissée incognito dans le tube en verre de Cafiaspirina, une ampoule de cyanure qui lui permettrait de tirer sa révérence si la donne était mauvaise. Il suffisait de la glisser entre ses dents et de serrer les mâchoires.

Clac, allons rejoindre les anges au ciel, ou en quelque autre lieu qu'ils se trouvent. Mourir à petit feu ou en morceaux pendant qu'on l'interrogeait ne faisait pas partie de ses projets d'avenir.

Une femme le lui avait demandé un jour, à une certaine occasion – ce sont toujours elles qui demandent ce genre de chose. Pourquoi le fais-tu ? Pourquoi vivre ainsi, sur le fil du rasoir ? Ne me dis pas que c'est pour l'argent. Cela s'était produit un matin qui n'était pas si lointain, dans un de ces cadres élégants et luxueux où elle évoluait avec naturel. À moins que ce ne soient les atmosphères de cette sorte qui rendent quelques-unes de ces femmes parfaites, favorisées par la biologie et par la vie, en les plaçant tout simplement à l'endroit exact pour lequel elles sont faites. La scène avait donc eu lieu dans une chambre de l'hôtel Grande-Bretagne à Athènes, pendant le petit déjeuner devant la fenêtre ouverte sur la place Syntagma, après une nuit où ni l'un ni l'autre n'avait dormi tout son saoul. Pourquoi ? insistait-elle tout en l'observant par-dessus sa tasse de café fumant. Falcó avait contemplé ses yeux clairs, aqueux – c'était une belle Hongroise, intelligente et sereine –, puis son corps splendide à demi dévoilé par le peignoir blanc entrouvert, la naissance de ses cuisses et celle de ses seins ronds et fermes, ses yeux avec encore quelques traces du maquillage de la veille, sa peau ferme qui sentait les draps méthodiquement fripés, les corps enlacés, la chair tiède assouvie. Après cette question, en silence, avec un calme mesuré, il s'était délecté de la vue qui s'offrait à lui dans sa perfection et, haussant les épaules, il avait finalement répondu en quelques mots : Je n'ai qu'une vie. Un bref moment entre deux nuits. Et le monde est une aventure formidable que je ne veux pas rater.

du comptoir et commanda un café. Falcó resta où il était, termina sa bière et en demanda une autre. Le serveur à la sale gueule venait de s'exécuter quand entra un homme jeune, en veston, chandail et cravate, qui regarda la clientèle et, apercevant Montero, vint se mettre à côté de lui. Ils échangèrent quelques mots et sortirent. Falcó laissa ce qu'il devait sur le comptoir et en fit autant.

Il les suivit dans la Calle Mayor, en direction du port. Les deux phalangistes conversaient avec naturel. Juan Portela était plus grand que Montero, et plus distingué. Il avait les cheveux clairsemés, des oreilles de belle taille, de la prestance, et se mouvait avec nonchalance. Ses vêtements bien coupés contrastaient avec ceux que l'on voyait habituellement dans les rues des villes en zone rouge. Il marchait mains dans les poches et inclinait la tête pour écouter ce que Montero lui disait. Devant le casino, ils ralentirent et s'entretinrent encore un peu, tandis que Falcó, pour donner le change, s'intéressait à la vitrine d'un gantier. Montero parlait, Portela hochait la tête. Puis ils se séparèrent. Portela poursuivit son chemin et Montero revint sur ses pas, arriva à la hauteur de Falcó, s'arrêta, fit comme s'il étudiait lui aussi la vitrine.

– Je lui ai fixé rendez-vous ce soir, souffla-t-il.

Falcó se remit en marche sans répondre. Portela s'éloignait vers le bas de la rue ; il le prit en filature, ce qui n'était pas prévu. Il avait été convenu que Montero lui montrerait le suspect afin que Falcó puisse le reconnaître lors de ce qui devait s'ensuivre, et c'était tout. Mais Falcó avait envie de pousser la chose plus loin, et il se laissa guider par son instinct. Ce n'était pas la première fois. Il y a de nombreuses façons de tuer un être humain, mais il est toujours bon, avant de se mettre à la tâche, de disposer d'un maximum d'informations sur son compte. Sa manière de bouger, de marcher, de s'arrêter. C'était fondamental. Et aussi sa manière de regarder ou de détourner les yeux, son degré de confiance ou de défiance manifestes. Ses habitudes et ses tics. Falcó savait bien que rien au monde, pas même le plus détaillé des dossiers constitués sur une victime potentielle, ne pouvait remplacer les yeux et l'instinct de l'exécuteur. Il valait mieux, quand c'était possible, cerner la proie, l'étudier avec précision. La suivre à la trace patiemment, en prenant son temps. Les chats, les tigres, les félins en général font ça assez bien. En professionnels. C'était aussi vieux et naturel que la vie et la mort mêmes. En définitive, il trouvait là ce qu'il y avait de plus intéressant dans le fait de tuer. De plus captivant. Le reste : le coup, la balle, le poison, le couteau, n'était que pure technique.

Quand il entra dans la salle sur les pas de Portela, celui-ci parlait à un arbitre près d'une table du fond. Il tenait en main une queue de billard. Il y avait une douzaine de personnes, seulement des hommes, dont certains en uniforme, et une épaisse fumée de cigarettes. L'air était lourd. Le local obscur, sans fenêtre, était éclairé par des écrans de verre placés au-dessus du tapis de chaque table. On entendait le choc des procédés sur les billes d'ivoire, les entrechoquements des carambolages et le bruit de clapet des marqueurs de points accrochés aux murs.

Falcó déambula entre les tables, regarda le déroulement des parties. De cette manière, il s'approcha de celle à laquelle jouait Portela. C'était une partie en trente et un points, avec l'arbitre et deux autres joueurs : un militaire aux galons de sergent de milice, petit, hirsute, et un grand type en civil dégingandé, dont le veston était déchiré à un coude. Falcó demanda à se joindre à eux, et nul n'y vit d'inconvénient. Après avoir tiré au sort celui des joueurs qui casserait, l'arbitre disposa les cinq quilles sur le tapis et la partie commença. Les mises étaient de cinq pesetas, et la maison en retenait une par joueur. Portela attaquait la bille le premier, et Falcó le dernier. Le jeune phalangiste le faisait avec calme et habileté. Il limait doucement la flèche entre ses doigts plusieurs fois de suite avant de frapper la bille adéquate, calculait son coup avec attention en se penchant pour viser et régler la hauteur d'attaque, dans une posture impeccable, en répétant à plusieurs reprises le va-et-vient dans le chevalet, la boucle formée entre le pouce et l'index. Il ne tombait pas dans la vulgarité de vouloir suivre la trajectoire des billes en se déplaçant pour les accompagner tandis qu'elles roulaient. Il s'y prenait très bien. Il gagna des points en renversant les bonnes quilles, refusa le coup quand il le devait et remporta la première manche. Le militaire gagna la deuxième. La troisième venait juste de commencer quand l'alerte retentit dehors.

– L'aviation fasciste ! cria quelqu'un.

Tout le monde, le militaire inclus, détala en direction de l'abri le plus proche. La salle demeura vide, à l'exception de Portela, Falcó et l'arbitre. Celui-ci attendait, très anxieux, que les deux joueurs décampent comme les autres. Il pourrait ainsi garder pour lui, supposa Falcó, les seize pesetas de la partie inachevée.

– C'est à vous de jouer, il me semble, dit Portela à Falcó avec beaucoup de sang-froid.

Ils se fixèrent du regard pendant un moment, et Falcó apprécia ce qu'il vit. Une ébauche de sourire apparaissait sur les lèvres de son adversaire. Un rien de dédaigneuse effronterie.

– Une… bombe pourrait tomber, balbutia l'arbitre.

– Suivez le règlement, ordonna Falcó.

Le sourire de Portela s'accentua. Il enduisit de bleu le procédé avec la plus grande précaution tandis que la sirène continuait de retentir à l'extérieur. Se conformant à son style, Falcó sortit sa blague à tabac avec les cigarettes préalablement roulées et en offrit une à son adversaire.

– Merci. Je ne fume pas.

Falcó appuya la queue de billard sur le rebord de la table, gratta une allumette et alluma sa cigarette. Puis il regarda les billes et les quilles en lâchant le premier nuage de fumée.

– Au deux de jouer avec quinze points, dit l'arbitre, résigné.

Il était aussi pâle que l'ivoire des billes. Falcó étudia sans hâte le tapis vert. Les deux billes de la reprise étaient très près l'une de l'autre, dans le même coin, et la quille qu'il devait renverser était la n° 1, du côté opposé. C'était un tir difficile, mais il sentait la peur dans les yeux de l'arbitre et le regard attentif de l'autre joueur, et il n'y avait plus moyen de reculer. Il se pencha au-dessus du bord de la table, cherchant une posture commode, tandis qu'il positionnait la queue.

– Savez-vous quelle est votre bille ? fit Portela en voyant sous quel angle il préparait l'attaque.

– Parfaitement.

– Vous devriez regarder son point pour voir ce qui vous manque.

– Je sais très bien ce qui me manque, dit froidement Falcó.

Dans la rue retentit une explosion de bombe, lointaine, suivie d'une autre, plus proche. L'arbitre sursauta. Falcó restait immobile, la cigarette fumante à une commissure des lèvres, les paupières à peine entrouvertes, et il étudiait la position des billes.

– Bricole ? demanda Portela quand il comprit ce que son adversaire visait.

– Oui.

– Ah. C'est un coup de queue difficile.

– Peut-être.

– Il va falloir veiller à la mesure de la bande avant.

Falcó leva un instant les yeux pour croiser le regard de Portela. Il s'aperçut que celui-ci l'observait avec une curiosité impavide. Sans s'inquiéter, apparemment, de ce qui se passait à l'extérieur. Une nouvelle explosion se fit entendre, proche, comme si la bombe venait de tomber dans la rue à quelques mètres de là.

– Mon Dieu ! murmura l'arbitre.

L'exclamation n'était pas courante, ces derniers temps. Ses mains tremblaient, même s'il se cramponnait au bord de la table.

– Filez, lui jeta Portela avec dédain.

– Je ne peux plus aller à l'abri, maintenant, dit l'employé sur un ton plaintif.

– Eh bien, descendez dans la cave, imbécile !

Le type ne se le fit pas dire deux fois. Il prit ses quatre pesetas et s'éloigna rapidement entre les tables.

– Vous êtes bien courageux ! lança-t-il en se retournant.

Quand Falcó sentit de nouveau le regard de Portela rivé sur lui, il donna un coup de canne très énergique. Qui réussit parfaitement. La bille alla frapper la bande en son milieu, d'où elle rebondit pour filer tout droit sur la quille n° 1.

– Trente et un pile, dit-il.

Ils sortirent et partirent ensemble juste au moment où cessa l'alerte. Sans dire un mot, presque d'un accord tacite, ils marchèrent jusqu'au bas des marches qui menaient à la vieille cathédrale. Une bombe était tombée un peu plus bas, entre les maisons de la rue du Cañón, arrosant les façades d'éclats de mitraille, incurvant vers l'intérieur les rideaux de fer des boutiques et couvrant le sol de verre brisé et de câbles de tramway arrachés. D'une façon quasi symbolique – le hasard joue parfois de ces tours, se dit Falcó –, les impacts avaient aussi criblé la bande inférieure, violette, du drapeau tricolore de la devanture d'un débit de tabac. Des gens du quartier contemplaient les dégâts et des gamins couraient, à la recherche des morceaux de métal tordus de la bombe.

– Un verre de vin ? proposa Falcó.

– D'accord.

La taverne était au coin de la rue, au bas de l'escalier : comptoir de marbre, grands tonneaux sombres, affiche d'une corrida de 1898. On y sentait la sciure sale et le mauvais vin. Ils demandèrent deux verres de rouge et parlèrent un moment de tout et de rien. Aucun des deux ne revint sur la partie de billard ni sur le bombardement. Falcó s'intéressa à la vie de son interlocuteur, et celui-ci lui raconta qu'il travaillait dans la boutique de tailleur de son père, très en vue dans la Calle Mayor, une affaire qui marchait bien avant la guerre et rencontrait aujourd'hui des difficultés.

– Par les temps qui courent, les gens ne se soucient plus guère d'habillement… Les clients ne manquent pas, bien sûr. Mais la demande de costumes élégants, de tissus de qualité, se fait rare. C'est mal vu.

– Il reste les uniformes, non ?

– Avec ça, nous avons un peu compensé les pertes. Il arrive la même chose au patron de la boutique qui a cette grande publicité de Borsalino sur sa porte… Avant, il vendait des chapeaux, maintenant, il ne vend plus que des casquettes et des bérets.

– C'est normal. Les gens n'ont plus les mêmes besoins.

Portela regardait l'insigne avec la faucille et le marteau au revers du col du blouson de Falcó.

– Et vous ? Que faites-vous ?

– Je suis mobilisé.

– Vous êtes d'ici ?

– De Grenade.

– Je ne dis pas ça pour me plaindre, dit Portela au bout d'un moment, les choses sont ce qu'elles sont, mais je suppose que tout ça passera et que nous reviendrons à la normalité.

– Que voulez-vous dire par là ?

– Que les bombes ne tomberont plus et que les gens s'habilleront comme ils le veulent.

– Comme Dieu le veut ?

Le silence qui suivit fut quasi désagréable. Portela avait baissé les yeux et regardait son verre de vin. Soudain, il leva impulsivement la tête.

– Malgré l'insigne, je ne croyais pas que vous étiez l'un d'eux.

– De qui parlez-vous ?

– De ceux qui refusent aux autres la liberté de s'exprimer comme ils le veulent.

– Et vous ? Êtes-vous de ceux-ci ou de ceux-là ?

Il y eut un nouveau silence. Portela se tenait très droit, dans une attitude presque agressive.

– Vous avez vu au billard de quel côté je suis.

Falcó le regardait sans rien dire. Portela haussa les épaules comme s'il estimait la cause perdue.

– J'ai toujours cru que certaines choses rapprochaient les gens, dit-il.

– Vous parlez du courage.

– C'est l'une d'entre elles.

– Au-dessus des idéologies ?

– Ça se pourrait.

Falcó but une gorgée de vin.

– Fascistes et antifascistes inclus ?

Le regard rivé sur lui était à présent différent, pénétrant ; il y décela de l'inquiétude.

– Nous sommes-nous déjà rencontrés ? demanda Portela avec brusquerie.

– Je ne crois pas.

– Qui diable êtes-vous ?

– Vous le voyez, répondit Falcó avec un sourire froid. Quelqu'un qui joue au billard et se promène, avec un insigne du parti au revers du blouson.

– Vous me provoquez ?

– Nullement.

– Maintenant, je trouve que vous avez l'air d'un policier.

Falcó éclata de rire.

– Faites-moi la faveur de ne pas m'insulter.

Portela rit aussi, d'un rire sec, entre ses dents. Sans grande joie.

– Vous avez raison, dit-il. Les choses ne sont pas toujours ce qu'elles semblent être.

– C'est vrai. Pas toujours.

Portela regarda de côté, en direction du tavernier qui lavait des verres dans l'évier du comptoir.

– Je suppose que vous savez, dit-il à voix basse, qu'une conversation comme celle-ci pourrait me valoir d'être emmené de force hors de chez moi, en pyjama, à trois heures du matin.

– Ça vous inquiète ?

– Dites-moi : devrais-je m'en inquiéter ? demanda Portela en le regardant avec un air de défi.

Falcó ne dit rien. Il finit son verre de vin.

– Que voulez-vous de moi ? insista Portela.

– La partie de billard a été intéressante, répondit Falcó en reposant le verre sur la table. C'est tout.

Portela le scruta encore un peu, et il parut renoncer. Poussant un soupir de découragement, presque las, il glissa une main dans la poche de son manteau et demanda au tavernier combien il lui devait.

– C'est moi qui invite, dit Falcó.

Portela s'en alla sans remerciement ni autre forme de politesse. Renfrogné et muet. Appuyé contre la porte de la taverne, Falcó le regarda s'éloigner vers le bas de la rue.

8

IL Y A CHEMINS ET CHEMINS

L'homme qui approchait en longeant le mur était une ombre dans la lumière de la lune. Le mur, chaulé en grande partie, permettait de ne pas perdre de vue la silhouette qui avançait d'un pas pressé, toujours plus proche. Assis à l'avant d'une Hispano-Suiza garée dans l'obscurité, Lorenzo Falcó tira sur la cigarette qu'il tenait cachée dans le creux de sa main pour en aviver la braise, tout contre le cadran de sa montre, qu'il put ainsi consulter. Il était vingt et une heures quarante-cinq.

– C'est lui, dit Cari Montero, qui était au volant.

Il n'était pas facile d'obtenir une auto ; elle avait loué celle-ci avec l'argent dont disposait Falcó, en prétextant qu'elle devait se rendre à Murcie pour apporter quelques affaires à sa famille. Mille pesetas étaient ainsi allées dans la poche d'un garagiste qui s'occupait d'une douzaine de voitures et de camionnettes saisies par l'Union générale des travailleurs. Pour ce prix, l'homme avait aussi fait le plein, fourni deux bidons d'essence et un permis timbré qui en autorisait la libre disposition pour une semaine.

– Il est venu seul, ajouta la jeune femme.

– On dirait bien.

Adossé au siège, Falcó se tint un moment immobile, à observer la rue, jusqu'à ce que l'homme, arrivé à l'extrémité du mur, eût poussé une grille de fer. Derrière se dressait un petit pavillon en brique, situé en périphérie de la ville, sur un terrain dégagé entre le quartier de Santa Lucía et le cimetière. Il n'y avait pas de lumière aux fenêtres. Pour pouvoir faire face à toutes les éventualités, Falcó avait exploré le terrain peu avant la tombée de la nuit : voies d'accès, itinéraires de fuite, probabilités et dangers. La routine de sécurité.

– Reste là, ordonna-t-il à Cari. Veille à ce que personne ne vienne nous surprendre. S'il y a un mouvement de miliciens…

– Je sais. Je donne un coup d'avertisseur et je file à toute allure.

– C'est ça. Laisse les exploits héroïques au cinéma. Si les choses se gâtent, on a une sortie par où filer.

– Ne t'inquiète pas, dit-elle sur un ton dégagé. Je sais ce que j'ai à faire.

– Tu ne conduiras la voiture devant la porte que quand nous t'aurons fait signe.

– Entendu. Bonne chance.

Falcó apprécia qu'elle ne dramatise pas dans un moment pareil. La tentation devait pourtant être forte, supposa-t-il ; l'aventure, le danger… Mais Cari Montero, comme son frère, savait se dominer. Elle était calme et courageuse. Il ne s'expliquait pas autrement qu'elle puisse ainsi surmonter la tension et la peur qu'engendre toute intervention en territoire ennemi, avec le risque permanent de tomber aux mains des rouges et d'être torturée avant l'inévitable exécution. Un phalangiste capturé était un phalangiste mort – qui mourait rarement sur le coup. Il fallait être d'une rude étoffe pour supporter ça, et c'était le cas de la jeune femme. Et aussi d'Eva Rengel, pensa-t-il fugacement en écrasant sa cigarette dans le cendrier de l'automobile. Ensuite, il engagea une balle dans la chambre du Browning, enclencha la sûreté et mit l'arme dans la poche droite de son blouson. Il ouvrit la portière et se dirigea vers le pavillon.

C'était bon de retrouver cette sensation familière, se dit-il tout en avançant : le battement cadencé dans les tympans, le fourmillement à l'aine, l'insolite clarté des perceptions sensorielles en état d'alerte maximale, attentives au moindre signal de danger imminent. Seuls certaines boissons, quelques marques de cigarettes et un type de femmes lui faisaient un effet à peu près comparable. Mais celui-ci était beaucoup plus fort. Nul autre n'atteignait à cette intensité parfaite, polie et lisse comme le marbre d'une dalle funéraire, à cette certitude de pouvoir se déplacer à son gré dans un milieu hostile, aussi désolé que la vie même, avec la confortable sensation de ne rien laisser de personnel derrière soi et de ne rien avoir devant soi de suffisamment redoutable pour vous empêcher d'avancer. C'étaient une liberté et une indépendance totales, sans passé et sans avenir, avec la mémoire, la bourse et l'esprit dépouillés de tout superflu, affranchis, absolument épurés de tout ce qui n'était pas utile à la survie immédiate. Et c'était avec ce plaisir, et dans la poche le poids agréable du pistolet qu'il tenait entre ses doigts, l'index encore loin de la détente, que Falcó avançait, aussi tranquille et létal que s'il portait à l'épaule le carquois et les flèches de l'archer invincible, le visage changé en un masque d'ombre, pareil à la nuit.

La porte n'était pas fermée à clef, seulement poussée. Il la verrouilla derrière lui, traversa le vestibule et s'engagea dans le couloir. Sur la marche d'un escalier, à sa gauche, une chandelle brûlait dans un bougeoir. La maison, lui avaient raconté les Montero, avait appartenu à des parents que le 18 juillet avait piégés en zone nationale. Les miliciens l'avaient pillée au cours de l'été, sans trop d'excès. On voyait sur les murs des marques de tableaux disparus, quelques meubles aux tiroirs ouverts. Presque à chaque pas, des débris de porcelaine et de verre craquaient sur le parquet.

Falcó poussa une porte au bout du couloir et pénétra dans une pièce éclairée par une ampoule nue : une table, une demi-douzaine de chaises, une commode et un poste à galène Emerson. À ce moment-là s'interrompit le motif musical qui clôturait le communiqué de guerre de Radio Séville, et l'on entendit la voix du général Queipo de Llano qui commençait son allocution de chaque soir, destinée aux auditeurs de la zone rouge : « Bonsoir, messieurs… »

Falcó avait longuement considéré ce qu'il allait faire. Et comment il allait s'y prendre. Il passa sans desserrer les lèvres à côté de Ginés Montero et d'Eva Rengel, assis devant la table, et éteignit la radio. Puis il se tourna vers Juan Portela qui, sur son siège, le regardait avec stupeur. Il portait les mêmes vêtements que tantôt, au billard : chandail, chemise et cravate, dont il avait relâché le nœud ; son veston était suspendu au dossier de la chaise. Il avait tout d'abord paru alarmé en voyant Falcó faire irruption dans la pièce, puis, en le reconnaissant, son expression ne fut plus que saisissement.

– Que faites-vous ici ? demanda-t-il, abasourdi.

Falcó le frappa à la tempe de son poing gauche, tandis que sa main droite sortait de sa poche, armée du pistolet. Le coup sec porté de près, délibérément brutal, fit valser la tête de Portela du côté opposé, moment que choisit Falcó pour le pousser et le faire tomber par terre en même temps que la chaise et le veston. Alors, sans lui laisser le temps de réagir, il se jeta sur lui et l'immobilisa en plaquant les deux genoux sur son torse. Il était expert en ce domaine. L'important, c'était de ne pas permettre à la victime de réfléchir, de la sonner au point de lui faire perdre tout loisir et tout moyen de se préparer à ce qui l'attendait. C'est pourquoi il se remit à le frapper, cette fois en lui envoyant à la figure une violente gifle qui claqua comme un coup de fouet. Ensuite, il lui plaqua le canon du pistolet entre les deux yeux.

– Il est armé ? demanda-t-il aux autres.

– Je ne crois pas, dit Ginés.

Le garçon, comme Eva, avait l'air tellement sidéré que Falcó préféra s'en assurer par lui-même – mieux vaut prévenir que guérir – et palpa rapidement Portela, qui le regardait, atterré, sans comprendre ce qui se passait. Un filet de sang coulait de son oreille droite et tachait le col de sa chemise. Il n'avait qu'un canif et des clefs dans les poches de son pantalon. Falcó les jeta à l'autre bout de la pièce, écarta le canon du pistolet du visage du suspect et le frappa encore, à trois reprises. Il le fit sans acharnement particulier, seulement avec la violence adéquate. De façon systématique. Puis il se releva.

– Asseyez-le sur une chaise.

Muets, Ginés et Eva se penchèrent sur le blessé, le relevèrent en le tenant par les bras et l'assirent, presque avec une délicatesse de vieux camarades, remarqua Falcó. Étourdi, docile, Portela les laissait faire, le regard vague. Ginés se plaça ensuite derrière lui.

– Attachez-le bien, ordonna Falcó.

Montero était pâle et semblait sonné comme si c'était lui qu'on avait frappé, ce qui fit comprendre à Falcó que le jeune phalangiste ne s'était pas attendu à une semblable violence, en dépit de la trahison de son compagnon, et qu'il n'aurait jamais pu envisager de commencer un interrogatoire avec une telle brutalité. Sans doute avait-il imaginé une progression subtile suivie, en grillant quelques cigarettes, de questions habiles et de réponses d'abord évasives puis de plus en plus explicites. Chaque étape conduite de manière à les mener, tout naturellement et avec la conscience tranquille, au dénouement. Aveux et châtiment. C'était visiblement pour lui une première fois, et cette pensée fit sourire Falcó non sans un rien de malignité. Il évitait de regarder du côté d'Eva Rengel, et se demandait si ces jeunes idéalistes auraient su, sans son concours, faire face. On finit forcément par apprendre, bien entendu. Le problème, c'était que par ces temps et compte tenu des circonstances on pouvait ne pas vivre assez longtemps pour apprendre quoi que ce soit. Tic tac, tic, tac, Monsieur le Temps courait pour tout le monde et portait, avec son sablier, une faux.

Il donna une nouvelle gifle à Portela, cette fois un peu moins forte. Plaf ! fit-elle. Juste pour tenir les fers au feu. Il n'était pas bon de les laisser refroidir.

– Attache-le mieux que ça, dit-il à Ginés.

– Je fais ce que je peux.

– Je t'ai dit de l'attacher, putain. Tu veux prendre ma place ?

En remettant le pistolet dans la poche de son pantalon – il pouvait avoir besoin, en pleine action, d'ôter son blouson, et il n'aimait pas être trop loin de son arme –, Falcó se décida enfin à regarder Eva Rengel. La jeune femme avait reculé pour s'adosser au mur. Elle portait un tricot gris à col rond, comme celui des maillots de boxeur, qui lui moulait le buste et la taille ; sa jupe noire soulignait les courbes de ses hanches, et ses chaussures à talons plats étaient presque masculines. Les bras croisés, elle ne regardait pas l'homme assis sur la chaise, mais Falcó. Elle l'observait avec une curiosité tendue. Alors, mal à l'aise, il comprit qu'il n'aimait pas qu'elle le voie faire ce qu'il faisait. Ce n'était pas ce qu'il aurait aimé lui montrer, loin s'en fallait. Mais, ce soir, aucun d'eux n'avait le choix. Tous jouaient serré.

– Le document, demanda-t-il en tendant la main.

Ginés le lui donna, plié en quatre. Falcó le déplia devant les yeux exorbités du prisonnier.

– Tu sais ce que c'est ?

– Non.

Quand il prononça ce mot, un filet de salive coula du bord de ses lèvres, de la salive rosée. Mais le sang qui coulait de son oreille était rouge vif. Peut-être, se dit Falcó, lui as-tu déchiré un tympan. Il s'approcha donc de l'oreille saine.

– Lis-le, vas-y. Prends ton temps.

Il regarda les yeux de Portela parcourir les lignes. Arrivé au bout de la dernière, celui-ci rejeta la tête en arrière, épouvanté.

– C'est… un mensonge, balbutia-t-il.

Falcó le frappa de nouveau et, tandis qu'il lui tapait dessus, Portela gémissait en se tordant, à tel point que Ginés dut l'empoigner fermement par les bras. Comme le visage du prisonnier commençait à se tuméfier, Falcó lui asséna un coup de poing au plexus si violent qu'il le força à se plier en deux, souffle coupé, puis à se débattre sur la chaise en rejetant son corps en arrière autant qu'il le pouvait, bouche grand ouverte, cherchant désespérément à faire pénétrer l'air dans ses poumons.

– Dis-nous qui d'autre tu as dénoncé… Ginés et Cari ?… Eva ?

Portela niait en remuant la tête, essayant encore de respirer. Falcó attendit qu'il soit un peu calmé. Il avait mal aux mains, de l'avoir tant frappé.

– Tu ne veux pas le dire ?

– Je n'ai… dénoncé personne.

Falcó saisit de nouveau le pistolet, en sortit le chargeur, ôta la balle de la chambre, maintint la main de Portela sur la table et lui écrasa un doigt d'un coup de crosse.

– Seigneur Jésus ! cria Ginés.

Le prisonnier était si commotionné par le coup qu'il ouvrit démesurément la bouche et les yeux, sans émettre aucun son. Comme si on lui avait bloqué les cordes vocales. Au bout de quelques secondes, il se mit à crier, et même à pousser des hurlements, si forts que Falcó l'attrapa par les cheveux et lui fourra un mouchoir dans la bouche. Il sentait fixés sur lui les yeux d'Eva Rengel. Ginés, de son côté, s'était réfugié dans un coin, où il essayait de contenir ses nausées. Il semblait être sur le point de vomir.

– Tu devrais sortir un moment, lui dit Falcó avec douceur.

Ginés hocha la tête en signe d'assentiment et, en passant près de lui, il s'arrêta, sans pouvoir regarder le prisonnier.

– C'est un camarade, murmura-t-il.

– C'était, riposta Falcó. Et notre vie à tous est en jeu.

Le jeune homme hésitait. La lumière de l'ampoule nue, qui se reflétait dans ses lunettes, donnait un aspect huileux à la pâleur de son visage.

– C'est nécessaire, tout ça ?

– Tu ferais mieux d'aller prendre l'air.

Ginés ouvrit la bouche pour dire quelque chose, ou pour respirer profondément. Mais il ne dit rien et sortit en refermant la porte derrière lui. Falcó regarda Eva Rengel qui, toujours adossée au mur, bras croisés, l'observait.

– Ginés ne s'est pas affilié à la Phalange pour ça, dit-elle.

– Et toi ?

– Moi non plus. C'est répugnant.

– C'est vrai.

Falcó ôta le mouchoir de la bouche de Portela. De la gorge du prisonnier monta alors un lent et long gémissement. Falcó regarda Eva Rengel.

– Vos camarades sauveurs de l'Espagne, remarqua-t-il doucement, en font autant de leur côté chaque jour. Sans s'encombrer de scrupules.

– Tu les as peut-être vus faire ? demanda-t-elle, revêche.

– Bien sûr que je les ai vus faire.

– Et toi ? Pourquoi le fais-tu ?

Falcó ne répondit pas à la question. Il avait approché son visage de celui de Portela et le regardait de très près, fixement, pour essayer de lire dans ses prunelles vernissées par la douleur et l'épouvante.

– Ginés, Cari, et moi aussi, avons accepté de risquer notre vie, et ça ne nous fait pas peur, ajouta la jeune femme. Mais ça…

Tête inclinée sur la poitrine, Portela tenait sa main en gémissant comme une bête blessée, aveuglé par la douleur et le désespoir. Une tache d'humidité s'étendait sur sa jambe gauche ; il se pissait dessus. Plus rien à voir, constata Falcó, avec l'homme élégant maître de lui qui jouait au billard quelques heures plus tôt pendant que les bombes tombaient dans la rue. Tous les hommes ne se brisent pas de la même manière. Il y a chemins et chemins, se dit-il, et chacun est différent des autres. Le tout est de choisir le bon ou de le perdre. Et celui qu'il avait pris tout à l'heure était le bon : le raccourci initial se révélait très utile, la dignité de ce malheureux avait été détruite sans qu'il lui eût laissé le temps d'y penser. Avec le mouchoir qu'il venait d'ôter de la bouche du prisonnier, Falcó lui essuya le menton, où coulait de la bave sanguinolente.

– C'est ce que l'on nous fera, à nous tous, si l'on nous arrête, dit-il à Eva en jetant le mouchoir sur la table. Et pour Cari et toi, ce sera pire.

– Je sais. C'est pour ça que je suis là, à te regarder… Pour apprendre certaines choses.

– Sur le compte de qui ?

– Sur le mien.

Elle était belle, conclut-il, adossée comme ça au mur, les bras encore croisés, avec ses épaules de nageuse, ses jambes bien galbées et ses cheveux blonds aussi courts que ceux d'un homme, qui lui donnaient un curieux attrait androgyne, trouble. Équivoque. Une densité charnelle particulière.

Un effort presque physique ramena Falcó à la réalité immédiate. Il respira profondément plusieurs fois de suite et regarda le prisonnier.

– Encore une fois, camarade… Qui d'autre as-tu dénoncé ?

Un quart d'heure plus tard, ils sortirent dans le couloir, où ils rejoignirent Ginés Montero. Portela s'était évanoui peu auparavant, ils l'avaient laissé attaché à la chaise par les poignets.

– Il ne parle pas, dit Falcó. Inutile de continuer. Il finirait par avouer n'importe quoi. À partir d'un certain point, ils le font tous.

– Peut-être a-t-il dit la vérité, hasarda Eva.

Ginés la regarda, surpris.

– Tu as vu le document, comme nous, rétorqua-t-il. Il ne laisse pas place au doute.

Le jeune phalangiste s'était remis. Il se montrait à présent fermement déterminé, ou du moins le semblait-il. Comme s'il voulait faire oublier sa faiblesse de tout à l'heure, se dit Falcó.

– Le document est peut-être un faux, suggéra Eva.

– C'est toi qui l'as apporté.

– On aurait pu le mettre là sciemment.

– Pour que tu le trouves ? Ça te paraît vraiment crédible ?

Elle leva les mains dans un geste d'impuissance.

– Non… Honnêtement, je ne le crois pas.

Tous trois échangèrent un regard. La chandelle qui brûlait sur la marche de l'escalier posait de légères ombres pourpres sur leurs visages graves. Un conciliabule d'assassins, se dit Falcó sans plus s'en émouvoir. Un professionnel et deux amateurs. L'idée amena sur ses lèvres un sourire cruel. Suivi d'une expression détachée. Il s'aperçut qu'Eva avait surpris son sourire.

– Que faisons-nous, maintenant ? demanda-t-elle.

Elle le regardait. De son côté, Ginés déglutit. Même les glacis chauds de la chandelle ne dissimulaient pas sa pâleur.

– Question superflue, dit-il. Il faut en finir.

– Tu t'en charges ?

– Bien sûr que je vais m'en charger.

Ginés terminait ses phrases, même si elles se voulaient assurées, avec une perplexité timidement interrogative. Eva l'observait, dubitative.

– Et Cari ? fit-elle.

Le jeune homme ne répondit pas.

– Mieux vaut que vous partiez toutes les deux, intervint Falcó. À pied. Je le prendrai avec moi dans la voiture.

– Et où allez-vous faire ça ? demanda Eva.

– Peu importe, fit Ginés abruptement. Ici même. Et après…

– Ce n'est pas pratique, l'interrompit Falcó.

Ils le regardèrent. Maudits amateurs, se dit-il une nouvelle fois. Ils s'étaient engagés dans cette mission en croyant que jouer les héros en zone rouge se passerait comme dans les films d'espionnage anglais. Ils se prenaient pour Robert Donat et Madeleine Carroll. Mais ce n'était pas aussi facile. La réalité ne l'était jamais. Le sang se révélait poisseux, collait aux doigts et à la mémoire. Et, le plus souvent, ce qui précédait le sang était encore pire. Il n'était pas aisé de s'aventurer dans le crime. Il fallait pour cela être fait de l'étoffe adéquate. Même si l'on peut obtenir beaucoup avec de fortes raisons, de l'expérience et de la patience, tous les êtres humains ne naissent pas assassins.

– Porter un corps mort, ajouta-t-il, ce n'est pas la même chose que faire avancer un être vivant encore capable de marcher. Mieux vaut l'emporter tel qu'il est… de plus, le cadavre tacherait la voiture.

Les ombres s'emparèrent avec violence du visage de Ginés. Il faillit faire un pas en arrière. Alors, Falcó croisa le regard d'Eva.

– J'irai avec toi, dit la jeune femme avec le plus grand calme. J'ai trouvé le document, je vous l'ai apporté, je suis responsable.

Ginés s'était tourné vers elle, stupéfait.

– Mais toi… commença-t-il à dire.

Elle le regarda avec dédain. De très haut. Il fallait avoir mille ans, se dit Falcó, pour pouvoir regarder ainsi.

– Je suis une femme, c'est ce que tu veux dire ?

Un silence suivit, qui parut éternel. Falcó le brisa :

– Peu m'importe qui vient, mais j'ai besoin de quelqu'un. Et il se fait tard.

– Nous irons tous les trois, décida Ginés.

– D'accord, conclut Falcó. Eva, sors et va dire à Cari qu'elle rentre chez elle. Puis conduis la voiture devant la porte.

Comme si elle ne l'avait pas entendu, elle continuait de regarder Ginés.

– Tu ne viens pas, lui dit-elle avec une fermeté inattendue. Cari peut tomber sur une patrouille, va avec elle. Il y a une bonne demi-heure de marche. – Elle montra Falcó. – Je reste avec lui.

– C'est absurde, protesta Ginés. Moi…

– Ça suffit, trancha Falcó, sa décision prise. Tu vas avec ta sœur, Eva vient avec moi.

– Je ne crois pas que…

– C'est un ordre que je te donne. Tu as compris ? Obéis.

Ginés cilla, en les regardant l'un et l'autre. Sous son expression blessée, quasi humiliée, Falcó perçut le soulagement. Le garçon finit par s'en aller sans dire un mot. Falcó et Eva demeurèrent face à face.

– Tu as une arme ? lui demanda-t-il.

Il constata, surpris, qu'elle réagissait avec autant de calme que s'il venait de lui demander si elle avait des cigarettes.

– Oui, répondit-elle. Dans la poche de mon trench-coat.

– Allons-y.

– Vous allez me tuer, gémissait Portela. Vous allez me tuer.

Il était sur le siège arrière, mains liées. Près de lui, Falcó fumait. Eva conduisait en silence.

– Je n'ai trahi personne… Je le jure.

158

allumé, avec son petit monticule de grésillon sur le charbon de bois. Par la porte ouverte sur la pièce voisine, on voyait un lit matrimonial fait au carré, au-dessus duquel était accroché un crucifix.

– Il y a longtemps que tu vis là ?

– Trois mois. Ce n'est pas ma maison.

Il s'approcha de la fenêtre.

– Tu dois avoir une belle vue sur l'Arsenal. Parfaite pour surveiller ce qu'il en sort et ce qu'il y entre.

– Oui. Mais n'écarte pas le rideau. Si on aperçoit de la lumière, ces racailles seront là dans cinq minutes.

– Ne t'inquiète pas.

Ils se regardaient, chacun d'un côté de la pièce. Elle avait ôté sa gabardine.

– Tu l'avais déjà fait ? demanda-t-il.

Elle ne répondit pas aussitôt et continua de le regarder fixement, comme si elle pensait à autre chose.

– Quoi ? dit-elle enfin.

– Tirer.

– Sur un homme, tu veux dire ?

– Ou sur une femme. Sur quelqu'un.

Elle demeura coite, apparemment occupée à chercher dans sa mémoire un souvenir qu'elle ne retrouvait pas facilement. Pour finir, elle eut un sourire amer.

– Ne dis pas de bêtises, fit-elle.

Falcó sortit sa blague à tabac et lui offrit une cigarette. Elle refusa d'un signe de tête.

– Quel est ton vrai nom ? demanda-t-elle.

Falcó alluma sa cigarette et secoua l'allumette pour l'éteindre. Il la posa dans un cendrier de verre de la Trasmediterránea.

– N'attends pas que je te réponde.

– Je ne m'y attendais pas, rétorqua-t-elle. J'aimerais seulement le connaître.

Elle fit quelques pas dans la pièce et s'immobilisa de nouveau. L'éclat latéral de la lampe soulignait les formes de ses seins sous son tricot à col rond.

– Quel que soit ton nom, cette cause n'est pas la tienne, ajouta-t-elle.

Falcó tira longuement sur sa cigarette.

– Ce n'est pas très important.

– Pour moi, ça l'est. Comme pour Ginés et Cari.

Elle le regardait encore avec une insistance telle que Falcó, en dépit de son sang-froid, commença à se sentir gêné.

– Nous sommes du même bord, remarqua-t-il. Ça devrait suffire.

– Non.

– Tant pis. Personne ne t'a dit que tu avais le choix. Aucun d'entre vous ne peut… Vous vouliez jouer aux petits soldats, maintenant vous y êtes. Cette guerre est comme ça.

– Trop sale. Dégoûtante de l'être à ce point.

– Elles le sont toutes. J'en ai vu quelques-unes. À moins que ce ne soit toujours la même.

– Nous ne te plaisons pas, n'est-ce pas ? demanda-t-elle avec un sourire amer. Je m'en suis rendu compte.

– C'est absurde.

– Non, ça ne l'est pas. Pour toi, nous sommes des amateurs. Comme tous ceux qui croient en quelque chose. Je me trompe ? Tu ne respectes que ceux qui ne croient en rien. Les mercenaires comme toi.

Ce fut à son tour de sourire.

– Il me semble que cette nuit tu as su te faire respecter.

Eva parut s'émouvoir à ces mots.

– C'est possible, dit-elle.

– Juan Portela croyait peut-être en quelque chose. Ou peut-être avait-il seulement peur.

– Regarde-moi, dit-elle en montrant son visage. J'ai peur.

– Tu es une femme étrange, Eva.

– Et toi tu es un homme étrange. Quel que soit ton nom.

Ils continuaient de se regarder, d'un bout à l'autre de la pièce. Elle avait croisé les bras, et était très sérieuse. Après un moment, elle leva légèrement une main.

– Excuse-moi, dit-elle, j'ai trop chaud.

Elle se tourna et se dirigea vers la chambre. Falcó écrasa sa cigarette dans le cendrier et la suivit jusqu'à l'alcôve, où elle ôtait son tricot. Dans la semi-obscurité, il parvint à voir sa peau claire, la bretelle large et blanche de son soutien-gorge agrafé dans le dos, le modelé de ses bras tandis qu'elle se défaisait du vêtement. Et aussi son expression de surprise quand il la fit se retourner, prit son visage entre ses mains et lui donna un baiser fougueux et prolongé. Eva se crispa d'abord en un refus violent, alors il l'étreignit plus fermement, sentant contre son torse la tiédeur et la turgescence de ses seins à demi dévoilés. Dans son désir de se libérer, Eva leva une main, attrapa Falcó par les cheveux et lui tira la tête en arrière, en écartant l'autre main avec l'intention claire de le frapper. Pendant ce temps, il avait défait le crochet du soutien-gorge qu'il jeta de côté, et les seins nus et lourds oscillèrent. Libres. Ce qui le rendit fou. Aveuglé par la fureur et le désir, il la poussa vers le lit et se jeta sur elle ; au moment de tomber, elle réussit à le frapper au visage, lui envoya un coup de poing qui le fit saigner du nez. Falcó sentit les gouttes chaudes glisser sur ses lèvres, sa bouche, et tomber sur la jeune femme, dont elles tachèrent les seins et le visage de coulées sombres. Eva s'en aperçut et s'immobilisa, en le regardant de très près dans la pénombre, les yeux exorbités. Elle paraissait effarouchée. Apeurée. Elle demeura ainsi un instant, puis elle approcha brusquement sa bouche du visage de Falcó et écrasa ses lèvres sur le sang, tandis que son souffle devenait rauque et qu'elle se livrait, soudain passive. Alors, il lui releva la jupe jusqu'aux hanches, lui arracha sa culotte, se découvrit et s'enfonça encore et encore dans ce corps splendide, avec autant d'urgence que de désespoir, poussant aussi profondément en elle que si sa vie en dépendait. Il serrait les dents pour ne pas hurler de plaisir et d'égarement, pendant qu'Eva léchait son sang en gémissant comme une bête blessée.

Quand retentit l'alerte aérienne, Falcó gratta une allumette et consulta sa montre. Il était cinq heures moins le quart. Eva, nue à côté de lui, respirait régulièrement. Elle semblait dormir. Le lumignon du salon était éteint, sans doute parce que l'électricité avait été coupée en ville. Il alluma une cigarette, se leva et alla, nu et déchaussé, jusqu'à la fenêtre. La pièce sentait le charbon consumé dans le brasero, encore chaud. En cachant la braise de sa cigarette, il entrouvrit le rideau pour jeter un regard à l'extérieur. Comme dans presque toutes les maisons de la ville, la fenêtre était en fait une porte vitrée qui ouvrait sur un encorbellement ou un balcon – ici clos par une grille de fer. La sirène s'était tue, mais sur les formes obscures des montagnes qui s'élevaient de l'autre côté de l'Arsenal resplendissaient les fugaces foyers lumineux des défenses antiaériennes, suivis de lointaines détonations, qui permirent à Falcó de calculer la distance : le son voyageait à trois cent quarante-trois mètres par seconde, ce qui situait l'artillerie à moins de deux kilomètres. Les bombardiers approchaient. Un instant, à la faveur de deux embrasements entre des nuages déchiquetés que découpait la vague lueur de la lune, il crut apercevoir la silhouette lointaine d'un avion.

Elle était à côté de lui, pieds nus. Il ne l'avait pas entendue venir. Elle avait enfilé, sans la boutonner, la chemise dont il s'était défait précipitamment quelques heures plus tôt. Il sentit, dans la fumée du tabac, l'odeur prégnante de la peau d'Eva – leur odeur, sperme, fluide vaginal, sueur – un moment avant qu'elle ne l'enlace par-derrière, son corps chaud et fort collé au sien.

– Ils arrivent, lui annonça-t-il.

Comme si quelqu'un, à l'extérieur, n'avait attendu que ces paroles, une déflagration soudaine fit apparaître fugitivement la silhouette de la tour de l'Arsenal. L'explosion leur parvint deux secondes plus tard.

– La base sous-marine, dit Eva.

– Tu veux descendre à l'abri ?

– Non. Donne-moi cette cigarette.

Falcó la lui donna, toujours en cachant la braise, et elle tira deux bouffées avant de la lui rendre. Il ouvrit la fenêtre pour éviter qu'une onde sonore trop puissante brise les carreaux. Il faisait froid. Ils restèrent enlacés, pour regarder le bombardement.

– La guerre est tout un spectacle, dit-elle.

– Oui.

Les embrasements de la défense antiaérienne s'étaient déplacés peu à peu et les projectiles explosaient à présent au-dessus de l'Arsenal, presque sur la place. Il n'y avait pour ainsi dire plus d'intervalle entre les déflagrations et les détonations. Une bombe tomba dans un endroit proche, hors de leur champ de vision, et l'explosion très violente fit vibrer les carreaux de la fenêtre, pourtant ouverte. À cet instant, il put voir nettement, éclairée par une lueur proche, la silhouette sinistre d'un avion qui survolait la tour d'entrée de l'Arsenal.

– Frappez fort, les amis, chuchota Eva en regardant le ciel, comme si elle priait.

Les crachotements de l'artillerie étaient maintenant très nourris, et les traînées des balles traçantes qui s'élevaient lentement dans la nuit illuminaient son visage et se reflétaient dans ses yeux. Falcó caressa son long cou nu, la naissance de ses seins, et ses fortes épaules. Puis il pensa à l'homme qu'elle avait tué quatre heures plus tôt, et il éprouva une étrange sensation. Ôter la vie, verser le sang. Après une infinité de baisers et d'étreintes, quand il l'avait estimée comblée, Falcó était sorti d'elle moite et satisfait, pour, appuyé contre le ventre lisse d'Eva, y éjaculer enfin, avec la perte de conscience fugitive de la glissade dans le puits accueillant, profond et obscur, fait d'oubli et de promesses de paix. Elle était restée un long moment immobile, avec lui au-dessus d'elle, rompu et épuisé, à lui caresser le dos.

Il y eut un sifflement parfaitement audible suivi d'une terrible explosion. Cette fois, la bombe était tombée tout près, si près que la fulguration et le fracas assourdissant furent simultanés de l'autre côté du mur de l'Arsenal. Les carreaux de la fenêtre se remirent à vibrer, mais ne cassèrent pas ; dehors se fit pourtant entendre un tintamarre de vitres brisées qui tombaient dans la rue. Des balles traçantes et des explosions pointillèrent de nouveau le ciel comme des feux d'artifice.

– Écartons-nous de là, dit Falcó.

Il ferma les rideaux et ils rejoignirent l'alcôve, enlacés dans l'obscurité. Quand ils furent couchés, il embrassa les cheveux d'Eva.

– Ils m'ont fait perdre le sommeil.

– À moi aussi, dit-elle.

9

CENDRES AU CONSULAT

De la cheminée du consulat allemand sortait trop de fumée ; Falcó, qui l'avait aperçue en arrivant, le fit remarquer à Sánchez-Kopenick.

– Peu m'importe, dit le consul. J'ai presque tout brûlé.

Il le conduisit dans son bureau, pagaille de tiroirs ouverts et de classeurs vides près de la cheminée pleine de cendres. Un peu partout des résidus de flammèches tapissaient le sol et les meubles de fines particules noires et grises.

– Je m'en vais dans une heure, ajouta Sánchez-Kopenick. Avant midi, l'Allemagne aura reconnu le gouvernement de Franco.

Il avait des cernes sombres sous les yeux, et son apparence indiquait qu'il était resté sur la brèche toute la nuit. Falcó jeta un coup d'œil au portrait en pied du chancelier Hitler dans son cadre sur la tablette de la cheminée. Toute la partie inférieure était noircie jusqu'à la taille ; il en déduisit que le consul avait peut-être éprouvé un malin plaisir en le laissant ainsi s'enfumer pendant qu'il brûlait les documents. Par une porte ouverte, on pouvait voir dans la pièce voisine deux valises et, par-dessus, un manteau et un chapeau.

– Vous partez par la route ?

– Par mer. J'ai hâte de ficher le camp d'ici, parce que les réactions locales sont imprévisibles... Un canot m'attend au port pour me conduire à bord du *Deutschland*.

Falcó haussa un sourcil, intéressé. Tout s'éclaircissait, pour finir. Bas les masques. Il savait que le *Deutschland* était un puissant cuirassé allemand, mais ignorait, jusque-là, qu'il croisait dans les parages. Cela voulait dire que le gouvernement du Reich prenait de sérieuses précautions. Pour protéger ses citoyens présents en zone rouge, et du même coup montrer les dents. Avec un dangereux sourire de requin prêt à mordre.

– J'ai quelque chose pour vous, dit le consul. Encore heureux que vous ayez pu venir.

Il alla jusqu'à l'angle de la pièce, où un coffre-fort était ouvert – Falcó aperçut à l'intérieur un parabellum Lüger –, y prit une enveloppe qu'il tendit à Falcó. Elle contenait deux feuilles de papier.

– C'est la dernière communication que j'ai reçue de Salamanque, via Berlin, il y a trois heures.

Falcó regarda rapidement les messages. Ils étaient codés. Des groupes de lettres et de chiffres. Il allait avoir besoin du livre de code et d'une bonne demi-heure pour tirer ça au clair.

– Et il n'y aura pas moyen de répondre, je présume, fit-il, tâtant le terrain.

– Vous présumez bien. Je viens de rendre le téléscripteur inutilisable. Et je ne veux pas prendre le risque de me servir du téléphone.

Le consul avait également sorti du coffre une boîte de cigares Partagás. Il en restait trois. Il en offrit un à Falcó, en cala un autre entre ses lèvres et glissa le troisième dans la poche de poitrine de son veston, d'où pointait une pochette blanche.

– En voilà que la République ne fumera pas, dit-il en donnant du feu à Falcó.

Il ouvrit ensuite l'un des tiroirs de son bureau et en sortit une bouteille de Courvoisier et deux verres, sur lesquels il souffla pour en ôter toute éventuelle trace de cendre.

– Voulez-vous du cognac ?

– Je bois tout ce qui se présente.

– Dans ce cas, quittons-nous comme il se doit. *Prosit.*

Ils burent et fumèrent en toute tranquillité. De l'autre côté de la fenêtre, où le splendide panorama du port se déployait au bas de la muraille, le soleil éclairait les infrastructures portuaires, les grues et les silhouettes des bateaux de guerre gris amarrés aux jetées dans le bassin en eau calme. Des nuages obscurs montaient de l'horizon marin et des hauteurs couronnées de forteresses.

– Je regrette de partir, dit le consul. Trois générations de ma famille ont vécu ici, savez-vous ? Mais les temps sont violents. Savez-vous qu'on a encore trouvé un cadavre près du cimetière, ce matin ? Et la nuit dernière, on a emmené le fils d'un tailleur de la Calle Mayor faire un tour. Parce qu'il était phalangiste, dit-on.

Impassible, Falcó prit une gorgée de cognac. Il était hors d'âge, et de qualité. Réconfortant. Le parfum du cigare était excellent. Que c'était bon, d'être vivant, de fumer un havane et de boire de la fine champagne française, au lieu d'être couché sur le marbre blanc de la morgue, une fiche en carton nouée au gros orteil.

– Drôle de travail que le vôtre, remarqua Sánchez-Kopenick, d'un air apparemment détaché. Je ne l'échangerais certes pas pour le mien ; moi, j'ai au moins un passeport diplomatique.

Falcó fit la grimace.

– Qui n'a pas une grande valeur en Espagne.

– C'est juste, fit le consul en désignant les cendres dans la cheminée et les valises dans l'autre pièce. C'est pourquoi je préfère limiter les risques. Dans deux heures, si tout se passe bien, je verrai les taureaux de l'autre côté de la barrière, comme on dit ici.

– Je vous envie. Vraiment.

Le consul lui jeta un regard inquisiteur, comme s'il n'était pas sûr que Falcó l'enviât réellement.

– Quand déchiffrerez-vous les feuillets que je vous ai remis ? demanda-t-il un instant plus tard.

– Quand j'aurai regagné ma pension.

Sánchez-Kopenick esquissa un sourire complice et las.

– Je ne crois pas que vous vous fassiez beaucoup d'illusions sur le secret qu'ils renferment, non ? D'autant moins qu'ils vous arrivent via Berlin.

– Non, évidemment pas, répondit Falcó en regardant le consul avec un subit intérêt. Pourriez-vous m'en dire un peu plus ?

– Officiellement, je n'en sais rien. En fait, je ne vous ai même pas remis de message.

– Sautons les préliminaires. Le prologue, si vous préférez. Savoir ce que vous savez me serait utile.

Pensif, Sánchez-Kopenick tirait sur son havane. Enfin, il parut se décider.

– Après-demain, à une heure et quart du matin, le *Deutschland* bombardera le port d'Alicante, la gare ferroviaire et les dépôts de carburant de la Campsa. Ce faisant, comme par hasard, il lâchera une bordée du côté de la prison. Suffisante pour que personne ne s'y pointe pendant un moment.

Falcó voulut savoir quel serait le motif officiel de cette opération ouvertement hostile. Le consul lui répondit que le bombardement serait présenté comme une mesure de représailles des actes de violence qui seraient à coup sûr exercés contre les intérêts du Reich sur le territoire de la République, quelques heures après que l'Allemagne aurait reconnu le gouvernement de Franco. Les informateurs de l'Abwehr annonçaient un assaut de l'ambassade d'Allemagne à Madrid, où une cinquantaine d'Espagnols avaient trouvé refuge. Le personnel diplomatique était en cours d'évacuation.

– Et qu'arrivera-t-il aux réfugiés ? demanda Falcó.

Le consul fit un sourire lugubre. Sa façon de lever son verre comme pour trinquer ressembla à un salut funèbre.

– Je n'aimerais pas être à leur place. Et vous non plus. Pas moyen de les tirer de là. On ne peut pas non plus écarter la possibilité qu'il y ait dans l'ambassade des armes et du matériel interdit.

Falcó regarda le pistolet dans le coffre-fort ouvert.

– C'est-à-dire que vous allez passer d'une neutralité douteuse à une belligérance flagrante.

– Plus ou moins. Il y a encore autre chose qui devrait vous intéresser. Notre consulat d'Alicante est également en cours d'évacuation.

– Il fallait s'y attendre.

– Nous ne pourrons plus rien faire pour vous, dans cette zone.

– C'est évident.

– Et c'est tout ce que je peux vous dire.

Un silence suivit, pendant lequel ils tirèrent sur leur cigare et burent quelques gorgées de cognac. Falcó contemplait le portrait roussi du Führer. Tôt ou tard, se dit-il avec le fatalisme de sa froide nature, tout finira par aller au diable. Cheminées pleines de cendres et coffres vides. Corps jetés dans les fossés ou près des murs des cimetières. Alors, l'heure des gens comme lui serait venue. Les loups et les agneaux. Par les temps qui couraient, être un loup était ce qu'il y avait de plus sûr. Et encore, pas toujours. C'était pourquoi un discret pelage brun se révélait utile. Il permettait de sauver sa peau. De passer inaperçu entre nuit et brouillard. Soudain, il se sentit vulnérable, désireux de retourner aux nébulosités d'où on l'avait fait sortir. Il était trop exposé depuis trop de jours en zone ennemie. Brusquement nostalgique, il regretta la vieille maxime que Niko, son ancien instructeur roumain – en 1931, à la demande de l'Amiral, Falcó avait passé un mois à Târgu

Mureş, un camp secret de la Garde de Fer où l'entraînement incluait le sabotage et l'assassinat –, résumait en
une formule fétiche qu'il appelait *le code du scorpion* :
observe, frappe et file.

– Entendu, fit-il. L'assaut de la prison aura donc lieu
après-demain soir, le *Deutschland* couvrira l'opération
en tirant quelques coups de canon qui feront diversion...
Vous ne savez vraiment rien de plus ?

Le consul haussa les épaules.

– Seulement qu'entre onze heures et minuit le torpilleur de
la Kriegsmarine *Iltis* s'approchera de la côte pour débarquer
le groupe d'assaut, et qu'il sera à l'endroit convenu pour
vous recueillir avant l'aube. – Sánchez-Kopenick désigna
la poche dans laquelle Falcó avait mis les messages. – Vous
trouverez là toutes les précisions... S'il y en a de nouvelles,
de dernière minute, elles vous seront transmises en code.
Par Radio Séville, vous savez, les amis de Félix et tout ça.

Falcó consulta sa montre. Il était temps de partir. Depuis
déjà un moment.

– Merci pour tout, dit-il en posant le verre vide sur la
table.

Sánchez-Kopenick regarda du coin de l'œil le Führer à
demi calciné, puis Falcó.

– Je ne fais que mon travail.

– Il y a des travaux difficiles à faire.

– Le vôtre plus que le mien. Je vous souhaite bonne
chance, cher ami.

– Et moi de même, monsieur le consul.

Celui-ci prit une expression résignée.

– Si je peux monter sans difficulté à bord de ce navire
amarré dans le port, je m'estimerai satisfait. Dans votre
cas, il vous faudra bien davantage que de la chance. – Il
montra le Lüger dans le coffre. – Peut-il vous être utile ?
C'est une arme magnifique, un souvenir de famille, mais

je ne peux la prendre avec moi. Et l'imaginer à la ceinture d'un de ces héros prolétaires de l'arrière me chagrine.

Falcó s'accorda trois secondes de réflexion. Il avait son Browning 9 mm dans la poche de son blouson, mais ce parabellum était une arme de guerre formidable. Parfaite pour ce qui allait suivre.

– Un tel objet n'est jamais superflu.

– Il était à l'un de mes oncles, à Verdun. Le chargeur est plein. Un instant.

Il alla prendre l'arme, sortit d'un tiroir une boîte de balles, et revint mettre le tout dans les mains de Falcó. C'était un P08 9 mm semi-automatique, avec placages en bois sur la crosse. Une arme lourde et robuste, constata Falcó. Sinistrement belle.

– Veillez qu'elle ne tombe pas aux…

Sánchez-Kopenick s'interrompit quand ses yeux rencontrèrent le regard ironique de Falcó qui, sans rien dire, le havane entre les dents, glissa le Lüger à l'arrière de sa ceinture, sous le blouson, et mit la boîte de munitions dans sa poche. Puis il monta le curseur de la fermeture à glissière. Si l'on m'arrête avec tout ce que j'ai sur moi, se dit-il, documents chiffrés, faux papiers, deux pistolets et des munitions, je vais avoir plus que des problèmes avec la République.

– Je suppose que vous êtes conscient, ajouta le consul, qu'à partir de maintenant vous n'aurez plus de communication directe avec Salamanque. Vous voilà livré à vos propres moyens.

– Comme d'habitude, acquiesça Falcó.

La prison de la province d'Alicante était un assemblage massif de plusieurs corps de bâtiment aux murs chaulés. De deux étages sur sa façade principale. Un haut mur avec des guérites l'entourait sur l'arrière, et sur ses deux flancs d'étroits promenoirs étaient clos par des grilles de fer. Elle se trouvait à l'extérieur de la ville, parmi des arbres, au commencement de la route d'Ocaña.

– Ne t'arrête pas, dit Falcó.

Ginés Montero était au volant. L'Hispano-Suiza passa doucement devant l'établissement que Falcó examina avec attention pour tout graver dans sa mémoire. À côté du portail clos, il y avait une guérite en bois avec deux miliciens. Chacune des sentinelles avait un Mauser à l'épaule.

– Ils portent les foulards de la FAI, dit Falcó.

– Oui. On a remplacé les fonctionnaires par des miliciens de confiance. Ce qui complique les choses.

– Ces gens ont l'expérience du combat ?

– Pas du tout. C'est de la racaille de l'arrière.

– C'est mieux comme ça, vu la situation.

Ils firent le tour des bâtiments par un chemin latéral sous le couvert des arbres, avant de regagner la route.

– José Antonio était dans la cellule numéro dix de la galerie supérieure avec son frère Miguel, dit Ginés, mais on l'a fait descendre il y a quelques jours dans une cellule individuelle du rez-de-chaussée. À l'isolement.

– Pourrons-nous arriver jusque-là sans trop de dégâts ? On ne va tout de même pas devoir démolir une porte après l'autre.

– Je le crois. Que nous pourrons y arriver. Grâce à ce fonctionnaire des prisons qui est des nôtres et a pris l'empreinte des clefs dans la cire, nous devrions ouvrir sans peine les portes de la galerie et celle de la cellule.

Falcó se retourna pour jeter encore un coup d'œil à la prison dont ils s'éloignaient.

– La difficulté, c'est de parvenir jusqu'à notre homme avant que les gardiens ne le tuent, s'ils comprennent que nous venons le libérer.

– Je crois qu'ils nous en laisseront le temps, lui dit Ginés, rassurant, pourvu que le groupe d'assaut de Fabián Estévez fasse vite.

– C'est pour ça qu'ils viennent. Pour faire vite.

Le phalangiste conduisit pendant un moment sans rien dire. Il regarda deux fois Falcó du coin de l'œil et, à la troisième, il reprit la parole :

– Tu as rencontré Fabián avant de venir ici ?

– Nous avons échangé quelques mots, oui.

– C'est un brave type. Une vieille chemise de la première heure. L'un des rares camarades de cette époque qui ne soient pas morts ou incarcérés. – Le ton de Ginés était celui de l'admiration sans bornes. – Cari et moi l'avons connu à Murcie, au cours d'un meeting au Teatro Romea… À une époque, il organisait les bataillons du Levant. Et il est clair pour tous qu'il s'est bien battu.

– Oui. C'est ce qu'on raconte.

– Je suis heureux de le revoir… Si tout se passe bien, nous embarquerons avec vous, Cari, Eva et moi.

– Et votre mère ?

– Elle ira chez des parents, à Lorca. De fait, elle y part demain matin, parce que, après, ça va chauffer. Les rouges vont remuer ciel et terre.

– N'en doute pas.

Montero ralentit. Ils approchaient du centre de la ville.

– Tu entreras aussi dans la prison, pendant l'attaque ? demanda-t-il.

– Je n'en suis pas encore sûr. – Falcó avait fait attendre sa réponse. – Ça dépend.

– De quoi ?

– De la nécessité.

– L'aventure ne t'exalte pas ?

– Pas le moins du monde.

– Je ne te comprends pas. C'est l'action la plus importante que nous ayons entreprise.

– Oui… Tourne à gauche.

– Quoi ?

– À gauche, là. Pour éviter le contrôle de tout à l'heure.

Ginés braqua pour s'engager dans une rue latérale, évitant ainsi la principale où, à l'aller, un piquet de l'UGT leur avait demandé leurs papiers, sans conséquence, mais mieux valait ne pas tenter la chance une seconde fois.

– Nous avons parlé de toi, dit le jeune homme au bout d'un moment.

– Qui ?

– Cari et moi. Et Eva aussi. Et nos conclusions…

– Vos conclusions ne m'intéressent pas.

– Bon… Écoute, nous formons une escouade. Une équipe.

– *Vous* êtes une équipe. De trois membres. Moi, je suis votre chef, pour l'instant. C'est tout.

Ginés ne se donnait pas pour vaincu. Il avala sa salive.

– Ce truc de l'autre nuit, avec… Bon, tu sais. Ce qui s'est passé avec Juan Portela… Ça nous a unis un peu, tu ne trouves pas ?

Falcó le regarda avec dureté.

– Tu crois vraiment que tuer quelqu'un unit ceux qui l'ont supprimé ?

– Il y a des choses…

– Tu m'emmerdes, jeta Falcó en allumant une cigarette. Sois gentil, laisse tomber. Fais ta guerre, libère José Antonio, et sauve l'Espagne de la horde marxiste, si tu le peux. Mais ne m'emmerde pas.

De retour dans le centre de la ville, ils garèrent la voiture sous les palmiers de l'esplanade d'Espagne. Eva et Cari les attendaient, assises à la terrasse d'un glacier italien, à deux pas d'une succursale de la banque Hispano Americano. Pendant que Falcó et Ginés faisaient leur repérage autour de la prison, elles étaient allées avenue Loring jeter un coup d'œil sur les dépôts de carburant de la Campsa – que le *Deutschland* devait bombarder le lendemain soir –, situés en face de la gare de Murcie.

– Des millions de litres de pétrole vont brûler, murmura Cari avec satisfaction. Les rouges vont sans doute être très occupés.

Les deux jeunes femmes buvaient de l'orgeat, les deux hommes commandèrent des canettes de bière. C'était le milieu de l'après-midi. Des nuages couvraient une partie du ciel, mais le soleil brillait par intermittence, et la température était agréable.

– Que faisons-nous maintenant ? demanda Eva.

Tous se tournèrent vers Falcó, qui avait baissé la visière de sa casquette. Il but une gorgée de bière et consulta sa montre.

– Il faut aller jeter un œil sur l'endroit du débarquement.

– Nous pourrons le faire demain, dit Ginés.

– Je préfère y aller tout de suite. Nous avons le temps, avant le coucher de soleil.

– C'est à neuf kilomètres, précisa Cari. Aller jusqu'à la plage va nous prendre une demi-heure, et il faut compter autant pour le retour. Et ce, dans le cas où nous ne serons pas retardés par un contrôle routier. Il y en a un près de l'aérodrome d'Air France d'El Altet.

– On pourrait l'éviter en empruntant un chemin de terre, dit son frère. Celui que nous prendrons demain pour aller chercher le groupe de débarquement.

– Le transport est assuré ? s'enquit Falcó.

– Oui. Un camion et deux voitures. Ce sera suffisant. Nous les trouverons une heure à l'avance, camouflés sous les pins.

Falcó finit sa bière, pensif. Sous la visière de la casquette, ses yeux, attentifs comme toujours, étaient à la recherche de signes suspects. Ils examinaient les gens qui passaient sur l'esplanade, les vendeurs de crevettes, les ramasseurs de mégots, les cireurs de chaussures avec le foulard anarchiste au cou et le drapeau républicain peint sur leur boîte – le prolétaire aussi aimait faire cirer ses chaussures – et le kiosque à journaux où le *Diario de Alicante* et *El Luchador* étaient accrochés avec des épingles à linge. Il y avait deux énormes portraits de Lénine et de Marx sur la façade du Café Central, et sur les vitrines des boutiques étaient collées de larges bandes de sparadrap pour protéger les passants des éclats de verre en cas de bombardement.

– Nous n'irons pas tous les quatre, dit-il. Ensemble, nous attirerions trop l'attention.

– Nous deux ? suggéra Ginés.

– Il vaut mieux que j'y aille, proposa Eva. Un couple sous les pins, ça paraîtra plus naturel.

Elle avait parlé sur un ton neutre. Impassible. Falcó surprit un rapide échange de regards entre Ginés et Cari. Peut-être se doutaient-ils de quelque chose, se dit-il. Du lien entre Eva et lui. Ce même jour, vers midi, ils s'étaient inscrits comme mari et femme à l'hôtel Samper. Ce qui pouvait leur servir de couverture. Il était aussi envisageable que la sœur et le frère eussent appris ce qui était arrivé la nuit précédente, ou qu'Eva en eût parlé à son amie – mais Falcó ne la voyait guère faire des confidences de cette sorte. Son instinct lui disait que c'était improbable. De toute façon, peu importait, au point où ils en étaient.

– Eva viendra avec moi, décida-t-il.

– Il faudra que vous soyez de retour à temps pour écouter le bulletin national, leur rappela Ginés en baissant la voix. Il est très possible qu'il y ait un message pour nous.

Ils se mirent d'accord pour se retrouver tous discrètement, juste avant la diffusion radio, dans l'arrière-boutique d'une librairie ancienne, rue Ángel Pestaña. Le propriétaire était un proche de la famille Montero, un sympathisant du Mouvement national – un de ses frères, carliste, avait été fusillé le 19 juillet –, chez qui Cari et

Ginés étaient maintenant logés. Là, en écoutant Radio Séville, ils pourraient vérifier si, après l'allocution du soir du général Queipo de Llano, le quartier général de Franco destinait un message aux amis de Félix.

– J'aime à penser que José Antonio est tout près d'ici dans sa cellule, sans savoir que la nuit prochaine, nous, ses camarades, irons le délivrer.

Le jeune homme avait dit ça avec un ton presque ému. C'était celui d'un type certes courageux mais en même temps bouleversé par cette perspective. Ses yeux brillaient quand il croisa le regard d'Eva et celui de sa sœur. Ce ton et ce regard n'en irritèrent pas moins Falcó. Pour l'opération du lendemain, ce n'était pas de l'enthousiasme qu'il fallait, mais du sang-froid. Dans les affaires comme celle-ci, se dit-il encore une fois, les émotions sont mortelles. Et pas qu'un peu.

– Je préfère que tu penses à ce qui nous attend. À ce que nous allons accomplir.

– Tout ça a été considéré dans tous les sens. Je n'ai rien fait d'autre au cours de ces derniers jours.

– Eh bien, continue. Il y a certainement une faille quelque part.

Le jeune homme le regarda, blessé.

– Tu ne laisses jamais rien au hasard, toi, peut-être ?

– Jamais.

Falcó se renversa sur sa chaise pour reprendre sa surveillance de l'esplanade, ignorant délibérément le regard qu'Eva posait sur lui. Un homme avec un béret et un manteau gris qui était passé deux fois près d'eux le mit en alerte. Il se détendit un peu quand il le vit s'éloigner d'un pas égal en direction du bas de l'esplanade en feuilletant un journal.

– Quelqu'un, remarqua-t-il, un Romain ou un autre Ancien, a dit que dans les affaires militaires, s'excuser après coup en déclarant qu'on n'y avait pas pensé est inutile.

Ginés le prit comme un reproche.

– Nous avons pensé à tout, protesta-t-il. Nous avons même, dans le sous-sol de la librairie, les pistolets, mon revolver et une caisse de grenades Lafitte.

Avec le plus grand sérieux, Falcó se tourna vers lui.

– Ne songez même pas à sortir dans la rue avec une arme. Eva a rendu la sienne. Ne gâchons pas tout.

Le jeune homme lorgna vers la poche du blouson de Falcó, l'air offensé.

– Tu es bien armé, toi, dit-il entre ses dents. Un pistolet planqué dans la voiture et un autre sur toi.

Falcó lui répliqua d'un ton inflexible :

– Ce que je porte n'est pas ton affaire.

En tournant la tête, il croisa le regard d'Eva et remarqua un léger sourire sur les lèvres de la jeune femme.

– Scipion l'Africain, dit-elle soudain.

Falcó, déconcerté, cilla. Pris au dépourvu.

– Pardon ?

– *Turpe est in re militari dicere non putaram*, cita Eva. La phrase est de lui, de Scipion : *En fait d'opérations militaires, il est honteux de dire : « Je n'y avais pas songé. »*

Ginés éclata d'un rire vengeur. Il jubilait.

– Et vlan ! lança-t-il.

La plage était sableuse, étendue, et les pins arrivaient presque jusqu'au rivage, que léchait une douce houle. D'un côté, il y avait les hauteurs du cap de Santa Pola, de l'autre Alicante, bleutée et brumeuse, au loin. Par-delà, la Méditerranée se déployait, bleu de cobalt, sous un ciel dont les nuages commençaient à rougir, vers le couchant.

– La voiture peut s'ensabler, dit Falcó à Eva. Continuons à pied.

Ils avancèrent sous les épaisses frondaisons des pins, plongeant les pieds dans le sol mou. Elle avait enlevé ses chaussures. Sa jupe était commode, ample, comme son

Je voyais la braise des cigarettes que tu fumais près de la fenêtre, dans la pénombre. Et ton visage à la lueur des allumettes.

– J'écoutais ta respiration, régulière quand tu étais endormie, différente quand tu ne l'étais pas.

– Deux tricheurs dans la nuit.

– Oui.

La jeune femme garda un long moment le silence. Toujours aussi sérieuse. Il y avait encore en elle quelque chose de dur, remarqua-t-il. Elle était de toute évidence d'une autre étoffe que les Montero. Très différente d'eux, et pas seulement par son apparence. La froide exécution de Juan Portela le démontrait clairement ; mais, même avant, il n'avait pas manqué de reconnaître en elle certains signes. Ce qu'elle trahissait de dur et d'obscur lui semblait familier parce qu'il était fait du même bois qu'elle. Conscient d'avoir étreint quelques heures plus tôt un mystère, il savait aussi qu'elle n'en ignorait rien. Même en faisant l'amour elle ne s'abandonnait tout à fait que pendant de brefs instants, puis recouvrait aussitôt le contrôle d'elle-même. Comme l'aurait dit l'Amiral, conclut-il, sarcastique sans rien en laisser paraître, elle était des leurs, de leur espèce, indéniablement. Son froid détachement ne pouvait tromper.

– Eva… Ton passé dans cette activité, tes premières armes remontent à bien avant cette guerre, n'est-ce pas ?

La jeune femme soutint son regard, sans broncher, sans même ciller. En silence. Puis elle détourna les yeux du côté de la mer, et il dut se retenir d'embrasser son cou nu, là où les flottements du chemisier le découvraient. Il sentit de nouveau, cette fois avec plus de violence, la morsure du désir, et il fut désespérément tenté de la coucher sur le sable, sur les aiguilles des pins, de lui écarter les jambes et de retourner en elle, dans la moiteur, la chaleur douce et le battement de la chair tiède – là où il avait senti son pouls contre le sien, chair contre chair, la nuit précédente –, de pénétrer encore ce corps si solide et si fort, en quête de consolation, de paix et d'oubli.

– Je n'ai pas de passé, dit-elle au bout d'un moment.

– Dans ce cas, hier soir, tu t'en es fait un.

Il pensait à Juan Portela agenouillé devant eux, au coup de feu et au corps qui s'abattait face contre terre. Et il savait très bien que la jeune femme avait compris de quoi il parlait.

– Je n'ai rien ressenti, l'entendit-il dire.

Le ton était toujours aussi neutre. Quasi indifférent. Elle regardait encore la mer.

– J'ai cru que j'éprouverais quelque chose, ajouta-t-elle. Mais je me trompais. En revanche, plus tard, avec toi... Ces explosions, dehors, et nous...

Elle se tut et remua la tête, comme pour chasser les pensées qui l'empêchaient de trouver les mots justes.

– ... tellement vivants.

– Menacés de mourir d'un moment à l'autre, tu veux dire.

– Oui. C'est ça.

Elle était très belle, pensa-t-il. Particulièrement belle dans cette brise marine. Il approcha sa bouche de celle d'Eva, l'embrassa tendrement. Mais elle demeura froide et immobile, lèvres inanimées.

– Je n'avais encore jamais tué, dit-elle quand Falcó eut éloigné sa bouche de la sienne.

Elle gardait les yeux fixés vers la mer, ses chaussures dans une main. Les bas de soie translucides qui couvraient ses pieds étaient parsemés de grains de sable doré pareils à des particules d'or. Le désir de Falcó devint plus vif. Il la saisit par les hanches.

– Pas maintenant, lança-t-elle.

Falcó fit celui qui n'avait pas entendu. Au diable, se dit-il. Ma vie ne tient qu'à un fil et elle est là, à ma portée. Elle est le trophée de mes peurs, de tous les dangers encourus. La récompense qui me maintient en vie. Il la serra plus

10

DE LONGUES NUITS
POUR RÉFLÉCHIR

De retour à Alicante, ils laissèrent la voiture dans le garage
derrière l'hôtel Samper – le Lüger du consul allemand était
caché sous un siège – et se dirigèrent vers l'esplanade en
contournant l'établissement. Il restait près d'une heure
avant le couvre-feu. La ville était sans lumière en prévision
des bombardements, le ciel noir et couvert, la rue pleine
d'ombres, et les palmiers, devant le port, semblables à des
fantômes qui auraient agité les bras sous l'effet de la brise.
Un tramway passa dans l'obscurité, seulement signalé
par le bruit de ses roues et les étincelles de sa perche. On
distinguait à peine les trottoirs de la chaussée, et Falcó
prit Eva par le bras pour l'aider à avancer.

– À quelle heure devons-nous rejoindre Ginés et Cari à
la librairie ? demanda la jeune femme.

– À vingt-deux heures. Et le bulletin de Radio Séville
se termine une demi-heure plus tard. Nous avons tout le
temps.

– Tu crois que...

Subitement tendu, il lui serra le bras.

– Tais-toi.

Ce fut son instinct qui l'alerta avant ses sens. Habitué à
flairer le danger comme un bon chien de chasse, il s'avisa
que quelque chose clochait. Il y eut d'abord une ombre
furtive qui se déplaçait sur sa gauche, puis un bruit de pas
trop rapides derrière lui. Deux présences, tout à coup, et

une autre ombre se profilait devant eux, au coin de la rue, pour leur barrer la route. Il l'aperçut qui filait, rapide, un peu plus noire que l'obscurité du port, par-delà l'esplanade et les palmiers, où la mer proche conservait un reste de clarté crépusculaire. Trois hommes, conclut-il. Au moins.

S'il avait été seul, sa réaction aurait été différente : frapper en forçant le passage et courir vers un endroit qui lui assurerait une protection, ou décamper au plus vite. Mais elle était là, la femme qu'il tenait encore par le bras. Une fraction de seconde, deux élans instinctifs s'opposèrent en lui, rompu à de telles situations critiques. L'un visait sa propre sauvegarde, l'autre celle d'Eva. S'il en avait eu le temps, il aurait envoyé au diable cette dernière impulsion, et se serait résigné à la fatalité, mais le temps lui manqua. Tout se passa très vite. Il avait l'esprit vide, clair et net, prêt au combat, quand il sentit se bander ses muscles, se crisper son bas-ventre, et qu'il lâcha le bras d'Eva. C'était tout ce qu'il pouvait faire pour elle.

– File !... Cours, cours !

Les occuper un instant, puis filer lui aussi, telle était l'idée. Ne plus défendre que sa peau. Il balança un coup de pied presque à l'aveuglette en direction de l'ombre la plus proche – avec pour résultat un choc violent et un grognement –, puis il se jeta sur celle qui s'approchait par la gauche, frappant d'abord avec les poings, quatre fois de suite, avant de plonger la main dans la poche de son blouson, pour y prendre le Browning. Il comptait – par réflexe – empoigner l'arme, partir en courant, mettre une certaine distance entre lui et ses agresseurs, se retourner, tirer et déguerpir, exercice souvent répété et parfois mis en pratique. Mais il ne put sortir le pistolet. Les pas hâtifs, dans son dos, l'avaient rattrapé et des bras puissants se refermèrent sur lui et l'immobilisèrent. L'homme était corpulent, il respirait fort, sentait la sueur et le tabac. Falcó se débattit violemment, leva un pied et, donnant un coup contre le mur, parvint à déséquilibrer l'assaillant et tomba avec lui ; une fois à terre, il essaya encore de saisir son arme. Mais une autre ombre se jeta sur lui, et une troisième. Elles le tenaient fermement par les bras et le cou ; quand il put enfin tirer le pistolet de sa poche, elles le lui arrachèrent.

– Tiens-toi tranquille, mon salaud ! bougonna une voix rude.

Il détendit ses muscles, comme s'il se donnait pour vaincu. Vieille feinte, entraînement de base. Le résultat ne se fit pas attendre : les autres relâchèrent un peu leur prise, juste ce qu'il fallait pour permettre à Falcó, d'une secousse brusque et violente, de libérer une de ses mains, et d'envoyer un coup de poing vers l'endroit où, supposait-il, devait se trouver le visage de l'homme le plus proche. Un impact, un douloureux craquement de ses articulations et un cri de douleur qui ne jaillissait pas de sa bouche suivirent.

– Le salaud ! Il m'a cassé une dent !... Salopard de fils de pute !

Un coup terrible sur son crâne remplit l'obscurité de petits points lumineux qui scintillaient follement dans ses yeux. Ses tympans avaient retenti comme une grosse caisse. On l'avait frappé avec un objet contondant, une matraque de cuir ou un objet semblable, se dit-il. Surmontant la douleur comme il le put, il donna encore un coup de poing à l'aveuglette, qui cette fois se perdit dans le vide, avant qu'on lui tienne fermement les bras et qu'une pression sur son cou devienne si insupportable qu'il crut mourir suffoqué. Ouvrant grand la bouche, cherchant de l'air, il essaya de porter un autre coup, mais il était complè- tement immobilisé. La matraque, ou quoi que ce fût d'autre, s'abattit derechef sur son crâne, provoquant une nouvelle pagaille de lumière.

– Saloperie de facho... Vas-y, toi. Mais tape, bordel, et plus fort.

Poum ! entendit-il. Le troisième coup qu'on lui asséna lui retourna sur-le-champ l'estomac. Il était plaqué au sol, le visage collé contre le pavé, mais il avait la sensation que tout vacillait autour de lui. Il n'y avait plus rien qu'il pût faire, aussi se laissa-t-il aller, résigné, triste, avec l'impression de tomber dans un puits profond et sombre. C'est le bout de la course, en conclut-il, bon voyage. Avant de perdre conscience, il eut le temps de penser à trois choses : ces hommes le voulaient vivant, la petite ampoule de cyanure était dans le tube de Cafiaspirina, trop loin de ses mains et de sa bouche, et Eva Rengel avait peut-être réussi à s'échapper.

Quand il se réveilla, sa tête lui faisait aussi mal que si tous les tridents de l'enfer y étaient plantés. À ses tempes, les cognements de son pouls irrégulier étaient intolérables. On l'avait attaché torse nu sur une chaise au dossier haut avec du fil de fer autour du cou, des poignets et des chevilles ; il se trouvait dans une pièce aux murs chaulés sans autre mobilier ou élément de décor que des fils électriques accrochés par des isolants à la paroi dépouillée en face de lui, constellée vers le bas de quelques taches sombres, et une table en bois aux pieds de laquelle gisaient en tas ses vêtements. Sur la table, il y avait ses papiers et son Browning. Une ampoule nue pendant du plafond donnait une lumière jaunasse qui éclairait la calvitie d'un homme debout près de la table.

– Il se réveille, dit-il.

Derrière Falcó retentit un rire bref, baveux, pareil à un grognement de satisfaction. Il ne pouvait voir celui qui venait de rire, mais l'homme qui se tenait devant lui était petit, rasé de près. L'éclairage zénithal faisait luire le sommet de son crâne dégarni, entouré d'une frange touffue de cheveux noirs. Des sourcils tout aussi broussailleux semblaient enfoncer plus profondément dans leurs orbites ses yeux, qui étudiaient le captif avec curiosité.

– Il sait se défendre, avertit la voix derrière lui.

Il y avait en elle de la rancune mal dissimulée, et Falcó supposa qu'elle devait appartenir à un de ceux qui lui étaient tombés dessus, et auquel il avait cassé une dent. Ce qui, conclut-il en poussant au fond de lui-même un soupir, ne lui promettait rien d'agréable. Une fois de plus, il se maudit de ne pas s'être donné le temps d'écraser entre ses dents la capsule de cyanure. Adieu, les gars. À cette heure, tout serait fini, il se serait épargné ce qui allait suivre. Chose curieuse, le tube de Cafiaspirina n'était pas sur la table, comme il s'en aperçut d'un coup d'œil. Pour ces types, il ne s'agissait que d'un médicament inoffensif dans la poche du blouson jeté à terre. Mais il restait encore un ultime recours – pour lui ou pour les autres –, si l'occasion s'y prêtait : la lame de rasoir cachée dans la ceinture qu'on ne lui avait pas ôtée.

– Nous allons bavarder un peu, mon petit gars, dit le chauve en s'approchant.

Il était en manches de chemise et avait des mains de brute. Falcó banda ses muscles en attendant le premier coup de la nouvelle valse. Mais celui-ci se fit attendre. L'homme s'était penché sur lui et le regardait de très près.

– Tu peux te passer de dire que tu t'appelles Rafael Frías Sánchez et que tu es affecté à la DCA de Carthagène... On vient de parler au téléphone avec tes supposés supérieurs, et personne ne te connaît là-bas.

– Quelqu'un a dû se tromper, répondit posément Falcó. Je m'appelle vraiment Rafael Frías.

– Mon cul. Et même si tu t'appelais comme ça, dis-moi ce qu'un artilleur de La Guía fait à Alicante, à cent kilomètres de son poste.

– J'ai de la famille, ici.

– C'est ça. Et, pour venir les voir, tu prends un pistolet.

Bien qu'incapable de remuer la tête, Falcó montra d'une mimique et d'un regard la table.

– Vous avez là mon permis de port d'arme.

– Je l'ai vu. On m'a aussi raconté comment tu avais résisté à l'arrestation.

– Je ne savais pas qui vous étiez. Et je ne le sais toujours pas.

Son interlocuteur eut un rire sinistre.

– Tu veux savoir qui nous sommes ?... Ça alors. Une chose est sûre : nous ne sommes pas ces guignols d'anarchistes avec leurs troupes de Pancho Villa. Avec nous, mon gars, c'est du sérieux, on n'a pas beaucoup envie de rire. – Il se redressa pour adresser la parole au type qui se trouvait derrière Falcó. – Pas vrai ?

– Et comment que c'est vrai.

Le petit chauve désigna les objets sur la table.

– Tu portes l'insigne du parti au revers de ton blouson, et dans ton portefeuille un permis du Groupement des milices du Levant, ce qui nous laisse deux possibilités : ou tu es véritablement un camarade, ou tu prétends l'être.

– Je suis communiste, comme vous.

L'homme poussa un soupir excédé.

– Écoute, Rafael, ou quel que soit ton nom, je ne sais pas si tu es communiste, mais une chose est sûre, c'est que tu n'es pas comme nous.

– Il pue la cinquième colonne, cracha le rancunier, derrière Falcó.

– C'est ce que je pense. Et le hasard veut qu'ici, ce soit la tchéka de la Misericordia. – Il se pencha de nouveau vers Falcó. – Ne me dis pas que ce nom n'a pas son petit charme, non ?... Tu sais ce que c'est qu'une tchéka ? Eh bien, c'est un endroit où, par la volonté du peuple, les muets parlent et les bègues chantent comme des cygnes. Ici, nous offrons aux clients de longues nuits, pour leur laisser toute latitude de réfléchir. Alors, vas-y, commence.

– Commence quoi ?

Falcó avait déjà encaissé quelques interrogatoires, ailleurs, mais jamais jusqu'à l'extrême torture. Il lui était aussi arrivé – comme quarante-huit heures plus tôt – d'en conduire quelques-uns. Voilà pourquoi il savait que l'on finit toujours par parler. Il ne le savait que trop bien. Seules la maladresse ou la hâte de l'interrogateur pouvaient accorder à l'interrogé la faveur d'une mort rapide. S'efforçant donc de canaliser sa pensée malgré son violent mal de tête, il établit une série de lignes de défense. De tranchées successives. Il détermina le moment à partir duquel il pourrait commencer à se mettre à table, ou du moins à sembler s'y mettre, progressivement, en essayant de faire durer les pauses aussi longtemps que possible, s'il était capable de résister raisonnablement. Il décida ainsi de ce que seraient les derniers arguments, les derniers mensonges derrière lesquels il se barricaderait avant de lâcher une partie de la vérité. Ou toute la vérité. Selon ce qu'il pourrait endurer tout en cherchant à mourir au plus vite en exaspérant ses bourreaux pour les pousser à commettre l'erreur qui, avec un peu de chance, le conduirait à la paix définitive. Mais si les sbires étaient aussi efficaces qu'ils paraissaient l'être, la séance pouvait devenir bestialement longue. Et ce maudit mal de tête n'allait nullement l'aider.

– Que dis-tu ? – Le chauve lui montra alors le mur d'en face. – Tu vois ces taches ?… On les laisse là exprès, pour que les petits malins comme toi puissent se faire une idée de ce qui les attend… Dis-moi, tu as une idée de ce qui va se passer ?

– J'en ai une. – Il ferma les yeux, résigné, puis les rouvrit. – Mais vous êtes en train de commettre une grosse erreur. Je m'appelle Rafael Frías et je suis au parti.

– Et la femme ?

– Quelle femme ?

– Celle qui était avec toi et qui a filé en courant.

Falcó essaya de dissimuler son soulagement.

– Il n'y avait personne avec moi.

Le type leva les yeux et regarda en direction de l'homme placé derrière Falcó ; à l'instant même, celui-ci reçut une brutale taloche sur la tempe droite qui fit siffler son tympan comme si on le lui avait crevé. La douleur à la tête devint insupportable, et il sentit une nouvelle nausée lui retourner l'estomac. Au troisième haut-le-cœur, il cracha un jet de bile – s'estimant maintenant heureux de n'avoir rien mangé depuis le petit déjeuner – qui se répandit sur son torse nu et fit reculer d'un pas le chauve, écœuré.

– Tu vas bien vite, camarade, dit-il, sarcastique. Nous n'avons pas encore commencé.

– Quand vous le ferez, répondit Falcó après avoir toussé et respiré très profondément, vous pourrez vous y mettre en me suçant la bite.

Il s'évanouit ensuite deux fois, et les deux fois ses tortionnaires attendirent qu'il revienne à lui. Ils le frappaient systématiquement à la tête et au ventre, parfois avec leurs poings, ou avec une chaussette remplie de grenaille dont les coups retentissaient en lui comme si son cerveau ébranlé pilonnait les parois de son crâne. Le fil de fer autour de son cou menaçait de lui sectionner la trachée.

– Ce n'est qu'un début, camarade, répétait l'homme chauve. Ce n'est qu'un début.

Ils l'amollissaient en vue de ce qu'ils lui réservaient, alors que Falcó se sentait déjà très amolli. Trop. Le sang qui coulait de son nez avait un goût de vieux fer quand il atteignait sa bouche. Le fil d'acier s'enfonçait dans son cou, ses poignets, ses chevilles, les écorchait. Il sentait un fourmillement insupportable dans ses mains et ses pieds, gonflés par insuffisance de circulation sanguine. La douleur dans la tête devenait tellement atroce qu'elle dépassait celle des coups portés dans le ventre, et il dut plusieurs fois crier pour libérer l'énergie et le désespoir comprimés par la torture. Pendant les moments de lucidité, les pauses entre les coups, il comprenait que ses tortionnaires étaient des professionnels qui savaient prendre leur temps, ne commettraient pas d'erreur, et qu'il allait tarder à mourir bien au-delà du nécessaire. Il se prépara donc à parler, prêt à abandonner la première ligne de défense et à se retrancher dans la seconde. Je ne m'appelle pas Rafael Frías Sánchez. Je m'appelle Juan Sánchez Ortiz. Je suis un déserteur du bataillon des milices Balas Rojas, de la gauche républicaine. J'étais sur le front de Talavera quand j'ai décidé de me faire la belle. J'ai acheté ces papiers à un ami.

Ce ne fut cependant pas nécessaire. Les nausées le couvrirent d'une sueur froide, et il s'évanouit pour la quatrième fois. Quand il reprit connaissance, l'homme chauve n'était plus visible. Dans les brumes de son esprit, il entendit une rumeur de conversation derrière lui. Plusieurs voix semblaient délibérer tout bas. Au bout d'un moment, deux visages apparurent. L'un était celui du petit chauve, l'autre celui d'un type corpulent, vêtu d'un veston gris, le col de la chemise ouvert, la lèvre supérieure enflée avec trois points de suture, et de la rancune plein les yeux.

– C'est ton jour de chance, fit le chauve.

L'homme à la lèvre fendue envoya à Falcó une taloche qui claqua, retentissante. Puis il sortit de sa poche une cisaille, l'ouvrit et, pendant que le prisonnier contractait tous ses muscles, angoissé, s'attendant à une nouvelle atrocité plus terrible que les précédentes, coupa le fil de fer qui lui entourait le cou. Il fit de même avec celui de ses poignets et de ses chevilles. L'afflux du sang dans les terminaisons des membres ankylosés arracha à Falcó un cri de douleur.

– Ramasse tes saloperies et fous le camp, dit le chauve.

Falcó lui adressa un regard vague, incapable de comprendre ce qu'il disait. Quand enfin les mots s'infiltrèrent dans son esprit confus, il poussa un soupir rauque et tenta maladroitement de se lever. Ses jambes se dérobèrent et les deux hommes durent le soutenir pour l'empêcher de tomber.

En marchant très lentement, d'un pas incertain, dans la lumière encore indécise de l'aube, Falcó grelottait, à cause de la sueur froide qui mouillait l'intérieur de ses vêtements. Il s'arrêta devant une fontaine publique, appuya sur la clef de bronze pour obtenir un jet d'eau et, de ses mains tremblantes, chercha le tube de Cafiaspirina – l'ampoule de cyanure était là, intacte –, prit deux comprimés et les avala en buvant directement à l'orifice du mascaron, à longues goulées précipitées, avec une avidité animale. Ensuite, épuisé, il s'assit sur le trottoir et resta un long moment immobile, en attendant que l'acide acétylsalicylique et la caféine produisent leur effet. Ce fut seulement quand la lumière aux reflets gris eut grandi derrière les bâtiments dans un jour naissant couvert de nuages bas qu'il alluma une cigarette et fuma, laissant les maux de tête reculer jusqu'aux abords du supportable et ses pensées se réordonner après la confusion, la souffrance et la peur de ces dernières heures.

Il pouvait s'être agi d'une erreur, après tout ; mais dans son monde, où la vie ne tenait qu'au barillet de la roulette russe, le mot *erreur* pouvait devenir dangereusement tranquillisant. Présenter un trop grand risque. Cette arrestation avait-elle pu être un malheureux hasard ? S'était-on trompé de personne ? Il ne trouvait rien qui justifiât cette libération inattendue, après la fermeté première de ses tortionnaires. Peut-être n'avaient-ils rien trouvé, sinon qu'il n'appartenait pas à l'unité de défense aérienne de La Guía comme il le prétendait ; mais ce mensonge aurait dû lui valoir au moins quelques jours de cachot, en attendant l'éclaircissement de l'affaire. Il se pouvait aussi qu'on l'eût réellement pris pour un membre du parti communiste, chargé d'une mission dont il valait mieux éviter de se mêler par ces temps de désordres et d'interférences entre divers services, où chaque groupe politique avait ses milices et ses services secrets. Mais on avait aussi pu le lâcher pour le suivre à la trace, l'utiliser comme appeau.

Cette dernière pensée raviva les instincts encore étourdis de l'agent Falcó. Il promena un long regard autour de lui, dans le jour gris qui s'éclairait de plus en plus, sans rien remarquer de suspect. Pour s'en assurer, il se leva, fit le tour d'un pâté de maisons et revint deux fois sur ses pas en guettant tout signe alarmant. Mais il ne vit rien. Il consulta sa montre – c'était surprenant, on la lui avait rendue, avec son pistolet et tout le reste – en se disant que Cari, Eva et Ginés devaient être très inquiets. Et morts de peur. Il essaya, un instant, d'imaginer ce qu'Eva avait pu raconter aux Montero ; après s'être échappée, elle était sans doute allée les rejoindre à la librairie où ils devaient se retrouver la veille au soir. Mais elle pouvait aussi être rentrée à l'hôtel Samper. À moins que tous les trois n'aient aussitôt fui Alicante pour aller se cacher quelque part. Il se demanda encore si Radio Séville avait, le soir précédent, lancé un message pour les amis de Félix, si le projet tenait toujours, ou si tout était tombé à l'eau.

C'est trop d'incertitudes, se dit-il. Trop de confusion. Il fallait vite recouvrer tous ses esprits et réfléchir froidement. Trouver ce qui liait les faits jusqu'à ce que tout se tienne. Et s'assurer qu'il n'était pas suivi, pour ne pas risquer de conduire quelqu'un à son escouade. Il prit la direction de l'hôtel, qui n'était qu'à quatre pâtés de maisons de là. En chemin, il ne croisa pas un chat, passa sous les palmiers de l'esplanade, près des rails du tramway, et s'arrêta devant la façade où l'on pouvait lire : *Hotel Samper*

Restorán Café. L'établissement avait une terrasse et deux étages, les rideaux de la chambre qu'occupaient Eva et lui au-dessus de la terrasse étaient ouverts, l'intérieur plongé dans l'ombre. Apparemment, il n'y avait personne. Après avoir attendu un moment en regardant discrètement d'un côté et de l'autre, il traversa et entra. Derrière lui, dans le port, un bateau qui appareillait fit mugir sa sirène. Alors, avec un frisson d'inquiétude, il se rappela que le torpilleur allemand *Iltis* débarquerait le groupe d'assaut dans une quinzaine d'heures.

Le veilleur de nuit était encore derrière son guichet et somnolait sous un calendrier de la Unión Explosivos Río Tinto. Il leva vers Falcó des yeux noyés de sommeil.

– Il y a un message pour vous.

Avec la clef, l'homme lui remit l'enveloppe fermée qui était dans son casier. Falcó la saisit, défiant, pendant que l'employé le considérait avec suspicion, lui, ou plutôt son visage meurtri.

– Un fiancé jaloux, prétendit Falcó.

– Je vois.

– Et de la FAI.

Le concierge regarda l'insigne de la faucille et du marteau au revers du blouson du client.

– Ce sont les pires, dit-il.

Falcó tapotait l'enveloppe sans l'ouvrir.

– Le bar est fermé, j'imagine.

– Il l'est.

Sortir son portefeuille et montrer un billet de vingt-cinq pesetas entre son pouce et son index fut l'affaire d'un instant. Chose inhabituelle, on n'avait même pas touché à son argent dans la tchéka.

– Je voudrais une bouteille de brandy.

– À cette heure ?

– Eh oui, à cette heure.

Après une brève hésitation, le veilleur de nuit passa dans le bar américain, encore dans le noir. Il revint avec une bouteille de Fundador.

– Merci, mon ami, lui dit Falcó, un sourire reconnaissant aux lèvres. Gardez la monnaie.

– Santé, dit l'homme en empochant le billet.

– C'est exactement ce qu'il me faut en ce moment. La santé.

Tout en montant l'escalier, la bouteille sous le bras, il ouvrit l'enveloppe. À l'intérieur, il trouva un bristol de l'hôtel avec « n° 12 » écrit au crayon. En arrivant au premier, il regarda sur le tableau les numéros des chambres. La 12 était sur la droite dans le couloir. Devant la porte, il réfléchit rapidement. Après avoir sorti le Browning de sa poche, il l'arma en faisant aussi peu de bruit que possible, puis il le remit à sa place et frappa avec discrétion, trois fois. La porte finit par s'ouvrir : dans l'encadrement, en pyjama rayé et en pantoufles, avec un filet sur ses cheveux pommadés et parfumés, apparut Paquito Araña.

Quand Falcó sortit de la baignoire de sa salle de bains dégoulinant d'eau et s'essuyant avec une serviette, Araña, assis sur un tabouret, l'examina. Il avait ôté de sa tête le filet de nuit et enfilé un peignoir de soie sur son pyjama. Il semblait détendu, comme chez lui.

– Ils ont fait de toi un *ecce homo*, remarqua-t-il sur un ton égal. Tu as des marques partout.

Falcó effaça de la paume d'une main la buée du miroir au-dessus du lavabo et s'examina d'un œil critique. Il avait des cernes violacés sous les yeux et de légères contusions qui empourpraient ses pommettes et son front. Son cou, ses poignets et ses chevilles révélaient les profondes meurtrissures du fil de fer. Tout son ventre, jusqu'aux côtes, n'était qu'un énorme bleu.

– Aujourd'hui, tu n'es pas aussi beau que d'habitude, dit Araña, sournois.

Il avait imprimé à sa bouche une expression de plaisir telle que Falcó le regarda avec défiance dans le miroir. Ils ne s'étaient pas revus depuis qu'Araña l'avait conduit en voiture de Salamanque à Grenade. Le retrouver à Alicante était pour le moins inattendu. Mais sa présence, en conclut-il, pourrait bien conduire à un début d'éclaircissement.

– Tu ne m'as toujours pas dit ce que tu fais là.

– C'est vrai, fit Araña en glissant un doigt sur ses sourcils épilés. Je ne te l'ai pas dit.

Ils se connaissaient un peu, tous les deux, après quatre mois passés ensemble dans le Grupo Lucero, la section des services secrets chargée des opérations spéciales, même si Araña était un simple exécuteur et un contact occasionnel, sans grade. Un assassin tout court, qui s'était endurci dans la lutte antisyndicale de la Barcelone d'avant la guerre. Jusqu'à ce moment-là – chaque chose en son temps –, pendant que Falcó prenait son bain en avalant quelques verres de brandy et deux comprimés de Cafiaspirina, la conversation avait gravité autour de sa détention et de son étrange élargissement. Curieusement, Araña ne s'était pas montré surpris à l'excès par cette remise en liberté, pas plus que par sa capture en pleine rue durant la nuit.

« Tu as eu beaucoup de chance », avait-il seulement dit.

Ces mots étaient à peu près les mêmes que ceux lâchés par le petit homme chauve, se rappela Falcó : « C'est ton jour de chance. » Il porta à ses lèvres le goulot de la bouteille de brandy et but, en examinant le sicaire avec défiance.

– L'Amiral t'envoie le bonjour, dit Araña.

Falcó, toujours aussi suspicieux, ne le lâchait pas du regard. Il faisait certains rapprochements qui ne lui plaisaient guère.

– Tu n'as pas répondu à ma question. Que fais-tu ici ?

– Je croyais que tu le savais. On t'a envoyé hier soir un message par Radio Séville. Aux amis de Félix, tu sais.

– Hier soir, je n'ai pas écouté la radio. Comme je viens de te le raconter, j'étais en train de me faire casser la gueule dans une tchéka.

– Dommage. C'était un message sympathique. Conçu par l'Amiral en personne, pour t'annoncer mon arrivée en renfort : « Paquito vous apporte du chocolat. » Tu saisis le jeu de mots ?

Il siffla quelques mesures du paso-doble *Paquito el Chocolatero*, avec un sourire onctueux. Falcó se tenait devant l'armoire de sa chambre et s'habillait : caleçon, chaussettes, pantalon de velours côtelé, polo sombre aux manches courtes. De longues heures d'action l'attendaient, il lui fallait des vêtements commodes.

– Tout suit son cours, lui apprit enfin Araña. Un second message a confirmé hier soir le débarquement : « Les amis de Félix prendront le café à l'heure prévue. » Quelle tristesse que tu aies raté ça… Enfin, les autres l'auront entendu. Ton petit groupe.

– Que sais-tu de mon petit groupe ?

– Certaines choses. Que tu commandes une escouade chargée d'épauler le corps de débarquement – composé de phalangistes. Comme l'équipe que tu devais aller retrouver hier soir et que tu n'as pas pu rejoindre.

– Il se peut qu'ils aient fui en apprenant ce qui m'est arrivé.

– Peu importe. Le débarquement aura tout de même lieu, même sans eux. – Araña ménagea une pause énigmatique. – Et même sans toi.

– Que veux-tu dire ?

– C'est moi que l'on a envoyé parce que l'Amiral veut s'assurer que tu prennes les nouvelles au sérieux. Que tu suives les instructions… Pour te convaincre que tout ce

que je te dis est vrai, je dois te faire savoir qu'il a mis dans l'album le timbre Numéro 1 de Hanovre. Noir sur bleu.
– Araña lança à Falcó un coup d'œil soupçonneux. – Tu sais ce que ça signifie ?
– Oui.
– Encore heureux, fit Araña, apparemment soulagé. Parce que moi je n'en ai pas la moindre idée.
Falcó laçait ses bottes anglaises de toile et cuir. Il leva la tête et resta immobile, à regarder l'envoyé de l'Amiral.
– À part le truc du timbre, je ne comprends rien à tout ça... De quelles nouvelles parles-tu ?
– Il y a des changements.
– De quelle sorte ?
– Relatifs. Le débarquement phalangiste va avoir lieu. Mais les consignes ont changé. Tu ne devras pas accompagner ces lascars comme c'était prévu jusqu'ici.
– Pourquoi ?
– Parce qu'ils vont tous se faire dégommer.
Falcó, qui s'était levé du lit, se rassit.
– Par qui ?
– Les rouges.
– Et comment l'Amiral le sait-il ?
– Parce que c'est lui qui a tout préparé.
Sidéré, il regarda Araña. Sans en croire ses oreilles.
– Tu es en train de me dire que le chef des services secrets de l'Amirauté, c'est-à-dire le nôtre, a monté une opération pour délivrer le fondateur de la Phalange, et qu'il va se charger de la faire échouer ?
Araña semblait boire du petit-lait dans son rôle de messager qui tire les lapins de son chapeau.
– C'est exactement ce que je suis en train de te dire.
– Et quel rôle suis-je censé jouer ?... Pourquoi m'a-t-on chargé de cette mission ?
– Pour rien d'autre que ça. Pour que tu aides à la faire foirer.

Falcó restait assis, les paumes de ses mains posées sur ses cuisses. Incapable de se lever. Le brandy, les aspirines, la fatigue et ce qu'Araña venait de lui confier lui donnèrent le vertige.

– Merde, fit-il en tombant à la renverse sur la courtepointe.

Araña vint s'asseoir au bas du lit, avec un air pétri de sollicitude. L'odeur de sa pommade et de son parfum arriva jusqu'à Falcó.

– Tu te sens bien ?

– Comme un type qui en a plein les couilles.

– Prends ça calmement.

– C'est une folie.

– Pas tellement. Veux-tu que je te dise comment je vois les choses ?

– Ce n'est pas de refus.

Paquito Araña lui fit alors part de son point de vue, en ajoutant ses déductions à ce qu'il savait de source sûre. L'idée de libérer José Antonio venait des hautes instances de la Phalange, et le quartier général du Caudillo n'avait pu s'opposer au projet ; mais on supposait que José Antonio une fois libéré et de retour à Salamanque allait remettre en question la mainmise de Franco sur tous les engrenages du pouvoir. C'était un coq de trop dans le poulailler. On avait donc donné du mou aux chemises bleues, mais sans jamais envisager la réussite de leur projet.

– Tu vois le tableau ?

Falcó hocha la tête. Il le voyait, et il était capable de combler les lacunes. L'Amiral était un intime du frère du Caudillo, Nicolás Franco, qui supervisait les services de renseignement et devait l'avoir chargé de l'affaire. Haute politique et partie à plusieurs joueurs : Allemands, phalangistes, etc. Un coup bien monté. Tous étaient blancs comme neige et les fautifs étaient les rouges.

– Ils ont été prévenus ?

– Qui ? Les rouges ?... Je l'ignore, répondit Araña en examinant ses ongles. Mais sachant comment l'affaire est menée, ça n'aurait rien d'étonnant... Un mouchardage, une embuscade sur la route, le chef de la Phalange qui reste sous haute surveillance en prison, et ses petits gars qui chantent le *Cara al sol* en devenant des martyrs de la cause... – Il posa un baiser au bout de ses doigts comme s'il venait de déguster un mets exquis. – La boucle est bouclée.

– Mais ce sont plus de vingt personnes, entre ceux qui arrivent et ceux qui sont sur place.

– Raison d'État, camarade.

– Et je dois les conduire dans une embuscade ?

– J'en ai bien peur.

– Deux dizaines de vies... Tu comprends ce que ça veut dire ?

Araña fit la grimace, cynique.

– Les généraux de Franco en sacrifient chaque jour des centaines. Et ici, en zone rouge, tu n'imagines pas. Tu n'as pas non plus la réputation de quelqu'un qui se soucie de quelques vies de plus ou de moins.

– Et toi ?

Araña se contenta d'afficher un sourire matois.

– C'est pour ça qu'ils m'ont libéré, alors, en déduisit Falcó. Les rouges ont eu leur mouchard, et ils préfèrent me voir libre.

Il se redressa sur le lit, furieux.

– C'était toi, n'est-ce pas ?... Le messager. C'est pour ça qu'ils me sont tombés dessus. Et c'est toi qui m'as fait libérer.

– Hou. Tu as perdu la tête.

– Tu mens.

– Je t'ai dit qui m'envoie et pourquoi. On s'en tient là.

Falcó se leva. Les poings serrés. Il lui fallait quelqu'un sur qui décharger sa frustration, sa colère, la nuit qu'il avait passée en croyant que ce serait la dernière, et l'empreinte cuisante de la tromperie.

– C'était toi, satanée pédale.

Sans s'émouvoir, Araña resta assis. Comme par miracle, dans sa main droite était apparu un couteau à cran d'arrêt. La lame était repliée, et il ne fit pas le moindre geste de menace. Il soupesait l'arme en l'observant avec curiosité, comme s'il se demandait comment elle était arrivée là.

– Fous-moi la paix, se contenta-t-il de dire calmement. Arrange-toi pour regagner Salamanque, et une fois là, tu iras te plaindre comme il te plaira. Je suis ce que je suis, de même que tu es ce que tu es.

– Deux canailles, voilà ce que nous sommes, conclut Falcó avec un rire amer. Qui font leur sale boulot.

Araña haussa les épaules et remit le couteau dans la poche de son peignoir.

– Tu as reçu des ordres qui ne laissent pas place au doute, dit-il en contemplant de nouveau ses ongles. Maintenant, à toi de faire. Moi, j'ai joué mon rôle... et je ne vois pas pourquoi tu te montres si délicat. On en a déjà fait de belles, toi et moi.

– Jamais de cette envergure.

Son acolyte lui adressa un sourire cynique. Presque philosophique.

– Le plus dur c'est de commencer. Tu devrais le savoir.

– Fous le camp et va te faire mettre.

– Je n'en ai pas le temps aujourd'hui, mon mignon.

Falcó enfila son blouson, puis répartit dans ses poches les objets qu'il avait posés sur la commode. Avant que le Browning n'aille les rejoindre, il mit une balle dans la chambre et tira six fois sur la culasse mobile pour faire sauter une par une les balles de 9 mm sur la courtepointe. Puis il sortit le chargeur, le remplit, le glissa dans la poignée et enclencha la sûreté.

– C'est la *mataduques*, la tueuse d'archiducs ? s'enquit Araña avec une curiosité toute professionnelle.

– Oui.

– Bel outil.

Falcó ferma la glissière de son blouson et regarda autour de lui pour s'assurer qu'il avait bien pris tout ce qu'il lui fallait. Ses autres affaires pouvaient rester là.

– Comment vas-tu quitter Alicante ? demanda-t-il à Araña.

Celui-ci prit une expression satisfaite.

– J'ai un passeport français.

– Par la route ou par la mer ?

– Un bateau part pour Oran à midi. Dans trois jours, je serai à Cadix, parmi des légionnaires, des Marocains et des Italiens de toute beauté.

– Y a-t-il quelque chose de prévu pour moi, ou dois-je me débrouiller seul ?

– On te laisse le choix entre retourner dans la zone nationale par tes propres moyens ou embarquer cette nuit sur le navire allemand... Pour sauver jusqu'au bout les apparences, le torpilleur débarquera le groupe d'assaut et reviendra à l'heure convenue pour recueillir ce qu'il en restera. On ne dit rien à la Kriegsmarine. Tu sais comment ils sont : aussi intransigeants que la Guardia Civil. Mais, a priori, tu seras le seul passager de retour.

– Je vois. Tout est réglé comme du papier à musique.

Araña, qui s'était levé et lissait son peignoir, ajouta que c'était là une faveur que lui faisait l'Amiral : dans le plan proposé par le quartier général du Caudillo, personne ne devait prévenir Falcó, et on lui laissait courir le même sort que le reste du groupe. Ce que le chef des services secrets avait refusé tout net.

– En fait, si je suis ici, conclut Araña, c'est en partie pour te tirer d'affaire. Parce que l'Amiral n'a pas voulu que tu sois abattu comme les autres. – Il étudia l'expression de Falcó, et prit un air encore plus satisfait. – C'est ça, ne dis rien... Tu adores ce sale boulot. Comme moi.

Falcó regarda par la fenêtre. Par-delà la terrasse et les cimes des palmiers on voyait les bateaux à quai, la digue et la mer.

– Il y a deux femmes, dit-il sans se retourner. Deux jeunes phalangistes.

Araña éclata d'un rire strident. Féminin.

– Hou. Je vois qu'on devient sentimental, alors, prudence. Qu'il s'agisse de femmes ne me surprend pas, de ta part. Encore que celle du train de Narbonne...

– Celles-là posent un problème, l'interrompit Falcó. Je ne peux les laisser tomber dans le piège.

– Dans ce cas, arrange-toi pour qu'elles restent en retrait ou partent avec toi. Qu'y puis-je, moi ? C'est ton affaire.

– Et en ce qui concerne le chef du groupe d'assaut ? J'ai fait sa connaissance avant de venir ici.

– J'ai bien l'impression qu'il ne passera pas la nuit, pas plus que les autres. Quoi qu'il en soit, console-toi en te disant que si les rouges ne le tuent pas, il pourrait bien finir fusillé à Salamanque. Ici, au moins, il mourra en héros. Et si c'est lui que l'on envoie, c'est qu'il y a anguille sous roche. Il ne doit pas faire partie de ceux qui sont bien considérés dans les cabinets de Salamanque.

– C'est ce que j'ai cru comprendre.

Araña était sur le point de quitter la chambre. Il s'arrêta un instant, la main sur le pommeau de la porte.

– Non pas que tu y sois mieux apprécié que lui, exception faite de l'Amiral... La seule différence, c'est qu'ils ont besoin de toi. Et de toute évidence pas de lui.

Il entra dans la librairie en chassant l'eau de ses vêtements ; dehors, les nuages bas s'obscurcissaient et il bruinait. Le temps allait cette nuit être à la pluie, se dit-il, mécontent. En le voyant apparaître, le libraire jeta sur lui un regard d'une indifférence calculée et lui tourna le dos sans répondre à son salut tandis que Falcó se dirigeait vers l'arrière-boutique. La première chose qu'il vit, en y pénétrant, ce fut le canon d'un revolver pointé sur lui.

– Écarte-moi ça, dit-il à Ginés Montero. C'est moi.

Ils étaient là tous les trois, les deux Montero et Eva Rengel, entre d'énormes empilements de livres qui sentaient le vieux papier. Ils s'étaient levés en l'entendant venir. Ginés abaissa son arme.

– Ils t'ont relâché, dit-il, surpris.

– J'ai pu les en convaincre.

– Comment ça ?

– C'étaient des communistes, dit-il en pointant le doigt sur l'insigne au revers de son blouson. Comme moi.

– Pourquoi t'ont-ils arrêté, alors ?

– Une erreur d'identification. Et parce que nous en sommes venus aux poings.

– J'ai pu m'échapper grâce à lui, dit Eva.

Elle le regardait, pensive. Reconnaissante. Falcó se rappela l'avoir perdue de vue pendant qu'il occupait les sbires. Il était content qu'elle eût réussi à s'enfuir, parce que, avec elle dans la tchéka, les choses auraient tourné autrement. Il lui adressa un bref sourire rassurant, et Eva lui sourit aussi. Falcó montra le paquet enveloppé dans du papier journal qu'il venait de poser sur une chaise. À côté, il y avait une table, une Thermos de voyage et des tasses avec des restes de café.

– Je t'ai apporté quelques vêtements, dit-il à Eva. Tu as bien fait de ne pas retourner à l'hôtel, et je crois qu'il vaudrait mieux que tu n'y retournes plus.

– Merci, dit-elle.

– Tu as été parfaite, hier soir… Courageuse et rapide.

Elle ne répondit pas, gardant les yeux fixés sur lui ; puis elle esquissa un léger sourire. De son côté, Ginés rangea son arme, le petit revolver nickelé de poche que Falcó lui avait déjà vu.

– Nous avons passé une nuit épouvantable, dit Ginés. À nous inquiéter de ton sort.

Falcó tâta son visage meurtri.

– La nuit n'a pas été rose pour moi non plus.

– Que t'ont-ils fait ? demanda Cari.

– Ce que l'on fait en pareil cas. Questions et coups.

– Les salauds… La sale racaille.

– Tout a fini par s'éclaircir. Je vous l'ai dit, ils cherchaient quelqu'un d'autre.

Il s'efforçait de réfléchir. Ou de continuer à le faire, parce que, en allant de l'hôtel à la librairie, il n'avait cessé de s'interroger. Maintenant, il s'efforçait de les étudier tous les trois avec toute l'équanimité nécessaire, compte tenu de ce qu'il venait d'apprendre. Des ordres qui lui avaient été transmis. De leur condamnation à mort. Ils n'étaient rien d'autre, se dit-il, que du matériel jetable. À vrai dire, il ne se sentait pas bourrelé de remords – qui n'entraient plus dans les traits de son caractère, à ce stade de son existence – mais animé par une colère froide et rassise, une terrible haine envers ceux qui, à Salamanque, avaient décidé que les choses devraient se passer selon leur bon vouloir, ceux qui les manipulaient tous comme des pantins. Il regarda encore Eva, se rappela la tiédeur de son corps, et deux pensées s'imposèrent à lui : au cours des heures qui allaient suivre, lui, Lorenzo Falcó, devrait se conduire comme un véritable fils de chienne – ce qui au demeurant ne pouvait être considéré comme une nouveauté – et tout faire pour essayer de la sauver, elle.

– Il y a eu des messages, cette nuit ?

– Oui, deux, répondit Ginés. À la fin de son allocution, Queipo de Llano a salué les amis de Félix en disant :

« Paquito vous apporte du chocolat » et : « Ils prendront le café à l'heure prévue »… Le second message est facile à comprendre, parce que *café* signifie pour nous *Camaradas Arriba Falange Española*… Mais celui du chocolat, on ne le comprend pas.

– Il m'est destiné, comme convenu, mentit Falcó.

– Qui diable est Paquito ?

– L'*Iltis*, le torpilleur allemand. Le message concerne le groupe d'assaut.

– Ah.

– Tout est en ordre.

Il y eut un silence. Tous les trois l'observaient, dans l'expectative. Falcó consulta sa montre.

– Il va falloir se bouger, dit-il. Qu'en est-il du convoi ?

Ginés expliqua que pour le transport tout avait été confirmé. Les trois camarades qui venaient de Murcie – les cousins Balsalobre et Torres, le garde d'assaut – seraient à l'heure prévue avec leur camion dans la pinède d'El Arenal. Ricote, l'étudiant d'Alhama, viendrait en voiture, une vieille Ford.

– Un camion et deux voitures, en comptant la nôtre, récapitula Ginés. C'est là toute notre force mobile, mais elle sera suffisante pour transporter les quinze gars qui débarqueront… Dans le camion, les Balsalobre apporteront pistolets et grenades.

Il avait écarté la Thermos et les tasses pour déplier trois cartes sur la table, l'une de l'ensemble de la côte, une autre d'Alicante, et le croquis de l'intérieur de la prison. Tous s'approchèrent pour les regarder. Ginés souligna du doigt la distance entre El Arenal et Alicante.

– Comme convenu, Cari et le camarade Ricote resteront sur la plage pour envoyer les signaux au bateau, et nous…

Le moment de le dire était venu, estima Falcó. Et il le fit.

– Il y a un changement.

Le ton qu'il avait pris les fit tous se tourner vers lui, d'abord surpris, puis inquiets. Falcó désigna le plan de la prison.

– Je n'irai pas là avec le groupe d'assaut.

Ginés eut une expression de stupeur.

– Pourquoi ?... Tu nous avais dit...

– Changement de programme, annonça-t-il avec le plus grand calme. Le message du chocolat veut dire que je dois céder le commandement de l'opération à Fabián Estévez et ne pas y participer. Alors, ce sera moi qui resterai sur la plage avec Cari pour prévenir le torpilleur. Eva restera aussi avec nous.

– Ce n'est pas ce qui était prévu, protesta la jeune femme.

– Mais c'est ce que nous allons faire. Tels sont mes ordres. Et jusqu'à ce qu'Estévez ait débarqué, c'est toujours moi qui commande.

Ginés avait enlevé ses lunettes et les nettoyait avec un mouchoir. Il pointa ses yeux de myope sur Falcó.

– Ordres de Salamanque ou décision personnelle ? lui demanda-t-il.

– Un peu des deux, ironisa Falcó.

– On ne courra pas grand danger sur la plage, remarqua le jeune homme, caustique.

Très tranquillement, Falcó allumait une cigarette.

– C'est toi, le phalangiste, pas moi. – Il éteignit l'allumette en la secouant. – Il s'agit de délivrer ton chef, pas le mien. Je ne suis que de passage, ici.

– Tu ne m'as pas demandé où je voulais être, dit Eva.

Il mit trois secondes avant de lever les yeux sur elle.

– C'est vrai, je ne l'ai pas fait.

– Nous avions décidé que j'irais avec vous... avec le groupe d'assaut.

– Ce n'est pas un endroit pour une femme.

– Ce n'est pas un endroit pour toi non plus, à ce qu'il paraît.

– Exactement, répondit-il avec un sourire serein. Ce n'est pas non plus un endroit pour moi.

Tous l'observaient comme s'ils le voyaient pour la première fois. Il tira sur sa cigarette et souffla tout doucement la fumée. Peu lui importait leur façon de le considérer. Sauf pour ce qui était d'Eva. Seule la déception de la jeune femme le gênait. À peine. Juste ce qu'il fallait.

– Cari, toi et moi sur la plage, pendant que les autres se battent… commença-t-elle. C'est bien ce que tu veux dire ?

Falcó hocha la tête.

– C'est l'idée.

– Moi, je peux aller avec le groupe d'assaut, proposa Cari. Conduire l'Hispano-Suiza.

– Non.

Ginés avait remis ses lunettes.

– Il a raison, dit-il. Mieux vaut que vous restiez en arrière… Avec lui.

Il ne se donnait pas la peine de dissimuler son mépris. Ce que Falcó pouvait parfaitement comprendre. Mais il n'avait rien à faire du mépris ou de l'admiration de Ginés Montero. C'étaient là des cartes qui n'entraient pas dans son jeu.

– Je me suis trompé sur ton compte, ajouta le jeune homme.

– Sans blague.

– Sans blague. – Ginés montrait les dents, son sourire n'en était pas un. – Ça, ce n'est pas comme tuer Juan Portela, n'est-ce pas ?… Comme torturer un homme puis lui tirer une balle dans la tête.

Falcó comprit qu'Eva ne leur avait pas révélé qui avait tué le traître. Les Montero croyaient encore que c'était lui.

– Bien sûr que non, répondit-il avec douceur. Ce qui va se passer cette nuit est une action de guerre, n'est-ce pas ?… Elle nécessite des héros et des gens de leur trempe. Prêts à aller monter la garde sous les étoiles.

L'allusion – à l'une des strophes du *Cara al sol* évoquant les phalangistes morts – ne sembla pas plaire à Ginés, parce qu'un éclair de colère crispa son visage. Le jeune homme s'était rapproché de Falcó, et il était à présent tout près de lui, immobile, avec une expression agressive. Presque instinctivement, Falcó porta la main droite à la cigarette qu'il avait entre les lèvres. À tout hasard. Le mégot envoyé dans la figure et un coup de genou dans les testicules, comme le recommandait le manuel d'autodéfense, auraient suffi. Un coup de tête n'aurait pas été recommandé : il aurait pu casser les lunettes de Ginés, ce qui n'aurait fait que compliquer les choses. Mais, par bonheur, tout en resta là. Il n'y eut qu'un regard de mépris très dur, très viril et très fasciste de la part du jeune homme. Qui ne laissait pas la moindre place au doute.

– Tu n'as rien d'un héros, à ce que je vois, cracha-t-il.

Falcó rejeta une goulée de fumée. Par-dessus l'épaule de Ginés, il regardait Eva et Cari. Il eut envie de rire.

– Eh bien non, maintenant que tu le dis. Absolument rien.

11

CHOCOLAT ET CAFÉ

Lorenzo Falcó se retint de lâcher une bordée de jurons. La pluie continuait de tomber, peu drue mais suffisante pour devenir gênante et embourber le chemin de terre. Il ouvrit la portière de l'Hispano-Suiza, mit sa casquette et releva le col de son blouson avant de jeter un regard tout autour de lui. La lumière qui venait de la voiture éclairait les gouttes qui tombaient par rafales entre les pins.

– Éteins les phares, ordonna-t-il.

Ginés Montero coupa le contact, le moteur se tut et le bruit des essuie-glaces sur le pare-brise s'arrêta.

– Pas de chance, avec cette pluie, dit Cari derrière les deux hommes.

Elle était sur le siège arrière avec Eva. Personne n'avait desserré les lèvres au cours de la dernière demi-heure, pendant que la voiture, après avoir esquivé le contrôle militaire d'El Altet, roulait sur le chemin de terre en direction de la pinède.

– Tant mieux, dit Falcó. La pluie tiendra tout le monde à l'abri et sans grande envie de jouer les curieux.

Il descendit du véhicule et fit quelques pas, sentant l'eau goutter de la visière de la casquette sur son visage. Entre les arbres, le sentier allait se perdre dans un sol sableux jusqu'au rivage, à environ deux cents mètres. Là, le sable formait des dunes qui arrivaient presque à hauteur d'homme et le bruit de la pluie sur le sol était atténué. Tout était obscur, Falcó avança à l'aveuglette, puis ses yeux s'accoutumèrent à l'obscurité.

– Il fait noir comme dans un four, remarqua Ginés Montero.

Le garçon marchait derrière lui, ses pieds s'enfonçaient dans le sable. De l'obscurité monta, sur la droite, le son caractéristique d'un pistolet que l'on arme. Falcó sortit le sien – il avait aussi pris le Lüger du consul, glissé entre son dos et sa ceinture – et s'accroupit sans bruit, tous ses sens en alerte. Il sentit que Ginés en faisait autant.

– Qui va là ? demanda une voix d'homme.

– Café, dit Ginés.

Trois silhouettes se détachèrent alors de l'obscurité et s'approchèrent, sur le fond clair des dunes. Falcó maintint son doigt sur la détente, jusqu'à ce que les ombres les eussent rejoints. On se serra la main et on échangea quelques mots à voix basse. C'étaient les cousins Balsalobre et le garde d'assaut Torres qui, arrivés une demi-heure plus tôt, avaient caché le camion – un Opel Blitz avec un moteur de six cylindres, dirent-ils – un peu plus loin entre les pins et apporté des pistolets et des grenades. Falcó ne pouvait voir leurs visages, mais les cousins avaient des voix juvéniles et excitées. Quant au garde d'assaut, pourvu d'un Mauser réglementaire, qui n'était guère bavard et se fendit à peine de quelques monosyllabes, sa voix était celle d'un homme modéré. Tranquille. Falcó supposa que c'était le seul professionnel de tout le groupe. L'un des cousins fumait, la braise de la cigarette qu'il avait à la bouche était visible.

– Éteins ça, lui ordonna Falcó, sèchement.

– Pourquoi ?

– Parce que c'est lui commande, pour le moment, répondit Ginés, sarcastique.

La braise s'éteignit dans le sable, sous la semelle d'un des cousins. Falcó leur dit de l'attendre là et fit quelques pas en direction de la plage. Tout d'abord, il entendit le bruit des vagues sur la grève, puis il distingua l'étendue immense et sombre derrière la bordure claire des dunes. La mer semblait peu agitée, comme si la pluie l'aplanissait, ce qui allait faciliter le débarquement. Il n'apercevait pas la moindre lumière, hormis celle, lointaine et périodique, du phare de Santa Pola allumé malgré la guerre, à droite de la baie. Ce serait seulement dans une heure, calcula Falcó, que l'*Iltis* s'approcherait de la plage, s'il était vrai que personne n'allait donner de contre-ordre et que l'opération se poursuivrait jusqu'au bout. Le commandant de bord devait sans doute tenir le torpilleur en panne au large, tous feux éteints, en attendant l'heure, avec sur le pont les hommes prêts à débarquer. Il n'était sûrement pas très loin, à moins d'un mille marin, encore invisible dans l'obscurité. Falcó se retourna pour examiner la tache sombre de la pinède en se demandant où les rouges allaient préparer leur embuscade. Espérons, se dit-il, inquiet, que ce ne sera pas trop près d'ici.

Il revint sur ses pas en avançant non sans difficulté dans le sable, rejoignit le groupe et, ensemble, ils se dirigèrent vers l'endroit où attendaient Eva et Cari. Il y avait maintenant une autre voiture à côté de l'Hispano-Suiza, moteur et phares éteints ; les deux femmes présentèrent à Falcó le conducteur, une ombre qui répondait au nom d'Andrés Ricote, à la voix juvénile et à la poignée de main impatiente. Ricote était vêtu d'une gabardine, bien protégé de la pluie, aussi Falcó l'envoya-t-il surveiller le chemin, à la limite intérieure de la pinède, après s'être assuré qu'il n'était pas armé et qu'il n'allait pas, dans sa fébrilité, tirer sur des ombres. Les cousins Balsalobre et le garde d'assaut, sans allumer les phares, rapprochèrent le camion des deux voitures sous le couvert des pins, et tous se mirent à l'abri, les cousins et le garde dans la cabine du camion, Falcó, les Montero et Eva dans l'Hispano-Suiza, où ils écoutèrent la pluie tomber sur le toit du véhicule. Et attendirent.

– Ce sont tous de braves types, remarqua Ginés, assis au volant. De fidèles camarades.

Falcó ne dit rien. Il fumait, la braise de la cigarette cachée dans le creux de sa main, et il distinguait dans la pénombre les ondées qui glissaient sur la vitre du pare-brise. Il sentait le froid des jambes de son pantalon mouillées par la pluie ; il sentait derrière lui la présence proche et silencieuse d'Eva Rengel. Son esprit était occupé par l'agencement compliqué du déroulement chronologique des opérations, des difficultés tactiques et des dispositions prises, vaste partie d'échecs dans laquelle la plupart des pièces allaient être sacrifiées tandis qu'il essaierait de soustraire à la mort deux d'entre elles. Ou trois, conclut-il, s'il arrivait à sauver la peau de Cari Montero.

– Mon Dieu ! fit encore Ginés. Penser qu'il reste si peu de temps et que si tout se passe bien José Antonio sera libre dans quelques heures…

Falcó reconnaissait les symptômes. La loquacité du jeune phalangiste allait de pair avec sa nervosité, la tension suscitée par ce qui les attendait. Il décida de le laisser parler, pour lui permettre de se tranquilliser un peu. De relâcher la pression.

– Tout va bien se passer, dit Cari.

On la sentait nerveuse, elle aussi. L'émotion se faisait de plus en plus pesante, à mesure que se rapprochait le moment d'entrer en action. Seule Eva demeurait silencieuse, et Falcó se demanda comment elle réagirait quand elle aurait compris que l'opération était un échec et que Ginés et les autres, qui seraient alors partis pour Alicante, ne reviendraient jamais. Quand il ne lui resterait aucune autre issue que de fuir avec lui à bord de l'*Iltis*.

– C'est bientôt l'heure ? s'enquit Ginés.

Dans la lueur fugitive d'une allumette, qu'il gratta en se baissant pour se mettre à l'abri du tableau de bord, Falcó consulta sa montre.

– Il faut y aller, dit-il.

Il prit une lampe torche dans la boîte à gants et sortit sous la pluie, mais, avant de refermer la portière derrière lui, il se pencha de nouveau à l'intérieur du véhicule, prit le Lüger glissé dans sa ceinture et s'adressa à Eva :

– Tu es armée ?

– Non. Les pistolets sont pour ceux qui vont à Alicante.

Il lui remit l'arme. Leurs mains se touchèrent dans l'obscurité, autour du froid métal.

– Tu te rappelles comment il fonctionne ?

– Oui.

– Il y a huit balles dans le chargeur, dit-il pourtant en armant le Lüger et en enclenchant la sûreté. Voilà, maintenant, tu as sept balles de réserve et une dans la chambre. Tu ôtes la sûreté, tu tires la première et les autres se mettent en place automatiquement. Tu as compris ?

– Bien sûr.

La voix de la jeune femme semblait sereine, ce qui rassura Falcó.

– Dis aux cousins et au garde d'assaut de positionner les véhicules face au chemin et de se tenir prêts à partir. Nous serons de retour dans environ une demi-heure.

Il ferma la portière, monta le curseur de son blouson et s'enfonça entre les pins en direction de la plage. Derrière lui, il entendait les pas de Ginés crisser dans le sable. Il s'arrêta en arrivant sur la rive, au milieu des dunes. Malgré le couvre-feu se découpaient, à gauche, les tracés sombres de la ville et du port ; à droite, le pinceau de lumière du phare apparaissait et disparaissait régulièrement. Il regarda la surface noire de la mer sans rien voir, sans rien entendre d'autre que le bruit des vagues et de la pluie qui frappait le sable.

– J'espère qu'ils sont là, murmura Ginés, inquiet.

Falcó brandit la torche et l'orienta selon un angle de quatre-vingt-dix degrés par rapport au phare, ôta d'un mouvement de main les gouttes d'eau de ses yeux et lança en alphabet morse cinq fois la lettre *t* : cinq triples signaux longs – un trait chacun – qui signifiaient : *Prêt à recevoir*. Il n'avait pas émis le dernier que de la mer on y répondait par la lettre *l* : un point, un trait, deux points : *Ai quelque chose d'important pour vous*. Exactement ce qui avait été convenu.

– Mon Dieu ! s'exclama Ginés, ému.

Peu après, d'entre les ombres de la mer se détacha celle d'un canot, et le battement des rames dans l'eau parvint jusqu'à eux. Avec une grimace lugubre, Falcó pensa à la barque de Charon. Celle qui conduisait les âmes des morts à travers la lagune du Styx.

Clapotis le long de la rive sous la pluie. Chocs de rames sur le plat-bord ou sur les bancs de l'embarcation avant qu'elle ne s'éloigne – Falcó se demanda si les rameurs du canot étaient allemands ou espagnols. Claquements métalliques d'armes et d'équipements. Commentaires à voix basse et ordres presque murmurés.

– Que personne ne fume.

Falcó avait reconnu la voix de Fabián Estévez. Une voix calme et ferme, exercée au commandement. Avec en réponse une discipline consentie, muette. C'était manifestement là un groupe bien entraîné. Une troupe d'élite. Silhouettes noires qui passaient, furtives, en se découpant sur la clarté des dunes. Reflets d'armes et d'imperméables mouillés. Frôlements de corps, bruits de pas étouffés par le sable et le tapotement sourd des gouttes de pluie. Quinze hommes qui allaient mourir.

– Vite ! Bougez-vous !

Une rencontre dans l'obscurité, sans visages visibles. La forme un peu plus claire d'une gabardine luisante d'eau. Une main d'Estévez sur l'épaule de Falcó, une autre qui serrait la sienne. Le même geste avec Ginés Montero, à côté de lui.

– Merci pour tout.

Encore heureux qu'il fasse nuit, se dit Falcó. À la lumière du jour, peut-être n'aurait-il pas été capable de soutenir son regard. La poignée de main d'Estévez avait été très ferme, bien dans le style phalangiste. Presque sentimentale, pensa-t-il avec désarroi. Quelque chose du genre : l'arme au poing et les étoiles dans le ciel par-dessus l'amas de nuages bas qui se déversaient en pluie sur la côte. Toute cette rhétorique fasciste, toujours sur la crête entre la vie et la mort. Avec son printemps riant qui reviendra, et cætera. Il se demanda si les nouveaux venus avaient mis leur chemise bleue avec le joug et les flèches brodées sur le cœur, ou des vêtements civils. Sans lumière, il était difficile de s'en rendre compte. Mais qu'importait.

– Où sont les véhicules ?

– Sous les arbres, dit Ginés. Suivez-nous.

Ils les conduisirent à la pinède en silence, mais avant d'y arriver Estévez demanda comment était le chemin jusqu'à Alicante.

– Dégagé, dit Ginés. On a juste un détour à faire pour éviter le contrôle de l'aérodrome.

– Dans quel état d'esprit sont les camarades d'ici ?

– Tu vas les voir. Calmes et à tes ordres.

Falcó ne disait rien. Il se rappelait le moment des adieux à Salamanque, quand il avait regardé s'éloigner la silhouette mélancolique de Fabián Estévez, mains dans les poches de son long manteau sombre et tête découverte, drapé dans l'aura de ceux qui sont appelés au martyre. Le héros de l'Alcázar de Tolède allait maintenant vers son Gethsémani, même s'il ne s'en doutait pas. Peut-être n'en avait-il que faire, peut-être était-ce ce qu'il désirait. Les hommes de sa trempe portaient partout avec eux leur dernière nuit, comme un havresac dont ils ne se séparent jamais, ou une peine capitale ajournée.

– Nous y sommes. Ils sont là.

Les deux voitures et le camion étaient rangés côte à côte dans une petite clairière entre les pins, la pluie tambourinait sur leurs toits. L'arrivée du groupe d'assaut suscita plusieurs *Arriba España* émus, des accolades et des poignées de main. L'excitation et le patriotisme étaient nettement perceptibles, remarqua Falcó d'un œil critique. Tous tenaient pour certain que leur chef suprême serait avec eux dans quelques heures. C'est du tout cuit, répétait un des cousins Balsalobre, débordant d'ardeur. *Arriba España*. C'est du gâteau.

– Instruisez-nous, demanda Estévez à Falcó.

– Tout de suite. Venez par ici.

Estévez, Ginés, Falcó et deux autres hommes montèrent dans la caisse du camion, sous la bâche. Les autres, restés dehors avec les deux femmes, allèrent se mettre à l'abri de la pluie dans les voitures et sous les pins. Falcó alluma la lampe de poche et étala les cartes sur le plancher : routes, ville, prison. Les visages fatigués, que la veille et le séjour dans le bateau avaient rendus luisants, se penchèrent pour suivre sur le papier les explications. Ils examinèrent à fond tous les détails de l'opération : le trajet, la chronologie de l'action, la méthode d'attaque. Comme prévu, un groupe se présenterait à la porte de la prison dans l'Hispano-Suiza, sous prétexte de livrer un détenu ; le gros de la troupe entrerait en action quand les premiers se seraient fait ouvrir, et tous se dirigeraient vers la cellule de José Antonio. On essaierait aussi de libérer son frère Miguel, enfermé à l'étage au-dessus, au numéro dix.

– Et autant de camarades prisonniers que nous pourrons libérer, souligna Ginés Montero.

– Non, dit calmement Estévez.

– Pourquoi ?

– Parce que ce sont mes ordres : délivrer José Antonio et, si possible, son frère. Nous n'avons pas les moyens d'emmener qui que ce soit d'autre.

La lumière de la lampe faisait briller le verre des lunettes de Ginés et ressortir les poils de la barbe qui commençait à bleuir son menton ; elle accentuait aussi son expression scandalisée.

– Mais il y a de nombreux autres prisonniers, protesta-t-il. Des phalangistes, des royalistes, des militaires et des gens de droite… On les fusillera, en représailles, si nous les laissons là.

– Nous n'en aurons pas le temps, répondit Estévez. Peut-être pourra-t-on leur donner les clefs pour qu'ils se débrouillent seuls. Nous ne pouvons emmener personne.

– C'est injuste.

– Injuste ou pas, il faut obéir aux ordres. Et ce sont ceux que nous avons reçus.

Falcó pouvait enfin observer les traits d'Estévez à la lumière de la torche, qui éclairait son visage par en dessous, creusant des ombres anguleuses qui le faisaient paraître plus maigre qu'il ne lui avait semblé l'être à Salamanque, à moins qu'il ne le fût réellement. Il portait un ceinturon avec un pistolet et deux grenades italiennes Breda, et il avait posé à côté de lui, sur le plancher de la caisse, une mitraillette Star RU35. L'un de ses deux compagnons était très jeune, roux, l'autre plus âgé, avec une moustache taillée ; probablement des chefs d'escouade, équipés comme lui. Du col de leurs imperméables mouillés pointait le bleu des chemises phalangistes. Les profonds yeux noirs d'Estévez, remarqua Falcó, avaient un éclat éteint. L'homme réfléchissait. Il levait parfois le regard pour consulter, sans un mot, ses deux compagnons, puis il revenait aux cartes avec un détachement tranquille, comme s'il ne se faisait pas beaucoup d'illusions sur ce que ces traits sur le papier impliquaient : risques, lutte, vie ou mort. Succès ou échec.

De temps en temps, ses yeux s'arrêtaient sur ceux de Falcó, et celui-ci devait faire un effort secret, quasi douloureux, qui crispait les muscles de ses épaules et de son cou, pour soutenir ce regard sans détourner le sien.

– Vous n'avez parlé de l'opération qu'à la deuxième personne, lui dit tout à coup Estévez. Cela veut-il dire que vous ne serez pas avec nous pendant l'assaut de la prison ?

L'effort tout intérieur s'intensifia. Falcó regardait les yeux las du phalangiste sans ciller.

– Je reste ici.

Estévez considéra la chose en silence.

– Ce sont vos ordres ou une décision personnelle ?

– Ce sont les ordres que j'ai reçus.

– Il va rester ici avec les femmes, dit Ginés avec une rancune peu contenue. Et voilà maintenant que...

– Tais-toi, camarade, dit Estévez.

Le jeune homme ravala sa salive.

– À tes... ordres, balbutia-t-il.

Avec une expression pensive, Estévez continuait d'observer Falcó.

– Les ordres sont là pour être exécutés, dit-il au bout d'un moment.

Il regarda ses deux compagnons, puis de nouveau Falcó.

– Bien sûr, dit celui-ci.

– Vous n'êtes pas phalangiste. Vous n'êtes pas sous mon commandement.

– Non, je ne le suis pas.

Fabián Estévez avait replié les cartes et les rangeait dans sa gabardine.

– Vous assurerez notre réembarquement, alors, dit-il en consultant sa montre. Dans une heure et demie.

– Bien entendu.

– Faut-il que je laisse ici quelqu'un d'autre avec vous ? Parce que je vais avoir besoin de tous mes hommes.

– Avec Eva Rengel et Cari Montero ce sera tout à fait suffisant, lui dit Falcó, rassurant. Il s'agit d'envoyer des signaux à l'*Iltis* et de surveiller les environs jusqu'à votre retour.

– Je ne lui fais pas confiance, dit Ginés. Quelqu'un d'autre devrait rester ici.

– Toi ? demanda Estévez.

– Non, je veux aller avec vous. Il le faut. Je veux dire quelqu'un sur qui on peut compter. De mon groupe… Ricote, par exemple. C'est le plus jeune et le plus nerveux. Il ne nous serait pas très utile à Alicante.

Estévez réfléchit un instant.

– D'accord. Ce garçon est armé ?

– On peut lui laisser un pistolet et deux grenades.

– Et les deux femmes ?

– Ma sœur n'a pas d'armes, mais Eva a un Lüger.

– Et vous ?

Falcó posa la main sur la poche droite de son blouson.

– Je suis armé, dit-il.

– Bon, ça suffira. – Estévez les examina tous un par un, en réservant le dernier coup d'œil, encore pensif, à Falco. – Tout est clair ?… Bon, allons-y.

Ils synchronisèrent leurs montres, éteignirent la lampe de poche et quittèrent le camion, sous la pluie. Estévez entraîna Falcó un peu à l'écart.

– Y a-t-il quelque chose que je devrais savoir ? demanda-t-il à voix basse.

– Rien de particulier. J'ai reçu de nouveaux ordres, comme je vous l'ai dit.

Le silence qui suivit ne fut troublé que par la rumeur de la pluie. Puis le phalangiste poussa un soupir.

– Ça m'étonne. Vous n'êtes pas de ceux qui restent à l'arrière.

– Cette nuit, je vais y rester.

Il y eut une nouvelle pause. La voix d'Estévez devint froide. Distante.

– Vous devez avoir vos raisons.

– Je vous l'ai dit. J'ai des ordres.

– Bien entendu. Des ordres... Vous allez me souhaiter bonne chance, au moins.

Falcó remarqua que la main du phalangiste cherchait la sienne, pour la lui serrer. Alors, éprouvant une irritation profonde envers lui-même, et honteux jusqu'à la moelle des os, il la lui serra fermement.

– Bien sûr, dit-il. Bonne chance.

Sa main et son visage le brûlaient sous les gouttes de pluie. Ils se séparèrent sans un mot de plus. Le sol était déjà très boueux. Les ombres entassées dans les voitures et sous les pins vinrent se regrouper autour d'Estévez. Dans l'obscurité, les vêtements et les armes mouillés luisaient légèrement.

– Nous partons, dit le phalangiste. Le premier groupe ira avec moi dans la voiture de tête, le gros de nos forces dans le camion, et la seconde voiture couvrira le convoi. Que personne n'allume les phares... Les deux demoiselles et le camarade Ricote restent ici.

Cari et le jeune homme protestèrent, mais Estévez les fit taire sèchement. Eva vint se mettre près de Falcó sans desserrer les lèvres.

– En avant, dit Estévez. *Arriba España*.

Il avait cessé de pleuvoir et des frondaisons des pins tombaient les dernières gouttes. Falcó leva le visage et remarqua que dans une déchirure des nuages pointaient les étoiles. Il alla jusqu'aux premières dunes de la plage et regarda l'étendue sombre d'où la voix de la houle montait faiblement. Il faisait froid, ses vêtements mouillés accentuaient cette sensation. Il mit les mains dans ses poches. Il avait envie de fumer, mais n'osait pas allumer une cigarette. Pas en un pareil moment, bien sûr. De toute façon il n'en avait plus que deux, se souvint-il. Et le reste de la nuit était encore à venir.

– Regardez ! s'exclama Eva Rengel.

Tout à coup, d'un endroit dans la mer sombre, au large d'Alicante, vinrent des lueurs qui se succédaient rapidement. Ces lointains éclairs tout d'abord silencieux firent entendre, quelques instants plus tard, des sortes de coups de tonnerre lointains, syncopés : broum-broum, broum-broum. Entre les déflagrations arrivait aussi, amorti par la distance, un bruit pareil à celui d'une toile qui se déchire ; cela faisait : broum-broum, broum-broum, raaas. Raaas. Et soudain apparurent, dans la ville, des brasiers d'où s'élevèrent des flammes. Les explosions, venues de loin, leur parvinrent aussi avec un léger retard. Comme dans une vision d'un autre monde, le flanc de montagne du Castillo de Santa Bárbara fut illuminé par intervalles.

– Mon Dieu ! murmura Cari Montero.

– Le *Deutschland*, dit Falcó. Pile à l'heure.

– Voilà qui va occuper les rouges pendant l'arrivée des nôtres.

– Je suppose.

Ricote, le jeune phalangiste qui était resté avec eux, s'approcha lui aussi.

– C'est terrible, fit-il. Je n'avais encore jamais vu de bombardement.

Sa voix était presque celle d'un adolescent. Falcó n'avait pas eu l'occasion de voir son visage ; il ne distinguait guère que la tache claire de sa gabardine, ne savait rien de lui, sinon que c'était un étudiant venu d'Alhama qui avait conduit jusqu'ici la seconde voiture, et auquel on avait laissé un des 9 mm Astra Long et deux grenades Lafitte. Mais Falcó n'était même pas sûr qu'il sût s'en servir.

– Tu devrais…

Il fut interrompu par un coup de feu qui claqua au loin, à l'intérieur des terres, par-delà la pinède, dans la direction de la route d'Alicante. Le son était étouffé par la distance, environ deux kilomètres, à tout casser.

– Mon Dieu ! s'exclama Cari.

À ce tir isolé succédait à présent un crépitement furieux d'armes de poing à répétition. Une fusillade nourrie, prolongée, amortie par la distance.

– Sur la route. – La voix d'Eva était angoissée. – Près de l'aérodrome.

Le bruit des décharges d'armes à feu paraissait maintenant plus violent, semblable à celui de plusieurs explosions de pétards simultanées, et il dura un bon moment. Parfois, il semblait vouloir s'interrompre et recommençait au bout de quelques secondes, renforcé, par intervalles, de détonations sourdes et sèches, que Falcó reconnut ; c'étaient celles des grenades. Un combat avait lieu, non loin de là.

– Ce sont eux, gémit Ricote. Les nôtres.

Cari Montero poussa un cri aigu, déchirant, qui força Falcó à la saisir par les épaules et à la secouer avec violence.

– Tais-toi.

– Ils ne sont pas arrivés à Alicante !... On les a découverts !

– Je t'ai dit de la fermer.

– Mon frère !... Mon frère et les autres camarades !

Il la frappa, modérément, à la tempe. Une seule fois. La jeune fille tomba sur le sable.

– Occupe-toi d'elle, dit-il à Eva.

– Tu n'aurais pas dû la frapper.

– Si elle se remet à crier, je la tue.

– Ne dis pas de bêtises.

– Tu n'as pas compris... Sérieusement, je la tue.

Au large, le *Deutschland* avait cessé de tirer ; du côté de la ville, au loin, on voyait monter des flammes. C'étaient sans doute les dépôts de carburant bombardés qui brûlaient dans le port. Les échanges de coups de feu à l'intérieur des terres étaient maintenant sporadiques. Des tirs retentissaient, irréguliers et espacés, et l'on n'entendait plus éclater de grenades.

– Comment tu te sens, mon gars ?

Falcó s'était tourné vers Ricote. La voix du jeune phalangiste fut indécise.

– Ça va.

– Écoute. Ils ont été découverts ; s'il y a des survivants, ils se replieront probablement de ce côté... Es-tu prêt à faire ton devoir ?

– Bien sûr.

– Alors, arme ton pistolet et prépare tes grenades... Tu sais t'en servir ?

– Oui, après avoir enlevé les couvercles pour que les ficelles se détachent, je les lance le plus loin possible.

– C'est ça. Va de l'autre côté de la pinède et fais le guet, comme tout à l'heure. Si quelqu'un arrive, tu lances d'abord la sommation, et tu tires ensuite, si la réponse n'est pas la bonne. Mais fais attention de ne pas descendre un des nôtres... Il va falloir attendre un petit moment que le canot vienne nous chercher. Nous irons te prévenir quand il sera là.

– C'est sûr ? Il viendra, ce canot ?

– C'est certain.

Tendu, le jeune homme l'agrippa par le bras.

– Vous ne me laisserez pas tomber ?

– Tu as ma parole. Et maintenant, va là-bas.

Ricote poussa un soupir de soulagement, décidé.

– À vos ordres.

La tache claire de la gabardine disparut entre les arbres. Une cible parfaite dans l'obscurité, se dit Falcó machinalement. Puis il retourna vers Eva et Cari. Elles étaient devant une petite dune. Deux ombres sur le sable. Cari se lamentait, poussait un long gémissement sourd. Elle se mit bientôt à sangloter.

– Je m'occupe d'elle, dit Eva.

– Bien.

– Il reste combien de temps avant l'arrivée du canot ?

La voix de la jeune femme semblait calme. Eva savait se dominer. Ce qui rassura Falcó.

– Je ne sais pas.

Il sortit la torche de sa poche, la braqua vers l'étendue noire et appuya à plusieurs reprises sur le bouton. Un point, un trait, deux points. Il était trop tôt, mais le temps pressait. Il attendit un moment sans obtenir de réponse. Espérons, se dit-il, que dans les plans du haut commandement il n'était pas prévu de l'abandonner lui aussi à son sort, comme on l'avait fait avec Estévez et le reste de ses hommes qui, à cette heure, devaient être morts ou tout près de mourir. Il était encore possible que le commandant de l'*Iltis*, en bon Allemand, s'en tienne à ce qui était convenu et n'envoie personne les chercher avant l'heure fixée. Vu le cours que prenaient les événements, cela risquait d'être trop tard. Si l'embuscade avait laissé des survivants, et si les rouges les poursuivaient, cette plage allait devenir un enfer avant que quelqu'un vienne les tirer de là.

Il s'accroupit sur le sable, grelottant sous le blouson et le pantalon de velours mouillés. Trempé à l'extérieur, mal à l'aise à l'intérieur. Et pas qu'un peu. Son endurcissement, son réalisme cynique, engendrés par les années, les combats, les femmes et la vie d'agent secret lui permettaient de tenir à distance beaucoup de choses, mais ne résolvaient pas tout. Loin de là. Et surtout pas, de toute évidence, les infamies comme celle qui se perpétrait ici. Pour garder la froide clarté d'esprit nécessaire, il s'interdit de penser aux gars du groupe d'assaut – on n'entendait plus un coup de feu du côté des terres –, à Ginés Montero avec ses lunettes de myope, aux cousins Balsalobre et au taciturne garde d'assaut Torres, au garçon roux et au chef d'escouade qui s'étaient penchés avec lui sur les cartes à la lumière de la torche. À la mélancolie qui avait empreint le visage de Fabián Estévez quand il était tout à l'heure monté dans la voiture et s'était perdu dans la nuit.

— Tu crois qu'il y a des survivants ? demanda Eva dans l'obscurité.

— Je ne sais pas... J'en doute.

Il lança un crachat amer. Saleté de dieu, se dit-il. S'il y en a un. Et il fallait qu'il y en ait un, pour qu'il puisse un jour lui demander des comptes. Il se baissa davantage, prit l'avant-dernière cigarette, la glissa entre ses lèvres et l'alluma en étouffant la flamme de l'allumette dans le creux de sa main, à l'abri de la dune. Tout pouvait bien aller au diable.

Il entendit un frôlement à son côté. Eva s'était rapprochée de lui. Ils se couchèrent sur le sable humide, collés l'un contre l'autre, grelottant de froid – il sentit sous les vêtements de la jeune femme la dureté du Lüger. Protégeant la braise entre ses mains, il approcha la cigarette des lèvres d'Eva, qui tira profondément dessus, deux fois. Puis, quand il ne resta plus que le mégot, il l'éteignit avec précaution et ils demeurèrent enlacés et immobiles, essayant de se communiquer un peu de chaleur, tandis que dans les déchirures du ciel noir les étoiles scintillaient, de plus en plus nombreuses.

Tout arriva en même temps : les bruits des rames près du rivage, la silhouette sombre du canot qui se rapprochait dans la mer et dans la nuit ; des coups de pistolet tout proches, sur le chemin de l'autre côté de la pinède, au moment où Falcó, qui s'était levé, faisait quelques pas en direction de la plage. Un frisson d'alarme le secoua.

— Va chercher Cari, Eva ! Cours !

Le ciel s'était un peu dégagé, et la lune, à demi cachée derrière des nuages effilochés, permettait de voir mieux les alentours. Le canot avait presque atteint la grève, ombre noire dans laquelle se devinaient les formes de l'équipage courbé sur les rames.

– Eva, Cari !

Aux coups de pistolet – cinq, six, avait compté Falcó – s'étaient joints ceux, plus puissants, d'armes automatiques. Fusillade et rafales de mitraillette. Soudain retentit l'explosion d'une grenade – Poum-ba ! Une Lafitte – qui lui arracha un bref sourire de reconnaissance. Le jeune Ricote vendait chèrement sa peau. Brave garçon.

– Venez vite !

Le pistolet du phalangiste tira la dernière balle du chargeur et aussitôt retentit l'explosion d'une autre grenade. Puis ce fut le silence. Falcó en déduisit que le jeune homme était mort ou qu'il venait en fuyant vers eux à travers la pinède, avec les rouges à ses trousses.

– Au bateau ! Au bateau !

Il courut vers les femmes qui arrivaient à sa rencontre. Deux ombres trébuchant dans le sable. L'une d'elles passa à côté de lui et l'autre tomba. Falcó se baissa pour la relever. C'était Cari. Il l'attrapa par les bras et la mit debout. Tout près de son visage il y eut un vrombissement violent et rapide, comme si un bourdon volait en ligne droite. Le coup de feu venait de la pinède.

– Montez dans le canot !

Maintenant, les bourdons de plomb se multipliaient. Ziaaang, ziaaang, venus de la lisière des pins, des ombres noires sous les arbres, où resplendissaient les lueurs des décharges. Falcó soutenait Cari en se dirigeant vers la rive. Soudain, la jeune femme tressaillit pendant que dans sa chair résonnait un impact à peine audible. Tchac. Elle s'affaissa, inerte, et tomba.

– Cari ! Lève-toi, Cari !

Il se pencha sur elle, la tira par les bras pour la traîner sur le sable. Il l'entendait gémir. Angoissé, redoutant de voir les rameurs virer de bord, avec cette fusillade, il jeta un regard derrière lui et aperçut la silhouette d'Eva, agenouillée près d'une dune dans la clarté de laquelle elle se découpait, les bras joints tendus pour tirer avec le Lüger. Pam, pam, pam. Trois lueurs et trois détonations. Puis la jeune fille recula de quelques pas, changeant de position, s'agenouilla de nouveau et fit feu avec un calme apparent, en espaçant les tirs. Pam. Pam. Pam.

De la mer, du canot, monta une voix, un appel qui domina les coups de feu. Falcó n'entendit pas ce que l'on disait, mais il en devina le sens : ils allaient partir. Il sentit un vide prégnant au bas-ventre et son cœur se mit à battre à grands coups désordonnés. Cari Montero continuait de se plaindre faiblement. Elle était encore vivante, mais elle pesait trop lourd. Il la lâcha et se précipita vers la rive. Eva ne tirait plus et courait devant lui. Il la rattrapa dans l'eau, où ils pataugèrent ensemble vers l'embarcation obscure, qui semblait reculer en tanguant dans la houle. Ils la rejoignirent avec de l'eau jusqu'à la taille. Un coup de feu tiré de la terre frappa le bois de la lisse au moment où Falcó s'agrippait à elle, aidé par des mains vigoureuses qui empoignaient ses vêtements trempés. L'impact fit voler des éclats de bois qui frôlèrent son visage. Un ordre lancé en allemand retentit, aussitôt suivi du bruit des rames dans les dames de nage. Falcó ne voulut même pas regarder en arrière. Il gisait, épuisé, sur les planches du fond entre les jambes des rameurs. Les yeux fermés, la bouche ouverte, il cherchait son souffle. Ses poumons le brûlaient, et il sentait trembler à côté de lui le corps mouillé et froid d'Eva Rengel.

12

FAUX-SEMBLANTS

– Ç'a été un désastre, dit Ángel Luis Poveda.

Le chef du Service du renseignement et des enquêtes de la Phalange portait une chemise bleue, un costume brun, et un pistolet sous son veston. Ses petits yeux suspicieux étaient rivés sur Lorenzo Falcó : il y avait une vingtaine de minutes qu'ils l'étudiaient avec défiance à travers les verres ronds de ses lunettes, attentifs au moindre détail, pendant que l'agent – arrivé à Salamanque la nuit précédente – achevait le récit des événements, le compte rendu d'un échec.

– Un désastre, répéta lourdement le phalangiste.

Ils se trouvaient dans le bureau de l'Amiral. Derrière la table couverte de dossiers, une pipe fumante à la bouche, celui-ci restait silencieux, adossé à sa chaise en arbitre impartial. Il était en civil, avec son habituel gilet en laine. De l'autre côté de la fenêtre, le vent berçait les branches nues des arbres devant le dôme de la cathédrale.

– Croyez-vous qu'il y ait eu délation ? demanda Poveda.

Falcó soutint sans ciller son regard, dans lequel il revoyait celui de l'Amiral lui recommandant la prudence. La plus grande prudence, mon gars. Il faut faire très attention avec ce type-là.

– Je ne sais pas, répondit-il. Il se peut que les rouges les aient découverts par hasard. Il y a un contrôle militaire près de l'aérodrome. Ils passaient à côté... un malheureux hasard.

– Mais on les attendait, non ?

– Je n'étais pas là. Je ne peux pas le savoir.

– Cinq jours se sont écoulés.

– J'en sais encore moins que vous.

– Vous avez eu une sacrée chance, il me semble, dit Poveda en lui lançant un coup d'œil peu amène, une drôle de chance de ne pas être allé avec eux.

– Je veux bien le croire. Oui.

– Quelle catastrophe, reprit le phalangiste, accablé, en se passant la main sur le visage. Le bilan m'est parvenu hier soir. Les rouges l'ont publié dans *El Diario de Alicante* : douze morts sur le terrain, et neuf des nôtres fusillés le lendemain.

– La femme aussi ?

– Oui. Caridad Montero. Exécutée avec son frère... Le camarade Fabián Estévez est tombé au combat, avec certains de ses hommes. Il ne s'est pas laissé prendre vivant.

Une étincelle de tristesse. Gênante. Ou peut-être même de remords. Falcó croisa les jambes et regarda par la fenêtre.

– Il fallait s'y attendre, dit-il.

– À la Phalange, nous sommes sûrs qu'il y a eu un mouchard. Que c'était une embuscade.

Il riva de nouveau les yeux sur Falcó.

– Vous l'avez déjà laissé entendre, dit celui-ci. Mais je n'y peux rien.

– Vous en avez réchappé, avec l'autre femme.

– J'ai eu cette chance, oui. Si l'on peut dire, avec ce qu'il m'en a coûté.

L'Amiral lâcha une épaisse bouffée de fumée. Son œil droit guettait Poveda, courroucé, à travers le nuage gris qui se dissipait devant lui.

– Dites-moi, douteriez-vous de la loyauté de mon agent ?

– Je ne doute de rien, fit le chef du renseignement, lâchant du lest. Je m'en tiens aux faits. Mes camarades sont morts, et cet homme est encore en vie.

– Et aussi cette jeune femme. Eva Rengel. Qui est des vôtres, objecta l'Amiral. Elle a pu s'échapper, et vous aura donné sa version des faits.

– Oui, admit Poveda. Elle coïncide en tout point avec la vôtre.

– Où est-elle, à présent ?

– Logée à la Section féminine de la Phalange.

– Jusqu'à ce qu'on lui assigne une destination, je suppose.

– C'est ça, dit le phalangiste.

– Hum.

Il y avait un je-ne-sais-quoi d'étrange, se dit Falcó, dans le ton de l'Amiral. Une singulière réticence. Comme si, en regardant Poveda, il voyait certaines choses que lui ne devinait même pas.

– Cette catastrophe nous plonge dans une situation désastreuse, se plaignit le phalangiste. Nous craignons pour la vie de José Antonio. Il semble qu'on soit déjà en train de le juger à Alicante… Une pantomime pseudo-légale, bien entendu.

– Vous ne vous attendiez tout de même pas à un jugement équitable, au point où nous en sommes, dit l'Amiral.

– Bien sûr que non. Mais notre intervention a dû précipiter leur décision. – Sur ces mots, il regarda Falcó avec une rancune mal dissimulée. – Avec ça, nos affaires ne pourraient aller plus mal.

L'Amiral montra Falcó d'un mouvement du menton.

– Il a fait ce qu'il a pu, précisa-t-il.

Poveda se leva sans répondre. Fuyant, mal à l'aise. Il mit les mains dans les poches de son veston et haussa les épaules, dévoilant le pistolet qu'il portait dans une gaine de cuir à la ceinture.

– Terrible… C'est un terrible coup. On m'a dit que Franco était désolé.

L'Amiral eut un demi-sourire, mais avec une expression de condoléances un peu forcée.

– C'est tout naturel, dit-il.

Poveda s'en alla sans autre forme de politesse. Ni Falcó ni l'Amiral ne bougèrent de leur siège. Ils restèrent à se regarder en silence.

– Désolé, répéta l'Amiral avec une mine sardonique.

Falcó contemplait le portrait du Caudillo.

– Comment l'information est-elle parvenue aux rouges ?

L'Amiral plissa les paupières, fatigué.

– Elle leur est parvenue. Va savoir comment.

– C'était Paquito Araña, n'est-ce pas ? Ou l'a-t-on fait d'ici, directement ?

Il n'y eut pas de réponse. L'Amiral veillait à la bonne combustion du tabac dans sa pipe.

– Je ne comprends pas pourquoi vous m'avez expédié là-bas, insista Falcó. En définitive, je n'ai pour ainsi dire rien fait. Vous auriez tout aussi bien pu vous débrouiller sans moi.

– Il y a eu un changement de plan au milieu de l'opération.

– Quel changement ?

– Peu importe. Mais tu as tout à coup cessé d'être indispensable. C'est pour ça que je t'ai envoyé Paquito Araña. Nous avons découvert quelque chose d'intéressant. Quelque chose qui changeait la donne.

– Qu'avez-vous découvert ?

– Ça ne te regarde pas. Au quartier général, on est content de la tournure que les événements ont prise, et c'est tout ce qui compte.

– Vous voulez dire votre ami Nicolás Franco, je suppose. Monsieur.

L'insolence alluma dans l'œil de l'Amiral un éclair de colère.

– Ferme ton stupide clapet. Ne te mêle pas de ce que tu ne comprends pas.

– À vos ordres.

– Eh bien oui, là, à mes ordres… C'est ce que tu as de mieux à faire.

Un silence incommode suivit. L'Amiral avait gratté une allumette et plaçait la flamme au-dessus du fourneau. Son froncement de sourcils sévère disparaissait peu à peu.

– Comment te sens-tu ? demanda-t-il enfin sur un autre ton.

– Fatigué.

Bouffées de fumée successives. Nouveau silence.

– Et triste, je crois, ajouta Falcó au bout d'un moment.

L'œil droit et l'œil de verre, maintenant parfaitement alignés, l'étudiaient. L'expression de l'Amiral s'était radoucie. Avec un rien de considération. Ou d'affection, se dit Falcó.

– Prends quelques jours. Salamanque est aussi funèbre qu'un cyprès… Va te reposer à Biarritz. Je te contacterai là-bas.

– Je le ferai peut-être, dit Falcó avec une expression dure, chargée d'ironie. Vous avez intérêt à me voir disparaître pendant un moment ?

Ce ne serait pas plus mal, admit l'Amiral. José Antonio, ajouta-t-il, serait sans doute fusillé. Plutôt deux fois qu'une, après ce qui était arrivé. Et, à Salamanque, on exigerait des réparations, pour satisfaire l'opinion. Les dirigeants de la Phalange ne tarderaient pas à se tirer dans les pattes pour prendre la tête de l'organisation : il y avait une faction dure, radicale, et une autre prête à passer sous le commandement de Franco. Tous camarades, mais à telles ou telles conditions. Des temps troublés s'annonçaient. Règlements de comptes d'arrière-garde. Consolidation du pouvoir et élimination de tous ceux qui s'opposeraient au commandement unique. Même Poveda, qui appartenait à la ligne dure, sentait déjà le sapin. D'un jour à l'autre, les phalangistes allaient s'entretuer.

– Le Généralissime et son frère tirent les ficelles, conclut-il. Et ces deux-là ne se perdent pas en considérations. Disparais. Je ne voudrais pas qu'ils te coincent au milieu de tout ça.

– Et pour Eva Rengel ?

Trois petites bouffées de tabac et un long silence. L'Amiral ne regardait pas Falcó.

– Le sort de cette femme est maintenant en d'autres mains, dit-il enfin. Tiens-toi à distance.

– Ce qui veut dire ?

L'œil valide de l'Amiral se posa de nouveau sur Falcó, mécontent.

– Je dis que ça n'a plus rien à voir avec toi... à supposer que vous ayez jamais eu quelque chose à voir l'un avec l'autre.

Falcó frappa avec l'articulation de ses doigts le bord de la table.

– Et comment, que nous avons eu quelque chose à voir ensemble ! protesta-t-il. Nous avons couru de nombreux dangers et elle s'est parfaitement comportée. C'est une femme forte, sur laquelle on peut compter... Elle a exécuté un traître et, sur la plage, elle a pris les bonnes initiatives. Au lieu de partir en courant vers le canot, elle m'a couvert en tirant...

– Tu as couché avec elle ?

L'Amiral le regardait, inexpressif. Falcó se renversa sur sa chaise.

– Avec tout le respect que je vous dois, ça ne vous concerne pas.

– Ça dépend.

– Que voulez-vous dire ?

Falcó trouva que son chef le considérait d'une façon curieuse.

– Oublie-la, laissa tomber ce dernier au bout d'un moment. Je t'ai dit que c'était maintenant leur affaire... celle de ses camarades, et de ceux qui ne sont pas ses camarades.

Falcó en resta coi. Il se passe quelque chose, en déduisit-il. Quelque chose dont ce putain de tordu ne veut pas me parler. Quelque chose qu'il sait et que j'ignore. Et, quoi que ce soit, c'est du sérieux.

– Je ne comprends pas.

– Tu n'as pas à comprendre. Fous-moi le camp.

Falcó récapitulait ce qu'il savait, en tâchant de se faire une idée. D'en tirer des conclusions claires.

– Amiral...

Son chef, impérieux, lui montra la porte du bout de sa pipe.

– Fous le camp, t'ai-je dit. Disparais. Bon vent.

L'immeuble résidentiel de la Section féminine de la Phalange était dans la montée de l'Encarnación. Les balcons étaient à l'abri de grilles de fer – à l'un d'eux pendait le drapeau rouge et noir –, sur une façade un peu décrépie, et, dans l'entrée, large porte cochère sombre, un portier manchot lui barra le passage.

– Je viens voir mademoiselle Rengel, lui dit Falcó en présentant ses papiers.

Le portier le regarda d'un œil soupçonneux, prit sa carte et l'examina attentivement. Puis, sans dire un mot, il passa dans une petite guérite vitrée. Au bout d'un moment, il revint et lui rendit le document.

– On descend, dit-il.

Falcó attendit au bas d'un escalier aux marches de pierre usées. De quelque part venait une odeur de cuisine peu agréable, du genre rata de caserne. Patates bouillies et morue gros sel, se dit-il. Ce qui n'ouvrait guère l'appétit.

– Mademoiselle Rengel est sortie, annonça une voix de femme.

Elle avait descendu doucement les marches et observait le visiteur du premier palier. D'âge moyen, avec des cheveux courts ondulés plus sel que poivre – et si gras qu'ils nécessitaient, estima-t-il, un lavage énergique –, elle avait des lèvres fines et des yeux durs dans un visage prématurément vieilli, sans trace de maquillage ; elle portait une longue jupe grise et des chaussures à talons plats. On aurait pu la prendre pour une nonne défroquée, nonobstant le joug et les flèches brodées en rouge sur la poche gauche.

– Quand rentrera-t-elle ?

Les lèvres filiformes s'amenuisèrent davantage.

– Je ne crois pas qu'elle revienne.

Falcó la regarda, déconcerté par le ton désagréable de cette femme.

– Mais elle vient d'arriver. Elle loge ici.

– Plus maintenant.

– Où est-elle allée ?

– Je ne sais pas.

Sur le côté, le portier suivait la conversation, les yeux posés sur le visiteur avec hostilité.

– Je ne comprends pas, dit Falcó. Que se passe-t-il ?

Il remarqua que la femme échangeait un regard entendu avec le portier.

– Il se passe, dit-elle au bout d'un moment, qu'il va falloir aller la demander ailleurs.

Elle avait parlé avec une intonation curieusement triomphante, comme si elle se réjouissait de sa déconvenue. Le faciès sournois du portier indiquait que l'homme partageait son sentiment.

– S'il vous plaît, insista Falcó, pourriez-vous m'expliquer ce qui se passe ?

Maintenant, la femme l'examinait de la tête aux pieds, suspicieuse. Et ce qu'elle voyait ne semblait pas lui plaire.

– C'est une amie à vous ?

Falcó hocha la tête et à peine l'eut-il fait qu'il vit les lèvres mesquines s'ouvrir en un sourire satisfait ; elle était ravie de voir ses soupçons se confirmer.

– Eh bien, vous devriez être un peu plus prudent en amitié, parce que la police est venue la chercher.

– Pour l'arrêter ?

– Évidemment.

Falcó en resta bouche bée.

– C'est une absurdité, fit-il, réagissant enfin.

– Une absurdité ?... Je ne sais pas, moi. Mais tous les deux vous devez bien le savoir.

– Qui l'a arrêtée ?

– Deux agents sont venus, intervint le portier, qui ne voulait pas demeurer en reste. Et il y en avait un autre dehors, dans la voiture.

Il se tut quand la femme lui adressa un regard impérieux et fâché. Falcó demanda de quelle sorte de policiers il s'agissait, mais il n'obtient guère plus de précisions. Des policiers, résuma la femme, reprenant le contrôle de la situation. Ils lui avaient présenté leur plaque.

– Et où l'ont-ils conduite ?

– Heureusement, ce n'est pas notre affaire.

Falcó se creusait la cervelle, cherchant une explication. Par les temps qui couraient, le terme « policiers » pouvait faire référence à bien des choses, à Salamanque : aux services de renseignement de la Phalange, aux émissaires carlistes, à la Sûreté générale, aux services secrets de l'armée, et même aux agents du SNIO. Il se rappela les réticences de l'Amiral au cours de leur dernière conversation. Ses inflexions de voix particulières quand il parlait d'Eva Rengel, et ce qu'il avait dit : « ses camarades, ou ceux qui ne sont pas ses camarades ».

– Mais... Pourquoi l'arrêter ? insista-t-il encore. Ils ont donné la raison pour laquelle ils l'ont fait ?

247

La femme laissa éclater un rire dur et retors.

– Ce ne sont pas les raisons qui manquent ici, vous savez... Si la police l'a emmenée, c'est qu'elle y aura mis du sien.

L'Amiral vivait dans la rue de la Compañía, au premier étage d'un immeuble avec des fenêtres en encorbellement qui, à cette heure du jour, réfléchissaient la lumière pourprée du crépuscule. Quand Falcó sonna à la porte, ce fut l'enseigne Centeno qui vint lui ouvrir, un sous-officier de marine de petite taille, roux, avec des taches de son. Ce subalterne discipliné et minutieux était en manches de chemise, le nœud de cravate défait. D'après ce que savait Falcó, il assistait l'Amiral depuis l'époque où celui-ci officiait dans les Balkans. Ou depuis plus longtemps encore.

– Il est là ? demanda Falcó.

– Oui. Entrez.

Le son d'un gramophone parvenait de la pièce au fond du couloir. L'Amiral était amateur de tango et de chanson espagnole. J'aime tout ce qui raconte des histoires en paroles et musique, aimait-il dire. Il lui arrivait de fredonner des couplets entiers. Il s'agissait à présent de la mélodie *Ojos verdes*, que chantait Miguel de Molina. Falcó pénétra dans le salon : vitrine avec céramiques et livres, tableaux aux murs, protège-accoudoirs au crochet sur le canapé et fauteuils recouverts de velours. L'appartement était conventionnel, bourgeois, réquisitionné après l'exécution de son propriétaire, un ex-député socialiste. L'Amiral était assis dans un fauteuil à bascule près de la cheminée dans laquelle brûlait une grosse bûche de chêne. Il était vêtu d'un chandail de laine, d'un pantalon de flanelle tout froissé, et en pantoufles. Une lampe de bureau était allumée à côté de lui, sur un guéridon, et il avait un livre ouvert sur les genoux. Assise en face de lui, son épouse brodait au point de croix, un chat à ses pieds.

– Ah, c'est toi, dit l'Amiral.

Il ne paraissait pas surpris de voir Falcó se présenter chez lui. Celui-ci salua la femme d'âge moyen, encore très vaguement attirante, au sourire aimable, qui se leva et se retira avec Centeno. Le chat vint se frotter contre les chaussures de Falcó, qui restait planté devant l'Amiral. Celui-ci l'observa un moment du fond de son fauteuil, le bec de sa pipe éteinte entre les dents. Puis il retira celle-ci de sa bouche et la pointa sur le siège devant le sien.

– Assieds-toi, va… Tu veux boire quelque chose ?

– Non, merci.

L'Amiral ferma le livre après y avoir glissé un marque-page et le posa près de la lampe de bureau. Il observait Falcó en jouant avec la pipe entre ses doigts.

– Une heure étrange pour une visite, dit-il enfin.

Son œil de verre restait inexpressif, mais l'autre observait Falcó, qui s'était assis près de la cheminée, avec la plus grande attention. Pensif, l'Amiral promena le bec de la pipe sur sa moustache grise tachée de nicotine.

– Qu'avez-vous fait d'elle ? lança Falcó abruptement.

L'Amiral parut ne pas avoir entendu la question. Il caressait le chat, qui avait sauté sur ses genoux avec le plus grand naturel, et étudiait maintenant son visiteur avec intérêt. Au bout d'un long moment, il se rencogna un peu dans son fauteuil, laissa filer le chat et contempla le feu.

– Il y a combien de temps que nous nous connaissons ? demanda-t-il. Cinq ans ?

– Six.

– Oui, six, c'est ça. – Il leva les yeux sur lui. – C'était à Istanbul, après ton affaire de Bucarest. Au cours de ce dîner chez l'ambassadeur de Hongrie, avec la femme duquel tu avais, bien entendu, une liaison… À cette époque, tu vendais des excédents d'équipements militaires aux révolutionnaires mexicains et irlandais, entre autres, et divers services secrets voulaient ta peau... Tu t'en souviens ?

– Bien sûr.

– Peu après, j'ai dû choisir entre te liquider ou te recruter. J'ai choisi la seconde possibilité, et je ne m'en suis jamais repenti.

Il se tut, les yeux fixés sur le fourneau de sa pipe. Puis, s'inclinant un peu, il le vida en le tapotant contre le sol de la cheminée.

– Ce que nous vivons n'est pas un soulèvement, ni un coup d'État qui se complique et s'enlise, ajouta-t-il. C'est une guerre. Qui va être longue... Longue et très dure. Elle l'est déjà. Il se peut qu'elle soit l'amorce d'une autre guerre, d'une tout autre envergure. Mondiale, peut-être. Comme celle d'il y a une vingtaine d'années.

L'Amiral s'était levé, abandonnant sa pipe sur le guéridon. La musique s'était arrêtée. Il alla jusqu'au gramophone, ôta le disque, en mit un autre sur lequel il posa l'aiguille. Les premières notes de *La cumparsita* se firent entendre, puis la voix languide de Carlos Gardel.

– Tous mettent la main à la pâte, reprit-il. Encore heureux, les démocraties européennes préfèrent attendre et voir, rester dans l'expectative. Dans le fond, elles aimeraient bien nous voir remporter la victoire, mais elles se déclarent impartiales. En revanche, les autres – Hitler, Mussolini – ne se gênent pas... De plus en plus d'Italiens et d'Allemands s'en mêlent, et ce n'est pas fini. De leur côté, les rouges ont l'appui de l'Internationale communiste. Et de l'Union soviétique.

– Dites-moi quelque chose que je ne sais pas, s'impatienta Falcó.

Le regard que l'Amiral posa sur lui était chargé d'amer reproche.

– Je te dis ce que je veux, et comme ça me chante. Compris ?... Tu es chez moi, pignouf. Si tu es pressé, prends la porte et va-t'en.

Ils se défièrent des yeux. Falcó finit par détourner les siens.

– Oui, monsieur.

– À la bonne heure ! Il ne manquerait plus que ça.

Là-dessus, l'Amiral retourna à son fauteuil à bascule, se balança un moment en fixant le feu, puis il leva les yeux vers Falcó.

– Eva Rengel est un agent soviétique.

Pendant le long silence qui suivit, on n'entendit plus dans la pièce que la voix de Gardel et les crépitements de la bûche dans la cheminée. Falcó était immobile. Stupéfait. Comme s'il avait reçu une décharge électrique.

– Pardon ?… Vous voulez dire qu'elle travaille pour les rouges ?

L'Amiral fit un geste d'impatience.

– Je veux dire exactement ce que j'ai dit. Son véritable nom est Eva Neretva ; père russe, mère espagnole… Elle ne travaille pas pour les rouges, mais pour le Nkvd, autrement dit leurs services secrets. Et ce n'est ni à Madrid ni à Valence qu'elle fournit des informations, mais à Moscou.

– Mais elle… dans la Phalange…

– Elle s'est infiltrée parmi ces gens, avec lesquels elle est restée le temps qu'il fallait pour leur soutirer avec le plus grand sang-froid les renseignements qu'elle a transmis à son camp. Elle travaille directement sous les ordres de Pavel Kovalenko, alias Pablo, conseiller du gouvernement soviétique en Espagne et responsable régional du Bureau des opérations spéciales… Un vrai salopard.

Falcó était content d'être assis, parce que, debout, il n'aurait pas eu le beau rôle. Il sentait un vide désagréable au creux de son estomac. Nom de dieu. Il était un homme au cœur bien accroché, mais cela dépassait tout ce qu'il avait pu imaginer. Sa froide lucidité habituelle s'était fait la malle.

– Que s'est-il passé à Alicante ?

Rien d'autre que ce qui était prévu, répondit l'Amiral. Falcó avait été envoyé là-bas pour faire échouer sans le savoir l'opération, parce que personne, à Salamanque et ailleurs, ne voulait vraiment voir José Antonio libéré, excepté quelques ingénus. Le Caudillo et son frère avaient laissé faire en sachant dès le départ que c'était un coup pour rien. Mais pendant que l'affaire suivait son cours, un changement important avait eu lieu. Grâce à un infiltré – un agent de la République qui avait changé de camp en France –, les services secrets franquistes avaient appris que le NKVD s'intéressait lui aussi à la partie. Ni les Soviétiques, ni les rouges péninsulaires, ni les nationaux ne voulaient d'un José Antonio Primo de Rivera libre à Salamanque et tout disposé à leur mettre des bâtons dans les roues. C'est ainsi qu'ils étaient entrés en contact et étaient parvenus à un accord. Un marché équitable. Falcó savait très bien ce qu'il en était.

– Tu ne nous étais plus indispensable, mais comme tu te trouvais sur le terrain… La première idée était de te sacrifier et de t'imputer le désastre, mais je m'y suis opposé et j'ai envoyé Paquito Araña te prévenir.

Falcó tentait de reconstituer la trame, de relier un fait à l'autre, ce qui provoquait un certain charivari dans son esprit. L'Amiral le considérait d'un œil compréhensif.

– Tu sais comment ça se passe, répéta-t-il. Tu connais les règles du jeu. Le plus souvent, tout n'est que faux-semblants.

– Pourquoi m'a-t-on arrêté à Alicante ?

– Parce que les rouges savaient à quoi s'en tenir sur ton compte. Il a bien fallu le leur dire.

– Nom de dieu.

– Pas moyen de faire autrement.

– Et pourquoi m'ont-ils relâché en plein interrogatoire ?

– Tu as toujours été chanceux. – L'Amiral se permit un léger sourire. – C'est cette petite qui t'a fait libérer.

– Elle ?

– Évidemment.

Carlos Gardel s'était tu depuis un bon moment. La proximité de la cheminée faisait suffoquer Falcó. Trempé de sueur, il fit quelques pas dans la pièce. Le chat, qui sommeillait sur le tapis, leva la tête et le suivit des yeux avec curiosité. De l'autre côté de la fenêtre, la nuit tombait tout doucement.

– C'est cette Rengel, ou cette Neretva, peu importe son nom, dit l'Amiral, qui est entrée en contact avec Kovalenko et a obtenu de lui qu'on te relâche. Je ne sais avec quels arguments... Sans ça, tu ne t'en serais pas sorti.

Falcó appuya son front contre la vitre de la fenêtre. Le froid le soulagea un peu. Il se rappelait les voix confuses dans son dos, quand on avait arrêté de lui taper dessus dans la tchéka d'Alicante. Il n'avait pu voir ceux qui parlementaient, parce que sa tête était attachée au dossier de la chaise avec du fil de fer. Peut-être était-ce justement pour cela, pour qu'il ne puisse pas se retourner et voir qui se tenait derrière lui. Peut-être avait-elle été là pendant tout ce temps.

– Pourquoi l'a-t-elle fait ?

– Je n'en sais rien. À vrai dire, tu n'étais plus utile, ni à elle, ni à personne, mais c'est indiscutablement ce qu'elle a fait. Elle a obtenu ta libération, dit l'Amiral en le regardant avec une ironie pensive. Peut-être t'a-t-elle trouvé sympathique, ou peut-être t'es-tu davantage occupé d'elle que tu n'as bien voulu me le dire. En tout cas, elle t'a sauvé la vie.

– Et ce n'est pas tout. Sur la plage, alors que nous fuyions, avant de monter à bord, elle s'est arrêtée pour faire feu et couvrir ma fuite. Elle aurait pu me tuer, alors, si elle l'avait voulu.

– Elle devait avoir ses raisons. L'âme des femmes est insondable. – L'Amiral regarda en direction du couloir. – Celle de la mienne, figure-toi, je n'en devine rien... Et si de plus ce sont des espionnes, je ne te dis pas.

Falcó restait près de la fenêtre. Une charrette passa dans la rue, entre les ombres grandissantes. Il entendit le bruit étouffé des sabots de la mule sur les pavés.

– Et pourquoi est-elle venue avec moi en zone nationale ? se demanda-t-il à haute voix. Pourquoi est-elle montée à bord de l'*Iltis*, en prenant un tel risque ?... Il aurait été plus sûr pour elle de disparaître avant, en nous laissant tous aux mains des rouges.

L'Amiral hochait la tête.

– Sur ce point, nous n'avons aucune certitude, dit-il. Seulement des conjectures. Elle a sans doute reçu l'ordre de venir ici. Infiltrée comme elle l'était, il se peut que Kovalenko lui ait demandé de continuer sur sa lancée et d'en faire autant dans notre quartier général.

– Comment avez-vous appris que c'est une espionne soviétique ?

– Le type qui est passé dans notre camp en France nous a tout de suite parlé d'elle. Ou, plus exactement, il a dit qu'il y avait un agent soviétique dans votre groupe, et nous avons cru qu'il voulait parler de ce malheureux que vous avez exécuté là-bas...

– Juan Portela.

– C'est ça. Mais ce n'était pas le bon. Le déserteur en question a fini par cracher tout le morceau, et nous avons compris que vous aviez liquidé un innocent. Comment encaisses-tu ça ?... Ce Portela était un phalangiste irréprochable. C'est Eva Rengel qui a tout combiné avec de faux documents qui inculpaient le pauvre garçon, pour détourner les soupçons.

Falcó tordit la bouche en une grimace amère. Un souvenir l'assaillit violemment, celui du coup de feu qui avait éclairé un instant la nuque du phalangiste, de la détonation et de l'odeur de la poudre qui s'était rapidement dissipée en l'air. Avant ça, il avait torturé cet homme.

– C'est aussi elle qui l'a liquidé, dit-il presque à voix basse.

L'Amiral hocha de nouveau la tête, équanime.

– Oui. Elle semble en avoir une sacrée paire.

– Et quand a-t-on su qu'elle était un agent du Nkvd ?

– Hier soir. Le déserteur est allé jusqu'au bout de son histoire, et le nom de cette petite a fait surface. Nous l'avions sous la main, et nous avons considéré ce que nous pouvions faire d'elle.

– Qui, « nous » ?

– Un mini-cabinet de crise, constitué du colonel Lisardo Queralt, chef de la police et de la sûreté, que tu connais, et de moi-même. Comme c'est lui qui a décidé notre déserteur à se mettre à table, quand il a dit qu'il allait s'en charger, ça m'a semblé bien.

– Pourquoi ne me l'avez-vous pas dit ce matin ?

– Pourquoi te l'aurais-je dit ?... Cette fille, ce n'est pas ton affaire. Ça ne l'a jamais été.

Falcó s'écarta de la fenêtre.

– Toute cette histoire n'est qu'une grosse merde, Amiral.

– Je suis surpris que ça te surprenne.

– Où est-elle, maintenant ?

– Qu'est-ce que ça peut te faire ?

– Où, Amiral ? J'ai le droit de savoir.

Il s'était rapproché de la chaise, mais il restait debout. Sur le fauteuil à bascule, son chef eut un geste d'irritation.

– Tu n'as droit à rien du tout, répondit-il, ulcéré. Tu as quitté Alicante la tête sur les épaules, et les autres ne peuvent pas en dire autant. Estime-toi heureux et ne remue pas la merde.

– Qu'ont-ils fait d'elle ?

– Elle est aux mains des hommes de Queralt, je te l'ai dit. Tu connais leurs méthodes. Je me demande dans quel état elle doit être en ce moment... Cette ordure a dit qu'il se chargeait de lui faire cracher tout ce qu'elle sait, et ça doit être un gros morceau. Si elle est bien la dure qu'elle semble être, ça risque de prendre du temps, tu ne crois pas ?

Il s'était remis à se balancer doucement dans son fauteuil à bascule et il tendit la main pour prendre le livre sur le guéridon, comme s'il donnait pour terminée la conversation et s'apprêtait à reprendre sa lecture, mais il se contenta de le tenir entre ses mains, pensif. Et il finit par le reposer.

– C'est pour ça que je veux te voir mettre les bouts, ajouta-t-il. Va faire un petit tour en attendant que ça se tasse. Ce porc de Queralt est bien capable de t'épingler toi aussi. Et de *me* balancer un coup de pied dans *tes* couilles.

– Où la détiennent-ils ?

– Écoute, tu sais que je t'apprécie, mais n'abuse pas de ta bonne étoile. Prends ces vacances et lâche-moi la grappe.

Falcó remua la tête. Il avait mis les mains dans les poches de son pantalon et regardait le feu.

– C'est à voir, dit-il au bout d'un instant. Mais elle m'a sauvé la vie à Alicante… Elle m'a fait libérer quand elle aurait pu les laisser me torturer comme une bête. Puis elle m'a couvert en faisant feu sur cette plage.

L'Amiral semblait presque surpris.

– Je te trouve terriblement sentimental, tout à coup, remarqua-t-il. Je ne te reconnais pas. Tu viens de te mettre plus de vingt morts sur le dos, avec cet Estévez et les autres phalangistes… Ne me dis pas que tu te soucies de cette chienne bolchévique.

– Elle m'a sauvé la vie une fois et demie.

– Et alors ? Tu crois que c'était gratuit ? Oublie ça et tu dormiras mieux. Ce qui, tu l'avoueras, ne te pose pas de grands problèmes. Jusqu'à présent, les remords ne t'ont jamais donné la moindre insomnie… En supposant que tu saches ce que le mot *remords* veut dire.

13

LE SOURIRE
DU COLONEL QUERALT

Quand Falcó arriva au Gran Hotel, il restait encore une heure et demie avant le couvre-feu. Il laissa son chapeau et son manteau au vestiaire et alla tout droit au bar, qui était animé, et prit appui sur le bord du comptoir pour se hisser sur un tabouret. Sans même lui demander ce qu'il voulait boire, le barman se mit à préparer un hupa hupa dans le shaker. Falcó tira à lui un cendrier, sortit son étui à cigarettes et alluma une Player's. Puis il regarda autour de lui : il y avait peu de femmes. La clientèle habituelle était parsemée d'uniformes d'officiers de tous bords : armée régulière, légionnaires, miliciens carlistes, phalangistes. Il fut surpris par la présence d'Allemands et d'Italiens ; ils ne devaient pas être arrivés à Salamanque depuis bien longtemps, c'était la première fois qu'il en voyait là. Ils étaient déjà moins soucieux des règles de conduite, remarqua-t-il non sans ironie. Un élégant capitaine italien avec une petite moustache taillée et une chemise noire sous l'uniforme gris s'approcha pour lui demander du feu ; au déclic parfait et à la flamme tout aussi irréprochable du Parker Beacon, il remercia Falcó d'un large sourire. Celui-ci pensa alors aux pudiques dames de la nouvelle Espagne catholique toutes à leurs neuvaines, leurs messes et leurs rosaires. Aux veuves de guerre et à celles qui avaient un fiancé ou un mari sur le front, ou à d'autres qui souffraient tout simplement de la faim, avec des enfants ou des proches à nourrir, et aussi quelque chose à offrir, entre les jambes, éternel recours des femmes dans tous les cas de malheur et toutes les guerres depuis que le monde est monde. Les types comme ce capitaine, estima-t-il objectivement, allaient s'en donner à cœur joie.

– Votre cocktail, don Lorenzo.

– Merci, Leandro.

– Je suis content de vous voir de nouveau par ici.

– Et moi content que tu m'y voies.

Il essayait de ne penser à rien. Ou plus exactement, pour écarter la pensée sur laquelle il ne voulait pas s'attarder, il s'efforçait de distraire son esprit. En repérant par exemple, se dit-il tandis qu'il promenait un regard autour de lui tout en ajustant son nœud de cravate, s'il n'y aurait pas un plaisir immédiat à tirer de ce que les femmes disponibles dans son rayon d'action pouvaient avoir à offrir. Greta Lenz et son mari – l'Allemande avait adressé à Falcó un léger salut en le voyant entrer – étaient assis à l'une des tables du fond, en compagnie de deux types blonds qu'il ne connaissait pas. L'un des deux était en uniforme de la Luftwaffe : territoire *verboten*, par conséquent. Du moins pour le moment, avec le mari présent. Il achevait son tour d'horizon quand il aperçut Lisardo Queralt.

Le colonel de la Guardia Civil, chef de la police et de la sûreté, l'avait également vu. En civil, il était à l'autre bout du bar, en train de discuter avec un groupe d'individus très bien vêtus. Falcó connaissait de vue deux d'entre eux : un marquis d'il ne savait plus quoi, maître de grandes propriétés proches de la frontière portugaise, et un négociant galicien qui avait amassé une fortune considérable en fournissant en boîtes de conserve les troupes de Franco. Ils riaient et fumaient des havanes. Quand leurs regards se croisèrent, Queralt leva en direction de Falcó, en une sorte de toast ironique, le verre d'anis dans lequel il trempait l'extrémité de son cigare. Puis, avec le plus grand flegme, il but une gorgée, posa le verre sur le comptoir et vint vers lui.

– Tiens, tiens, voyez un peu qui est ici… Le marcassin du Sanglier.

Ses épaisses lèvres pâles souriaient dans un visage sombre aux yeux redoutables. Un sourire porcin et content de lui, se dit Falcó pendant que Queralt hissait sa corpulence sur le tabouret voisin. Il portait une bague en or avec une grosse pierre bleue au petit doigt de la main gauche, qui arborait un ongle trop long. Falcó se demanda ce que cet enfant de putain pouvait bien en faire.

– Nous ne nous sommes pas encore parlé, vous et moi, dit Queralt.

Falcó but à sa coupe et tira sur sa cigarette.

– Nous n'avons rien à nous dire, fit-il en exhalant la fumée.

– Vous vous trompez. J'avais pensé vous convoquer officiellement, mais je suppose que vous seriez allé vous blottir, à l'abri, dans le chaud giron de votre chef. Et je ne veux pas de complications, pour le moment. Mais je vous assure que tôt ou tard nous ferons causette.

– On dirait une menace.

– Hou. Ce n'est pas mon intention. C'est juste une proposition.

– Et de quoi voudriez-vous que nous parlions ?

Queralt tira sur son havane. Il regarda la cendre, et tira de nouveau dessus.

– De la femme, bien sûr.

– Quelle femme ?

Le chef de la sûreté l'observa, sardonique. Sûr de lui. De son pouvoir et de sa position.

– On vous a déjà dit qui est en réalité cette Eva Rengel ?

– Personne ne m'a rien dit.

Les lèvres porcines se fendirent d'un sourire malveillant.

– Vous mentez. Bien sûr qu'on vous en a parlé. Vous ne le savez que trop. Je serais curieux d'apprendre depuis quand vous le savez. C'est une des questions que j'aimerais vous poser. Et je ne manquerai pas de vous la poser dès que j'en aurai l'occasion. Une occasion plus favorable que celle-ci... plus intime.

Falcó ne répondit pas. Il semblait interroger des yeux les bouteilles alignées sur les rayons, de l'autre côté du bar.

– Vous ne voulez vraiment pas savoir ce que nous sommes en train de lui faire ? insista Queralt.

Falcó continuait de promener son regard sur les bouteilles, impassible. Mais cette impassibilité était tout extérieure. Avec quel plaisir, se dit-il, je prendrais un de ces flacons pour le fracasser sur le crâne de cette ordure. Lui écraser son cigare sur les gencives. Et il laissa libre cours à son imagination.

– Elle vous a tous bien eus, pas vrai ?... Vous, votre chef. Les phalangistes. Elle vous a tous possédés.

D'un petit coup de son index, Falcó fit tomber la cendre de sa cigarette dans le cendrier.

– Vous perdez votre temps avec moi, dit-il enfin, en montrant d'un mouvement du menton les amis de Queralt. Retournez à vos affaires.

– Vous et le Sanglier n'êtes que des imbéciles... Vous vous êtes fait avoir par une pute d'espionne rouge. Par une Russe.

Falcó se tourna à demi sur le tabouret, pour faire face à l'adversaire. Ses muscles étaient bandés, prêts à l'attaque. Mais il savait que ce n'était pas possible dans un tel lieu. Avec ce salaud. Et encore moins en présence de tant de gens. Aussi ravala-t-il sa colère, véritable cuillérée de bile amère.

– Seriez-vous venu me provoquer, colonel ?

Ses traits s'étaient durcis et Queralt s'en rendit compte. Il regarda les mains de Falcó, comme pour s'assurer s'il avait quelque chose à craindre d'elles. Mais cette tension ne dura qu'un instant. Son pouvoir personnel et l'endroit le tranquillisèrent, sans doute, donnant plus d'aplomb à son infamie.

– Nous commençons à apprendre certaines informations au sujet de cette femme, dit-il lentement, pour distiller son propos avec une malignité patente. Grâce à quelques amis français, et toujours en payant d'avance le prix convenu, parce qu'en ce domaine personne ne fait de cadeau, nous est parvenu du Deuxième Bureau un rapport assez complet, tout succinct qu'il soit... Voulez-vous que je vous en donne un aperçu ?

– Faites ce qui vous plaît.

Queralt y alla donc de son résumé. Malgré sa jeunesse, Eva Neretva – alias Eva Rengel – avait une longue expérience d'agent soviétique. Son père était un exilé russe anticommuniste, sa mère une Espagnole professeur de littérature à Londres. Les relations tendues avec son père l'avaient poussée à changer de camp. Étudiante, elle distribuait des tracts de propagande communiste aux marins sur les quais. Ce qui attira sur elle l'attention du Parti. À dix-neuf ans, elle était allée en Union soviétique, où elle avait été recrutée et entraînée par le NKVD. Puis elle s'était rendue à Paris, pour y infiltrer les cercles de Russes blancs, et elle le fit avec une efficacité telle qu'elle intégra le Bureau des opérations spéciales qui, comme Falcó ne le savait sans doute que trop bien, était un service soviétique spécialisé dans l'infiltration, l'assassinat et les missions les plus secrètes. Ses activités en France entraînèrent l'enlèvement de plusieurs éminents trotskistes, qui furent expédiés à Moscou, où ils connurent une triste fin dans les sous-sols de la Loubianka. Et quand l'agitation politique commença en Espagne, elle y fut envoyée avec le premier petit groupe d'agents dirigés par Pavel Kovalenko. Elle y était en mission depuis cinq mois au moment du soulèvement militaire.

– Voilà la perle que vous nous avez apportée d'Alicante, conclut Queralt.

Falcó avait terminé sa cigarette. Il l'écrasa avec soin dans le cendrier et prit encore quelques secondes avant de poser une question.

– Qu'êtes-vous en train de lui faire ?

Queralt se montra enchanté par cette marque de curiosité. Il éclata d'un rire grossier et fielleux qui fit tomber la cendre du cigare sur son veston.

– Ça vous intéresse donc ? Ce que nous lui faisons ?... Eh bien, je vais vous le dire. Je l'ai mise entre les mains de mes meilleurs éléments, des garçons calmes, patients, expérimentés, de ceux qui savent prendre leur temps. Des subalternes spécialisés, capables de faire dire à n'importe qui ce qu'il a fait, et même, si nécessaire, ce qu'il n'a jamais imaginé faire. Je leur ai donné l'ordre d'y aller doucement, de tirer d'elle tout ce qu'ils pourront en tirer, noms, endroits, opérations, contacts, en attendant que l'on conduise cette salope au poteau d'exécution... Voilà où ils en sont. À jouer aux questions et réponses, comme dans les concours radiophoniques.

– Où la détenez-vous ?

– Ça, ça ne vous regarde pas.

Queralt se leva du tabouret. Son sourire était devenu sombre.

– Parmi tous les noms que pourrait donner cette poulette, le vôtre pourrait apparaître, ajouta-t-il. Alors je n'aurais pas d'autre choix que d'obtenir l'autorisation officielle de vous interroger, à votre tour... Je n'ai rien contre vous, notez-le bien. – Il parut réfléchir un instant. – Ou peut-être que oui, après tout. Enfin. Ce sont les choses de la vie.

Falcó soutenait son regard, sans rien manifester.

– Rien de ce qu'elle pourra dire ne m'inquiète.

– C'est ce que vous croyez.

Queralt lui tourna brusquement le dos et rejoignit ses amis, laissant son sourire méprisant et sinistre imprimé sur la rétine de Falcó, dont le cerveau brûlait d'une colère froide, continue. Avec un désir – il en reconnaissait les signes avant-coureurs – d'infliger de la douleur, ou de tuer. D'effacer dans la violence ce sourire. Alors, au bout d'un moment, il demanda à Leandro un autre cocktail, l'avala avec deux comprimés de Cafiaspirina, alluma une autre cigarette et se mit à réfléchir.

Il réfléchissait encore quand il monta dans sa chambre, s'allongea sur le lit tout habillé et fuma cigarette sur cigarette en contemplant le plafond, sans bouger ; puis il se leva, fit les cent pas, s'arrêtant devant la fenêtre pour regarder la rue devenue une fosse de ténèbres, en prévision d'une éventuelle attaque aérienne. La nuit est neutre, se dit-il. Elle ne prend parti ni pour l'un ni pour l'autre, et soutient celui qui se met de son côté. Qui se sert d'elle.

Les comprimés de Cafiaspirina et l'adrénaline répandue dans son sang par le sourire de Lisardo Queralt lui procuraient une extrême lucidité, une perception aiguë de toute chose, de l'espace, du temps, de la nuit noire et des possibilités qu'elle offrait. Il se livra à quelques calculs, fouilla dans les documents qu'il rangeait dans ses tiroirs et en sortit un. Il ôta la housse de la machine à écrire portable Underwood qui était sur la table. Quand il décrocha le téléphone de la chambre connecté à la petite permanence de l'hôtel, la standardiste eut la surprise de l'entendre, à cette heure de la nuit, demander de lui faire monter deux œufs durs. On les apporta un quart d'heure plus tard, encore tièdes. Il donna un pourboire au garçon d'étage et alla les poser sur la table à laquelle il s'assit, près de la fenêtre. Lorsqu'il les eut soigneusement écalés, avec la lame de son rasoir il coupa une tranche régulière dans la partie la plus épaisse du blanc figé. Puis il appliqua un côté de la tranche ainsi obtenue sur le cachet d'un document à en-tête du quartier général qu'il avait mis de côté et, après s'être assuré qu'une partie de l'encre s'y était bien décalquée, il la transféra, comme d'un coup de tampon, sur la feuille de papier où il venait de taper un texte à la machine. Il ôta le capuchon d'un stylo à encre, apposa un paraphe et laissa sécher l'encre avant de plier la feuille en quatre et de la ranger dans une de ses poches. Maintenant, c'était lui qui souriait quand, après avoir mis tout ce dont il pouvait avoir besoin dans son manteau et son veston, y compris une enveloppe avec de l'argent puisé dans sa cachette au-dessus de l'armoire, il ferma la porte derrière lui et s'engagea dans le couloir.

– Que diable veux-tu encore à cette heure ?

L'Amiral le reçut de mauvaise humeur. Centeno, son enseigne, avait cette fois hésité à laisser entrer Falcó. Il était plus de vingt-trois heures, et le maître de maison était en robe de chambre, ses pantoufles aux pieds. Sous la robe de chambre, il portait un pyjama rayé gris et blanc.

– Vous parler, monsieur.

– Ça ne peut pas attendre demain ?

– Non.

La sécheresse de la réponse parut éveiller la curiosité de l'Amiral. L'œil de verre et son pair vivant, à la fois irrité et alerte, convergèrent sur Falcó. D'un geste, il ordonna à Centeno de se retirer. Puis il regarda de nouveau, d'un air pensif, son agent.

– Tu veux boire quelque chose ?

– Non, merci.

Ils passèrent au salon. Qui était dans l'obscurité. L'Amiral ferma les rideaux de la porte-fenêtre et alluma la lampe de bureau.

– Assieds-toi.

– Je préfère rester debout.

L'Amiral alla se caler dans le fauteuil à bascule et s'y balança quelques instants. Puis il se tint tranquille.

– Ce doit être important, dit-il enfin, pour que tu viennes m'importuner à cette heure.

– Ça l'est.

– Il vaut mieux pour toi que ça le soit.

Falcó regarda la cheminée. Le feu était presque éteint, il n'en restait que quelques cendres fumantes. Le chat ne se montrait nulle part.

– J'ai parlé au colonel Queralt. Que j'ai rencontré au bar de l'hôtel... C'est lui qui est venu me trouver.

L'Amiral lui adressa un regard de reproche.

– C'est pour me dire ça que tu m'as tiré du lit ?

– Ce type souriait, monsieur. Il gardait tout le temps ce sale sourire. Il paraissait enchanté.

– Et alors ?

– Je ne peux pas m'ôter ce sourire de la tête.

L'Amiral le considérait, comme s'il ne pouvait en croire ses oreilles. Il finit par pousser un soupir excédé.

– Va dormir. Que veux-tu que je te dise. Bois un verre et va-t'en... Trouve-toi une femme.

– Il aurait fallu que vous le voyiez sourire, monsieur.

– J'ai déjà vu ça. Il a du pouvoir, il le sait et il adore ça. On l'a tenu à l'écart dans cette affaire d'Alicante, et maintenant il prend sa revanche. C'est normal. – Il montra le couloir d'un geste mécontent. – Et à présent, file.

Falcó ne bougea pas. Il resta debout près de la cheminée, manteau déboutonné et chapeau à la main.

– Où la détiennent-ils, Amiral ?

Son chef eut l'air stupéfait. Son expression balançait entre l'incrédulité et la colère.

– Peu importe où ils la détiennent. Cette femme ne nous intéresse plus.

– Dites-moi où elle est.

– Pas question.

– Vous le savez ?

– Bien sûr. Mais je n'ai pas l'intention de te le dire.

Le regard de Falcó chercha l'œil indemne de son interlocuteur.

– Je ne vous ai jamais rien demandé, monsieur... Depuis cinq ans, j'ai toujours fait ce que vous m'avez ordonné de faire, et je ne vous ai jamais rien demandé.

– Je me fiche de ce que tu me demandes ou ne me demandes pas. – L'Amiral serra les poings avec impatience. – Je te dis qu'Eva Rengel est en d'autres mains que les nôtres. Pour l'amour de Dieu, mon garçon, c'est une putain de bolchévique. Une espionne des rouges.

Falcó inclina un peu la tête, puis promena lentement son regard autour de lui, décrivant presque un cercle, comme s'il essayait de trouver de nouveaux arguments dans la pénombre, entre les quatre murs. Au bout d'un moment, il haussa les épaules.

– Vous rappelez-vous quand vous m'avez recruté ?

– Bien sûr.

– Nous étions dans ce café de Costanza, le Venus. N'est-ce pas ?

– Oui... Juin 1931.

– C'est ça. Nous étions tous les deux assis devant la porte à regarder le paysage, et vous m'avez alors dit quelque chose que je n'oublierai jamais : « J'ai servi une monarchie et une république, et je ne sais pas ce que je servirai à l'avenir. Ce travail serait insupportable sans certaines règles tordues. Ces règles ne sont sans doute ni conventionnelles ni très dignes, mais ce sont les nôtres. Même si la plus importante de toutes est justement l'absence apparente de règles... » Vous rappelez-vous m'avoir dit ça ?

– Ce n'est pas la seule fois que je l'ai dit.

– Les autres fois ne me concernent pas. Je sais ce que vous m'avez dit.

– Supposons que je m'en souvienne. – L'expression de l'Amiral s'était adoucie. – Où veux-tu en venir ?

Falcó eut un léger sourire. Presque nostalgique.

– Savez-vous ce qui m'a décidé à accepter votre offre ?

– Non.

– Le mot *apparente*, c'est tout. Que vous avez prononcé. L'absence apparente de règles.

Un silence absolu et très long suivit. L'Amiral faisait doucement aller et venir son fauteuil à bascule, son œil indemne rivé sur Falcó.

– C'est vrai, dit-il. Si peu que l'on vive, la vie ôte leur majuscule aux mots auxquels on la mettait : Honneur, Patrie, Drapeau...

Le sourire de Falcó se fit reconnaissant.

– Tout juste, Amiral. Et alors il n'y a plus que ça : l'apparente absence de règles. Qui, entre les gens tels que nous, est une règle aussi valable que toute autre.

Son chef avait cessé de se balancer. Son expression avait changé.

– Que comptes-tu faire ?

– Effacer le sale sourire de Lisardo Queralt.

Il l'avait dit tout simplement, avec une franchise spontanée que ne manqua pas de remarquer l'Amiral.

– Tu es fou ! protesta-t-il. Et tu voudrais que je te prête main-forte pour le faire ?

– Je voudrais que vous me facilitiez les choses. Rien de plus. Le reste, j'en fais mon affaire. Vous savez qu'à aucun moment je ne vous impliquerai là-dedans.

– Tu risques d'être fusillé. Et de subir bien pire, en attendant le poteau d'exécution.

– Elle n'est pas en prison mais dans un lieu de détention privé. Queralt s'en est vanté devant moi... Où est-elle retenue ?

L'Amiral se leva brusquement, faisant presque choir en arrière le fauteuil à bascule. Il s'approcha des rideaux, comme s'il avait l'intention de les ouvrir, et s'immobilisa.

– C'est une espionne russe, putain.

– Qui m'a sauvé la vie une fois et demie, rappelez-vous.

– Ôte-toi de ma vue.

– Non.

L'Amiral tournait encore le dos à Falcó.

– Tu es un irresponsable. Tu vas tous nous mettre dans la merde.

– Pas tous. Seulement moi. Et si tout se passe bien, je m'en sortirai.

– Je croyais que tu étais un salopard à la tête froide, mais tu es un con.

– Ça se peut… Je ne vous ai jamais rien demandé, vous ai-je dit tout à l'heure. J'ai toujours été un bon soldat. Mais maintenant, je vous en prie… juste un endroit, monsieur. Une adresse. C'est tout ce qu'il me faut.

L'Amiral se retourna doucement. Les mains dans les poches de sa robe de chambre.

– Ils la détiennent dans une maison qu'utilise Queralt pour ses interrogatoires occultes, dit-il enfin. Un pavillon sur la route de Madrid, de l'autre côté de la rivière. À environ deux kilomètres d'ici, près d'une baraque de journaliers. Une maison d'un étage sur rez-de-chaussée, peinte en blanc. Appelée Villa Teresa.

Falcó souriait, radieux. Comme un gamin qui a obtenu de bonnes notes.

– Merci, Amiral.

– Qu'as-tu l'intention de faire ?… Je ne peux rien te donner, ni à toi ni à personne d'autre. Je ne peux pas me mêler de ça. D'une telle folie.

– Je ne vous le demande pas, vous n'avez pas à intervenir. Ce que vous venez de me dire est largement suffisant.

L'Amiral regarda la pipe sur le livre à côté de la lampe de bureau, mais il ne la toucha pas. Il finit par faire un geste d'impuissance.

– Tu as un avantage : tout est provisoire, ces temps-ci. Militaires, phalangistes, miliciens carlistes… Les gens vont d'un bord à l'autre, rien n'est clair. L'Espagne nationale reste à définir, et nous sommes souvent plongés dans le chaos. Peu à peu, tout s'organisera mieux, mais il y a encore des zones d'ombre. Des trous dans le filet.

– C'est justement de ça qu'il s'agit.

L'Amiral s'était approché de lui de très près. Il leva son index et lui donna des petits coups sur la poitrine. Trois, un après l'autre. Toc, toc, toc. Son expression était redevenue dure.

– Si l'on t'attrape enfoncé jusqu'au cou dans un de ces trous, dit-il à quelques centimètres du visage de Falcó, je nierai tout ce qui aura à voir avec toi. Je les aiderai même à te déchiqueter.

Il montrait les crocs, pour confirmer sa menace. Les yeux de Falcó étincelèrent, souriants.

– Bien entendu, monsieur.

– Plus encore. Je le ferai moi-même. En personne.

– Ça me paraît juste.

– Je me fous pas mal de ce qui te paraît juste ou pas.

Sur ces paroles, il émit un grognement de mauvaise humeur feinte. Un grognement un peu excessif. Quasi complice.

– Cette femme en vaut-elle vraiment la peine ?

Falcó, sincère, remua la tête.

– Ce n'est pas pour elle, monsieur, je vous en donne ma parole… C'est pour le sourire de Lisardo Queralt.

Une sonnerie électrique retentit à l'autre bout du couloir. L'Amiral regarda dans cette direction, surpris.

– Qui cela peut-il être, à cette heure ?

Les pas de Centeno résonnèrent dans le vestibule. La porte de la rue s'ouvrit et se referma. Peu après, l'enseigne s'arrêta, respectueux, à l'entrée du salon. Il avait une enveloppe fermée à la main.

– On vient de l'apporter, monsieur. Du quartier général du Caudillo.

– Donnez.

Centeno lui remit l'enveloppe.

– Avez-vous un ordre, monsieur ?

– Non, tu peux t'en aller.

L'enseigne quitta la pièce. L'Amiral jeta un rapide regard sur Falcó, et ouvrit l'enveloppe. Au bout d'un moment, il lissa sa moustache, remua la tête et plissa le front.

– Merde, fit-il.

– Mauvaises nouvelles ? s'intéressa Falcó.

– Ça dépend pour qui. Ce matin, dans la cour de la prison d'Alicante, les rouges ont fusillé José Antonio.

14

LA NUIT EST NEUTRE

La maison faisait une légère tache claire dans l'obscurité, d'un côté de la route. On la distinguait facilement, même si la nuit était sans lune et qu'aucune fenêtre n'était éclairée. L'ombre épaisse d'un bosquet de peupliers obscurcissait l'autre côté, entre la route et le cours invisible du Tormes. Après avoir rangé la voiture sur l'accotement – il avait parcouru les derniers cinq cents mètres tous feux éteints –, Lorenzo Falcó sortit d'une poche de son manteau le pistolet et d'une autre un tube d'acier cylindrique d'une vingtaine de centimètres de longueur et trois de diamètre qu'il ajusta délicatement à la bouche de l'arme, en le vissant en trois mouvements de rotation. Il s'agissait du dernier modèle de silencieux Heissefeldt, utilisé depuis seulement trois ans dans la police secrète allemande, qui avait l'avantage d'amortir les gaz de l'explosion et de réduire ainsi le bruit, mais faisant perdre en contrepartie un peu de précision au-delà de huit ou dix mètres. Falcó l'avait obtenu à Berlin deux mois auparavant, dans les toilettes de l'hôtel Adlon, des mains d'un sous-commissaire de la Gestapo, en échange de deux cents grammes de cocaïne. C'était la première fois qu'il allait s'en servir sur le terrain.

Il éprouvait le besoin de fumer une cigarette, mais dut résister à la tentation. Le moment ne s'y prêtait pas. Pistolet sur ses cuisses et mains sur le volant, il resta immobile plusieurs minutes, à regarder la maison et ses alentours jusqu'à ce que ses yeux, accoutumés à l'obscurité, puissent mieux déceler les détails de la construction, du bosquet proche et de la route. La voiture était une Citroën 7 du SNIO, dont Centeno lui avait remis les clefs sur ordre de l'Amiral – « Je pourrai toujours dire que tu l'as volée », avait-il déclaré négligemment. Le manteau et le chapeau de Falcó étaient posés sur le siège du passager, à côté de lui. Il avait revêtu un costume de tweed sombre, avec des chaussettes noires et des chaussures de sport très confortables aux semelles en crêpe. Un foulard de soie dissimulait le col blanc de sa chemise, sans cravate. Après cette pause, il palpa ses poches pour s'assurer que tout était bien à la place voulue et ne faisait aucun bruit : un jeu de rossignols enveloppé dans un mouchoir, deux chargeurs pour le Browning, de six balles chacun, en plus de celui qui était dans le pistolet, et le couteau à cran d'arrêt dans la poche droite de son pantalon. Il avait l'intention de laisser dans la voiture le manteau avec l'étui à cigarettes, le stylo à plume, le portefeuille, le briquet et la Cafiaspirina.

Après avoir en vain essayé d'apercevoir les aiguilles de sa montre, avec cette obscurité c'était impossible, il estima qu'il devait être environ deux heures du matin. Il attendit encore un peu, les yeux rivés sur la nuit, puis empoigna le pistolet, l'arma, ouvrit la portière et sortit. Il urina à trois pas de la voiture. Le froid était vif, mais c'était surtout l'humidité montée de la rivière proche qui était désagréable, aussi releva-t-il le col de son veston. Il avança doucement, l'esprit entièrement occupé par l'examen du sol sur lequel il posait le pied, de la maison toujours plus proche, des ombres qui noyaient le terrain et le bois. S'il était aussi concentré sur cette étude des alentours, c'était parce qu'il suivait par instinct un principe fondamental : avant de pénétrer en terrain inconnu, il faut savoir par où on peut le quitter, prévoir le meilleur chemin, le plus court et le plus sûr pour s'en éloigner avec discrétion et rapidité, selon le vieux code du scorpion : observe, frappe et file.

Il suivit les ombres les plus épaisses des arbres pour s'approcher du pavillon. Face à la porte, il y avait une grille de fer qui de part et d'autre se prolongeait en un mur peu élevé. Il essaya d'ouvrir la grille ; elle était fermée. Alors, il se hissa sur le muret sans difficulté. D'un saut, il retomba de l'autre côté. Il s'engagea entre les broussailles d'un jardin à l'abandon et arriva au pied du mur de la maison, toujours aussi silencieuse, sans signe de vie. Il attendit, effleuré par une inquiétude, se demandant si l'Amiral ne lui aurait pas joué un tour. Ou ne se serait pas trompé.

Il étudiait la Villa Teresa en la contournant quand il entendit un grognement proche et sourd, venu d'une masse qui se déplaçait. Un chien. La merde, se dit-il. Espérons qu'il est attaché. Un frisson le parcourut tandis que, par automatisme, il levait le pistolet. Le premier aboiement retentit très fort, menaçant, insupportable, à moins d'un mètre. Le second s'arrêta net quand Falcó appuya sur la détente. Le Browning tressauta dans sa main à cause du recul comme s'il avait une vie propre, éclairant d'une brève lueur la gueule béante, les crocs découverts et les yeux exorbités de l'animal. Le bruit du coup de feu, très amorti par le silencieux, se confondit avec ce second aboiement tronqué, et le calme revint.

Falcó resta sans bouger, dos au mur, calculant les effets probables de ce qui venait d'arriver. Puis, ayant recouvré son calme, il se déplaça avec rapidité et précaution. Les aboiements pouvaient avoir réveillé quelqu'un, ou pas, s'il y avait quelqu'un dans la maison. Tandis qu'il avançait, longeant le mur en direction de la porte d'entrée, il vit, à l'étage, une fenêtre s'éclairer. La certitude qu'il touchait au but se répandit en lui telle une onde de tension et de plaisir combinés, le pouls qui cognait bruyamment à ses oreilles, boum, boum, boum, se calma et reprit sa cadence normale. Tout allait bien, se dit-il. Ou presque. Il était sur la bonne voie. Prêt à faire ce qu'il était venu faire et à en assumer les conséquences. Quelles qu'elles fussent.

On accédait à l'entrée par trois marches et une sorte de porche. Falcó cherchait les crochets dans sa poche quand il vit s'éclairer l'encadrement de la porte et entendit le bruit d'une serrure, que l'on actionnait de l'intérieur. Il braqua le pistolet, le battant s'ouvrit et la silhouette d'un homme se découpa dans le léger contre-jour de la faible ampoule électrique du vestibule. Falcó tira à bout portant et, cette fois, sans aboiement pour le dissimuler, le coup retentit, semblable au bruit d'un gros morceau de bois qui casse. Crac. La silhouette s'affaissa comme une poupée de chiffon sur ses genoux, avant de s'écrouler, la tête à quelques centimètres des chaussures de Falcó. Pendant une fraction de seconde – une fois de plus dans sa vie –, il se dit que les gens se font une idée fausse de ce qui se passe quand quelqu'un est abattu. On se figure souvent qu'il tombe avec de grands gestes théâtraux ou porte une main à l'emplacement de l'impact, comme on peut le voir dans les films. Mais il n'en va pas ainsi. En réalité, il perd connaissance. À jamais.

Il enjamba le cadavre – dans la maigre lumière, il entra-perçut un pantalon, une chemise et des chaussettes – et entra dans la maison, l'arme à bout de bras. Le salon, à la faible clarté de la lampe, se révéla meublé de façon conventionnelle. Ça sentait le renfermé, le moisi, les tapis et les rideaux peu aérés, comme dans les cinémas ou autres lieux publics. L'endroit avait sans doute été une résidence secondaire confisquée à ses propriétaires et ensuite utilisée par des gens de passage qui ne s'embarrassaient guère de propreté. Falcó reconnaissait ce type de lieu. Celui-ci, discret, était tout ce qu'il fallait aux hommes de Lisardo Queralt pour y enfermer leurs prisonniers et y conduire leurs interrogatoires occultes, comme l'avait dit l'Amiral, en toute discrétion et impunité. Il convenait parfaitement à cet usage. Dans le fond, il y avait un escalier dont une volée montait à l'étage et l'autre descendait vers le sous-sol. Falcó décida de garder le sous-sol pour la fin. Avant de se diriger vers le niveau supérieur, il remplaça le chargeur dans lequel il ne restait que trois balles – la quatrième avait été engagée automatiquement dans la chambre après le second tir – par un autre, de six balles. Il s'essuya les doigts à la jambe de son pantalon, et empoigna de nouveau l'arme. Maintenant, il avait chaud. Sa main se couvrait de sueur et le foulard de soie à son cou était étouffant. Il l'enleva et le laissa tomber.

Alors il entendit une voix, en haut. Masculine, irritée, elle brailla quelque chose qu'il ne put comprendre ; elle semblait avoir lancé un nom, peut-être celui de l'individu couché en travers de la porte. Avec la plus grande précaution, en posant d'abord le talon de la chaussure par terre avant le reste de la semelle, il parvint au bas de l'escalier, regarda vers le haut et vit une rampe en bois se découper dans la lumière d'une lampe, sans doute celle d'une chambre dont la porte venait de s'ouvrir. Le pistolet pointé vers le milieu de l'encadrement de la porte, il monta l'escalier de la même manière, en retenant son souffle. Une, deux, trois, quatre, cinq marches. Arrivé sur un petit palier, il s'arrêta, l'arme toujours dirigée vers la porte, respira lentement, profondément, pour bien oxygéner ses poumons, et posa un talon sur la marche suivante. À ce moment-là, la voix masculine retentit de nouveau, une ombre tomba sur la rampe et un visage apparut au-dessus. Cette fois, Falcó put voir nettement à quoi ressemblait l'homme : brun, d'âge moyen, baraqué, moustachu, en caleçon et maillot de corps à bretelles. Il tira deux fois, parce que la première balle avait fait voler un éclat du bois de la rampe et qu'il douta que le coup ait porté. La seconde balle avait soustrait l'homme à sa vue. Il monta rapidement les marches et le vit couché à la renverse sur le sol, bras et jambes écartés comme s'il s'étirait. Il présentait un impact à la poitrine – simple trou dans le maillot, sans trace de sang – et un autre au cou, d'où sortaient par intermittence des jets d'un rouge vif. Il semblait mort, mais quand Falcó arriva près de lui, l'homme remua les jambes et poussa une longue plainte rauque. Ses yeux ouverts, vitreux, étaient rivés sur Falcó. Alors, celui-ci se pencha légèrement et, appuyant la bouche du silencieux contre le cœur du type afin d'atténuer plus encore le son, pressa la détente.

Il alla ouvrir les portes prudemment, l'une après l'autre. Il y en avait cinq, dont celle d'une salle de bains. Dans la chambre de l'homme qu'il venait d'abattre, il n'y avait personne d'autre. La suivante était vide. Au bout du couloir, deux grands vantaux en verre dépoli fermaient ce qui devait être la principale chambre à coucher, et il s'en approcha. La seule lumière de l'étage venait de la pièce d'où était sortie sa victime ; elle éclairait l'escalier et une partie du couloir. Falcó s'arrêta devant les deux battants de verre, mit la main sur la poignée et poussa doucement. L'intérieur était plongé dans l'obscurité. Pistolet dans la main droite, il tâta de la gauche le mur pour trouver l'interrupteur, et quand il l'eut fait jouer et que la pièce s'éclaira, il vit Eva Rengel couchée le dos sur un sommier – le matelas avait été enlevé – auquel elle était attachée par les poignets et les chevilles, les jambes très écartées, dans une posture sans défense et obscène. Nue, elle avait levé un peu la tête et le regardait avec des yeux hagards, vides, où se mêlaient le sommeil, l'ahurissement et l'épouvante.

Falcó résista à l'envie d'aller vers elle. Il lui restait une chambre à inspecter, et le sous-sol. Il devait s'assurer qu'il n'y avait personne d'autre dans la maison. Il tourna donc les talons pour quitter la pièce et, ce faisant, se heurta à un type qui sortait de la chambre contiguë déchaussé, rentrant les pans de sa chemise dans son pantalon d'une main. Dans l'autre, il tenait un revolver. Pendant les deux secondes qu'il lui fallut pour revenir de sa surprise et passer à l'action, Falcó – trop près de lui pour pouvoir se servir du pistolet muni de ce maudit tube bien trop long – se dit que si les sbires de Lisardo Queralt étaient encore nombreux, tout pouvait mal finir. Avec ce nouvel adversaire, il venait d'atteindre la limite de ses possibilités.

– Que diable... ? fit l'homme.

Celui qui le regardait les yeux écarquillés, déconcerté, encore somnolent, était mince, brun, avec des poils qui bleuissaient son menton, et plutôt costaud, constata Falcó, dépité, quand, en lui donnant un coup sur le poignet pour lui faire lâcher le revolver, il rencontra la résistance d'un bras musculeux. Sachant que son pistolet lui serait inutile, il le laissa tomber et, tandis que de sa main gauche il essayait d'obliger son adversaire à lâcher son arme, de sa droite il l'empoignait par la nuque, assez fermement pour l'immobiliser et lui envoyer un violent coup de tête dans la figure, qui fit entendre un craquement d'os et de cartilages. Crac ! L'homme recula, titubant maladroitement et battant des mains pour essayer de conserver son équilibre pendant que le sang se mettait à pisser de son nez, maintenant tordu sur le côté de façon grotesque. Mais il ne lâchait pas le revolver, et Falcó dut l'attaquer de nouveau avec l'énergie du désespoir, car si ce canon se tournait vers lui, ses chances seraient plus que réduites. Heureusement pour lui, son adversaire était encore assez sonné pour ne pas lui opposer une grande résistance quand il lui envoya son genou dans la cuisse, à la hauteur de la tête du fémur, réussissant ainsi à le faire tomber et à se jeter sur lui.

Le coup de feu retentit tout près du flanc gauche de Falcó qui, un instant assourdi par l'explosion, crut qu'il avait reçu la balle dans le corps. Mais il ne sentait rien, même pas la brûlure de la déflagration. Seulement une âcre odeur de poudre. Il continua de frapper l'homme au visage, systématiquement, cette fois avec son poing droit, du haut vers le bas, s'acharnant à viser le nez cassé, jusqu'à ce que le gaillard se mette à hurler comme une bête et finisse par lâcher son arme. Alors, le saisissant d'une main par la gorge, Falcó chercha le couteau à cran d'arrêt dans la poche de son pantalon, pressa sur le bouton et, une fois la lame dépliée, en posa la pointe sous le menton de son adversaire. Devinant ce qui allait se passer, les yeux exorbités, celui-ci le regarda avec épouvante à travers le barbouillage sanglant de son visage. Falcó enfonça alors la lame d'un coup sec, vers le haut, et un crachat de sang lui sauta à la figure.

Il s'essuya avec un pan de la chemise du mort, nettoya le couteau, en replia la lame et le rangea dans sa poche. Après quelques instants employés à recouvrer sa lucidité et ses forces, il se releva au-dessus du corps immobile, prit son pistolet, en ôta le silencieux – le coup de feu avait balayé tout espoir de discrétion – et le mit dans la poche de son veston. Il tourna le dos à la porte de la chambre éclairée où gisait Eva et se refusa à regarder en arrière. Il serait toujours temps de le faire. Le plus urgent étant de s'assurer qu'il n'y avait personne d'autre dans la maison, il descendit au sous-sol. L'endroit n'était certes pas agréable ; il ressemblait même assez à la pièce de la tchéka d'Alicante où les rouges lui avaient fait subir leur interrogatoire. En fait, se dit-il, toutes les chambres de torture du monde ont un air de famille. Il s'était trouvé dans quelques-unes d'entre elles, aussi bien du côté de celui qui pose les questions que de celui qui est supposé y répondre, et il était facile de les reconnaître : la chaise où l'on assied le prisonnier, la table sur laquelle on l'attache, les matraques, les nerfs de bœuf et autres instruments destinés à infliger la douleur. Cette cave, en particulier, avait deux grands projecteurs orientables destinés à éblouir le prisonnier. Les films de gangsters de Hollywood donnent de bonnes idées. Sur la table, il y avait un cendrier plein de vieux mégots, et dans un coin un seau dégoûtant et puant avec ce qui semblait bien être des vomissures – Falcó frémit en pensant que c'étaient celles d'Eva Rengel – sous un portrait du Caudillo et un drapeau rouge et jaune des nationaux accroché au mur avec des punaises.

De retour au rez-de-chaussée, il alla jusqu'à la porte, attrapa le cadavre par les pieds et le traîna à l'intérieur de la maison, traçant sur le sol un ruisseau de sang. Il le laissa tel qu'il était, couché sur le ventre, sans même regarder son visage. Puis il ferma la porte. Il avait la gorge sèche comme si on lui avait frotté la langue, les gencives et le palais avec un tampon abrasif, aussi se dirigea-t-il vers la cuisine. Il y trouva une bouteille de brandy, dont il ne fit aucun cas, et une autre de vin, près d'une boîte de beurre hollandais et de quelques morceaux de pain. Il versa du vin dans un grand verre, le mélangea à de l'eau du robinet et but sans reprendre son souffle avec avidité. Puis il monta à l'étage. Les deux autres cadavres étaient toujours dans le couloir, l'un près de la rampe de l'escalier, l'autre près de la porte en verre dépoli de la chambre principale. Celui en maillot de corps à bretelles – une mare de sang s'étalait maintenant sous lui, cinq gros litres qui gouttaient sur les premières marches de l'escalier – portait au cou une chaîne en or avec une médaille du Sacré Cœur de Jésus. Il avait les yeux entrouverts et une expression de surprise, comme si avant de mourir il s'était dit qu'une chose pareille ne pouvait pas lui arriver, à lui. Ce qui est fréquent. Quant à l'autre, son visage n'était plus qu'un masque rouge. Falcó se demanda lesquels, parmi eux, s'ils ne s'y étaient pas tous mis, avaient violé Eva Rengel. Il entra dans les chambres, examina les papiers des morts – c'étaient des agents de la direction de la police et de la sûreté – et il garda ceux de l'un d'eux, qui présentait une certaine ressemblance avec lui. On ne sait jamais, se dit-il. Il est des postes de contrôle et des frontières où la nuit tous les chats sont gris. Il prit aussi leur argent. Sur une des tables de nuit, il trouva un paquet d'Ideales et un briquet ; alors, il s'assit sur les draps fripés du lit d'un des hommes qu'il venait de tuer et fuma, pendant cinq minutes, sans se presser. L'esprit vide. Ensuite, il laissa tomber le mégot par terre, l'écrasa sous son pied, se leva et se dirigea vers la grande chambre.

Il coupa les liens d'Eva Rengel avec son couteau, et la couvrit d'une courtepointe. La jeune femme le regardait sans dire un mot, et ne poussa qu'une brève plainte quand le tissu frôla les brûlures de cigarette sur ses seins. Elle était très pâle, ce qui faisait ressortir les traces des coups sur son visage et le reste de son corps. En touchant sa peau nue, Falcó s'avisa qu'elle était froide, couverte d'une fine couche de sueur, à peine perceptible, mais qui semblait pourtant geler chaque pore. Sous l'épaisse courtepointe, elle tremblait comme si l'on venait de la sortir d'un bain de glace. Elle avait la lèvre inférieure à moitié fendue, avec une grosse croûte de sang, les paupières gonflées et des cernes bleuâtres sous les yeux. Elle sentait l'urine et la crasse. Avec ses cheveux courts et blonds, que la sueur froide avait mouillés, elle paraissait encore plus sans défense et plus jeune.

– Nous n'allons pas pouvoir rester ici très longtemps, dit Falcó.

Elle le regardait comme si elle peinait à le reconnaître. Enfin, elle baissa et releva les paupières, sonnée. On aurait dit qu'elle donnait son approbation. Après un instant de réflexion, Falcó descendit au rez-de-chaussée et en revint avec la bouteille de brandy, celle de vin et la boîte de beurre qu'il avait vues dans la cuisine. Puis il s'assit sur le sommier et versa délicatement quelques gouttes de brandy dans la bouche de la jeune femme. Celle-ci remua d'abord la tête en signe de refus, mais il insista jusqu'à ce qu'elle gémisse de nouveau quand l'alcool eut pénétré dans la plaie de ses lèvres. Alors Falcó la découvrit en partie et lava cette déchirure et les blessures de ses seins avec du brandy dilué dans le vin, puis il appliqua du beurre sur les brûlures. Pendant tout ce temps, il sentit les yeux d'Eva rivés sur lui.

– Tu as trop tardé, articula-t-elle péniblement, d'une voix à la fois faible et rauque.

Elle avait dû rudement s'égosiller, en conclut-il.

– Ce n'était pas prévu, répondit-il.

– Non… ça ne l'était pas.

Falcó regarda autour de lui. Les vêtements de la jeune femme étaient en tas, par terre. Il se leva pour les ramasser.

– Tu vas pouvoir marcher ?

– Je ne sais pas.

– Il va falloir essayer.

Il retira la courtepointe et entreprit de l'habiller avec beaucoup d'attention. Elle avait des hématomes sur le visage, le ventre et les cuisses, des restes de sang séché entre les poils pubiens. Ses vêtements étaient sales et très fripés, le chemisier déchiré, les bas inutilisables, mais il ne trouva pas autre chose. Ils l'avaient sortie ainsi de la résidence de la Section féminine de la Phalange, sans valise. Sans rien d'autre que ce qu'elle portait sur elle. Pas même un manteau. Il la releva un peu, lui mit sa combinaison et sa jupe. Elle lâchait parfois une plainte sourde, basse, contenue.

– Combien en as-tu tué ? demanda-t-elle tout à coup.

– Trois.

– Je n'en ai vu que deux. Les deux qui… m'ont interrogée.

– Peu importe. Là, ils sont trois.

Cela lui donna une idée. Il alla faire un tour dans les chambres et en revint avec une chemise d'homme et des chaussettes assez propres. Il assit la jeune femme sur le bord du sommier, lui ôta le chemisier déchiré et l'habilla avec ce qu'il avait trouvé. Il y ajouta le manteau du plus svelte des morts et un chapeau d'homme en feutre.

– Il faut partir.

Il l'avait aidée à se lever, et la soutenait tandis qu'elle faisait des pas incertains, le visage crispé par la douleur que provoquait le retour de la circulation sanguine dans ses jambes ankylosées.

– J'ai une voiture en bas. Tu pourras arriver jusque-là ?

– Je crois que oui.

– Allons-y. Doucement... Appuie-toi sur moi... C'est ça... Bien.

La jeune femme avait la tête posée sur l'épaule de Falcó.

– Où m'emmènes-tu ?

Il fit un geste ambigu.

– Loin.

Ils passèrent près des deux morts du couloir, descendirent l'escalier très lentement et arrivèrent au rez-de-chaussée. En approchant de la porte, elle vit le corps étendu par terre et le ruisseau de sang qui allait jusqu'au seuil.

– Pourquoi fais-tu ça ?

Falcó la soutenait par la taille. Il avait ouvert la porte et plongé la main dans la poche où se trouvait le pistolet, en scrutant l'obscurité pour essayer de détecter si elle recelait de nouvelles menaces. Mais tout semblait tranquille.

– Pour effacer le sourire d'une ordure, répondit-il.

Il conduisit tout le reste de la nuit avec Eva Rengel endormie sur le siège arrière, protégée du froid par le manteau du mort et celui de Falcó. Il se tenait éveillé en fumant cigarette sur cigarette, tandis que les phares de la voiture éclairaient les troncs d'arbres badigeonnés de chaux le long de la route et son visage, dont ils soulignaient le profil dur dans la pénombre. Il conduisait avec assurance, changeait de vitesse et agrippait le volant d'une main ferme. Il connaissait bien cette nationale. Mais, de temps en temps, il la quittait pour emprunter des routes secondaires, et même des chemins de terre ou gravillonnés entre des champs plongés dans l'obscurité, afin d'éviter les agglomérations et les postes de contrôle de l'armée. Il ouvrait parfois une bouteille Thermos posée sur le siège voisin pour boire une gorgée de café, qui était maintenant presque froid. Il parcourut ainsi cent trente kilomètres en cinq heures jusqu'à la frontière, en s'arrêtant aux deux tiers du trajet pour remplir le réservoir avec trois bidons d'essence qu'il avait rangés dans le coffre. Ce qui ne réveilla même pas Eva Rengel, plongée dans un long et profond sommeil – il lui avait fait avaler des comprimés d'aspirine pour calmer un peu ses douleurs – que n'altéraient que quelques gémissements brefs, entrecoupés. On aurait dit une enfant qui faisait un cauchemar, et Falcó supposa qu'en rêve elle se voyait attachée au sommier dans ce maudit pavillon.

Ils arrivèrent à la frontière alors que le ciel s'ouvrait, découvrant une ligne rouge du côté de l'Espagne, qu'ils laissaient derrière eux. C'était un poste secondaire à l'entrée d'un petit pont sur le Duro, sans autre circulation que celle, habituelle, des contrebandiers et des habitants des villages voisins. Le moment que Falcó redoutait le plus était venu, mais, à sa surprise, tout se passa avec une facilité inespérée. La carte du Snio et le passeport authentiques, ainsi que le document falsifié sur lequel il avait tapé l'ordre du quartier général qui lui enjoignait de se rendre de toute urgence au Portugal accompagné d'une personne dont le nom devait être tenu secret, firent l'effet d'un sauf-conduit péremptoire sur le chef de poste moustachu et somnolent de la Guardia

Civil qui, dans la première clarté de l'aube, s'approcha pour contrôler l'identité des voyageurs. Sans doute l'homme était-il habitué à toutes sortes de curieux trafics, en ces temps troublés où réfugiés et contrebandiers n'arrêtaient plus d'aller et venir. Falcó n'eut même pas à recourir aux cinq cents pesetas qu'il avait prévues comme deuxième argument de persuasion – le troisième étant le pistolet au bout duquel il avait de nouveau vissé le silencieux. Après avoir jeté un coup d'œil sur les documents, le lieutenant les lui rendit et se mit au garde-à-vous, la main à la hauteur de la pointe de son tricorne, avant de lever la barrière. Du côté portugais, une centaine de mètres plus loin, après le pont, le douanier de garde ne fit même pas semblant de regarder leurs papiers. Il se contenta d'empocher l'enveloppe en se frottant les yeux pour en chasser les sanies qui les encombraient avant de regagner sa guérite.

La lumière opaque se déchira brusquement entre quelques nuages bas et devint resplendissante, laissant passer un premier rayon qui éclaira le sourire las et serein de Falcó, son menton où pointait la barbe, et ses paupières plissées dans la clarté du nouveau jour. Appuyé sur le capot de la voiture, immobile, il contemplait le lever de soleil. Chapeau rejeté en arrière, col de son veston relevé, mains dans les poches. Près de la route filait le muret de pierres sèches d'une propriété et, de l'autre côté, derrière quelques chênes épars, des taureaux noirs et lie-de-vin étaient couchés sur la prairie ou paissaient. Falcó regarda les nuages lointains, le ciel qui bleuissait au-dessus des pâturages verts, et il ferma un moment les yeux, satisfait. La journée, se dit-il, promettait d'être belle.

Il entendit claquer la portière de l'automobile et, quand il se retourna, Eva Rengel était à côté de lui. Elle tenait fermé sur sa poitrine le manteau trop grand pour elle, sous les pans duquel on voyait ses chaussures et les chaussettes de l'homme mort. Elle était toujours pâle mais semblait revenue à la vie.

– Reste à l'intérieur, lui dit-il. Tu es encore trop faible.

– Je suis bien, ici.

Elle vint s'appuyer contre le capot, près de lui. Falcó sortit son étui et lui offrit une cigarette, mais elle refusa d'un mouvement de tête.

– Il y a une auberge à une vingtaine de kilomètres d'ici, lui dit-il sur un ton égal. Nous pourrons y prendre un petit déjeuner.

– D'accord.

Ils restèrent un moment sans rien dire, se frôlant, épaule contre épaule, caressés par la lumière toujours plus vive et plus chaude.

– Que vas-tu faire de moi à présent ? demanda-t-elle enfin.

– Rien, répondit Falcó d'un air indifférent. Nous serons à Lisbonne dans l'après-midi.

– Ah.

Il se tourna vers elle pour l'examiner.

– Tu as des contacts, là-bas ?

Elle gardait les yeux fixés sur les prés. Sur les bêtes qui se déplaçaient doucement près des chênes.

– J'ai un contact, bien sûr, répondit-elle à voix basse.

Falcó observa son visage émacié, ses yeux rouges de fatigue et irrités par les coups, sa lèvre fendue. Il s'étonna que ses jambes pussent encore la soutenir. Après le traitement d'urgence, il avait appliqué sur la blessure à la lèvre un morceau de papier à cigarette en guise de pansement ; mais maintenant, en parlant, la plaie s'était rouverte et un petit filet de sang coulait sur son menton. Il sortit son mouchoir et le tamponna délicatement, sentant le regard de la jeune fille de nouveau fixé sur lui.

– Tu dois voir un médecin.

– Je suppose, oui.

Falcó alluma une Player's et fuma en silence. Ce fut Eva Rengel qui reprit la parole.

– Chacun a ses loyautés, dit-elle doucement.

– Bien sûr.

– Quoi qu'il en soit, je n'ai jamais très bien su quelles étaient les tiennes.

Falcó sourit, paupières à demi closes, cigarette au bec.

– Cette nuit, tu l'as su.

Elle resta un moment sans rien dire.

– C'est vrai, murmura-t-elle enfin.

Elle se déplaça légèrement, endolorie. Elle avait porté un doigt à sa bouche et le regardait, taché de sang.

– Maintenant, tu connais aussi les miennes, marmonna-t-elle sur le ton du regret.

Falcó observait l'horizon éclatant. La lumière était très forte et lui blessait les yeux. Il s'en détourna.

– « Dans les affaires militaires, il est honteux de dire : Je n'y avais pas pensé », cita-t-il une nouvelle fois.

Elle sourit un peu, mais garda le silence.

– Tu étais là, derrière moi, ajouta-t-il, dans la tchéka d'Alicante. Il m'a semblé entendre ta voix.

Elle tarda à répondre.

– Ça se peut.

– Et pourquoi m'as-tu fait relâcher ?

– Je ne sais pas… Ou plutôt oui, je sais. Il n'était pas nécessaire que tu meures. Pas de cette façon, en tout cas.

Falcó souffla la fumée par ses narines.

– Nous sommes les pions du jeu des autres.

– Parle pour toi, le corrigea-t-elle. Moi, j'ai une conviction… Je crois en ce que je fais.

– Eh bien. Tu en as de la chance.

Il l'entendit rire, d'un rire éclopé qui n'était guère heureux.

– Je n'ai pas l'impression d'en avoir beaucoup.

– Tu aurais pu mourir. Et, ce qui est pire, mourir lentement.

– D'innombrables oiseaux et papillons meurent chaque jour, dit-elle en contemplant le paysage. Et tout autant d'êtres humains.

– Comme les Montero et les autres, dit-il avec une certaine méchanceté.

Il la vit hausser les épaules.

– Oui.

Ils se regardaient, à présent. Falcó se dit qu'elle n'était plus si belle que ça, à cet instant, avec son corps torturé et l'immense fatigue qui lui gonflait les paupières. C'était le visage de la femme qu'elle serait dans vingt ans. Il se souvint de sa chair chaude et moite, la nuit du bombardement, et ressentit une étrange tendresse. De la peine, et de la tendresse. Aussitôt, il chercha désespérément de quoi étouffer ce sentiment.

– Tu as tué Portela en sachant qu'il était innocent, dit-il sèchement.

L'expression d'Eva demeura neutre.

– Il fallait que je m'affirme devant toi et les autres, répondit-elle calmement. Et puis, personne n'est innocent. Sauf les enfants et les chiens, peut-être. Et encore, pour les enfants, je n'en suis pas sûre. Ils finissent toujours par grandir.

– Pourquoi te bats-tu, alors ? Ce n'est pas une vie, ça.

Elle le regarda presque avec mépris.

– Ce n'est pas une vie ?

– Évidemment pas. Cette sale Europe des frontières dangereuses, des manifestations surveillées par des policiers armés, des fusillades à tous les coins de rue, des troupes de choc, des meetings sur les places publiques et des brasseries qui empestent la fumée et la sueur, où l'on conspire à mi-voix pour attaquer les stations de radio, les ministères et les centraux téléphoniques...

– Tu la trouves aussi sordide que ça, cette vie ? Moi, je la trouve lumineuse.

Elle le considérait encore d'un œil critique ; de haut.

– Tu veux peut-être dire que ce n'est pas une vie faite pour une femme ? ajouta-t-elle brusquement.

Falcó ne répondit pas. Il tira une dernière bouffée de sa cigarette et envoya le mégot au loin, d'une pichenette. Le soleil déjà haut éclairait d'une lumière vive le bétail, les prairies et les chênes. Il se reflétait dans les vitres de l'automobile.

– L'heure approche, dit-elle, où tout va s'écrouler pour être reconstruit. Des temps de chaos s'annoncent. – Elle sourit, ironique. – Ceux du bruit et de la fureur.

– Et après ?

– Je ne sais pas. Mais je ne suis pas sûre que certains d'entre nous arriveront à voir ce qui adviendra.

– Ce côté tragique... Il te vient de ton père russe ?

Il avait accompagné sa remarque d'une expression sarcastique qui ne sembla guère plaire à Eva. À moins que ce déplaisir ne fût lié à la mention de son père. Elle l'observait, balançant entre suspicion et surprise.

– On m'a parlé de toi, dit-il comme pour se justifier.

La suspicion l'emporta.

– Qui ?

– Peu importe. On m'a dit que tu avais choisi ton camp très jeune.

Sans un mot, elle toucha de nouveau sa lèvre blessée et regarda son doigt. Elle ne saignait plus, constata Falcó.

– Qui t'a incitée à le faire ? s'enquit-il.

Elle laissa passer encore quelques instants avant de répondre.

– Au début, dit-elle, il y a eu des intellectuels de comptoir qui m'ont expliqué les lois du matérialisme historique, de la plus-value, et la dictature du prolétariat, tout en essayant de coucher avec moi avant de retourner se faire bercer, contents d'eux-mêmes, dans les bras des gens de leur classe... Je n'avais rien en commun avec eux, et je suis allée vers d'autres hommes ou d'autres femmes : les silencieux, ceux qui agissent... Ceux qui, entre autres choses, font la chasse à ces stupides théoriciens qui ne renoncent jamais, dans le fond, à être des petits-bourgeois prétentieux.

– Tu veux parler du NKVD. La Direction principale de la Sécurité d'État.

Elle le regarda, surprise, encore plus soupçonneuse qu'auparavant, comme si l'entendre mentionner cette organisation était quelque chose d'inenvisageable et de dangereux. Un instant plus tard, elle remuait la tête avec une apparente indifférence.

– Il faut que l'Internationale communiste ait un bras d'acier... Des soldats pour se battre dans une guerre sans frontières, juste et inévitable. – Elle le toisa avec une froideur explicite. – Sans concessions et sans sentiments.

Un silence suivit.

– D'accord, dit enfin Falcó. Compteur à zéro... Alors, nous sommes quittes, toi et moi.

Elle poussa un soupir, et ce soupir jaillit de sa poitrine comme un gémissement, mélancolique et doux.

– Oui, murmura-t-elle. Nous sommes quittes.

15

ÉPILOGUE

Lorenzo Falcó ne revit l'Amiral qu'une quinzaine de jours plus tard. Et d'une manière inattendue. Il se trouvait devant la porte de l'hôtel Palacio d'Estoril, devant le casino où, la nuit précédente, il avait eu une bonne passe en doublant sa mise avec ténacité et une certaine témérité sur le rouge et le noir. C'était un matin frais, ensoleillé et agréable, et Falcó avait décidé d'aller faire un tour avant de se rendre pour déjeuner dans un restaurant proche de la Praia do Tamariz, où il avait rendez-vous avec un contact. Il s'agissait d'une affaire banale, un simple contrôle de routine d'un débarquement de matériel militaire, présenté comme une commande civile, d'un bateau hollandais ancré dans le port de Lisbonne. Pendant quelques semaines, suivant la recommandation du chef du SNIO, Falcó avait fait profil bas, s'était montré discret sans trop se compliquer la vie. De Salamanque ne lui était parvenue pour ainsi dire aucune nouvelle, seulement des ordres et un peu d'argent, destiné à couvrir ses frais. Il sortait de l'hôtel avec un Borsalino gris perle savamment incliné au-dessus de l'œil droit lorsqu'il vit son chef descendre d'une des nombreuses voitures garées sur le parking. Le chauffeur ouvrit la portière, et l'Amiral, en costume et chapeau sombres, parapluie et bottines ardoise, se dirigea vers l'entrée de l'hôtel. Alors Falcó fit demi-tour et alla à sa rencontre.

– Bonjour, monsieur.

– Merde. Que fais-tu ici ?

– J'y loge.

– Depuis quand ? Je te croyais à Lisbonne.

– Je suis juste venu passer deux ou trois jours ici.

– Je vois.

L'Amiral avait fait la grimace après avoir jeté un coup d'œil au casino et à deux femmes élégantes et attirantes qui sortaient de l'hôtel. Puis il posa un regard suspicieux sur la pochette dont les pointes ornaient le veston de Falcó, comme s'il s'attendait à y découvrir des traces de rouge.

– Je dois rencontrer quelqu'un, expliqua son agent pour se justifier. L'affaire de l'*Alkmaar*.

– Ah, oui, ce bateau... Un problème ?

– Aucun. Tout va sur des roulettes.

– Tu m'en vois ravi.

Ils se mesurèrent du regard, Falcó indécis, l'Amiral sérieux. Il avait, dit-il du bout des lèvres, une réunion importante à l'hôtel : don Juan de Bourbon, deux de ses conseillers et des gens du cercle royaliste. En tant que prince des Asturies, le fils d'Alphonse XIII désirait se rendre en Espagne et s'enrôler dans les troupes nationales. Acte patriotique et tout ce qui va avec. Sa mission consistait à l'en dissuader avec le maximum de tact. À lui demander de ne pas compliquer les choses. Avec les phalangistes privés de leur chef et le fils du roi détrôné en exil au Portugal, Salamanque était beaucoup plus tranquille pendant que le Caudillo consolidait son pouvoir absolu.

– Et qu'en est-il en ce qui me concerne ? demanda Falcó.

L'œil de verre dévia de l'œil indemne. Puis les deux convergèrent vers lui.

– J'ai un moment, dit l'Amiral, qui avait sorti une montre de gousset et sa chaîne en or de son gilet. Viens... Allons faire quelques pas.

Ils empruntèrent le sentier gravillonné qui pénétrait dans le parc, sous les palmiers.

– Après… bon, ce que tu as fait, Queralt a passé plusieurs jours à réclamer ta tête à grands cris.

– Rien ne peut prouver que c'était moi. Même pas vous.

En se caressant la moustache, l'Amiral imprimait un balancement à son parapluie.

– C'est ce que j'ai dit quand Nicolás Franco nous a convoqués tous les deux pour tirer la chose au clair. Mais on ne pouvait masquer l'évidence. – L'œil vivant repassait à l'action. – Fallait-il vraiment que tu en fasses autant, mon salaud ? Trois policiers pères de famille ?

Falcó ne dit rien. Il était difficile d'opposer à l'argument une explication raisonnable. De plus, personne n'attendait de réponse. Son chef le regardait de côté, avec irritation.

– J'ai encaissé le savon autant que je l'ai pu, poursuivit-il. Après tout, j'avais quelques atouts dans la manche, et j'ai peu à peu réussi à tourner l'affaire à mon avantage. Je l'ai présentée comme une manœuvre de Queralt visant à discréditer le Snio et j'ai été surpris de voir le frère du Caudillo faire comme s'il prenait l'argument au sérieux. Je suppose qu'il tient à garder la haute main sur les deux services, sans trop s'inquiéter des moyens, et que les histoires de ce genre lui conviennent à merveille pour parvenir à ses fins. La carotte et le bâton.

– Ils n'ont pas demandé pourquoi j'ai quitté Salamanque ?

– Bien sûr qu'ils l'ont demandé. À plusieurs reprises, de la pire des manières. Et j'étais là à tenir le cap avec la grand-voile et le foc au bas ris, en me soulageant mentalement sur tous tes morts.

– Je regrette.

– Tu regrettes ! Que peux-tu bien regretter, toi ? Tu ne regrettes pas tripette, mon gars. Fais-moi le plaisir de ne pas me prendre pour un con.

Ils s'arrêtèrent, entre les rotondes semi-circulaires du parc, devant un des bancs en bois. L'Amiral le tâta du bout de son parapluie, comme pour en éprouver la solidité, puis il sortit un mouchoir pour épousseter l'assise.

– Enfin. Quand ces deux-là m'ont demandé pourquoi tu avais filé, si tu y étais pour quelque chose, j'ai dit qu'une mouche t'avait soufflé à l'oreille que Queralt voulait te liquider toi aussi et voilà, nous sommes restés à égalité.

Il s'était assis, le parapluie entre les jambes et les mains croisées sur le manche de bambou. Il invita d'un geste Falcó à l'imiter et, obéissant, celui-ci ôta son chapeau et alla s'asseoir à côté de lui.

– Finalement, poursuivit l'Amiral, après en avoir bien disputaillé et nous être beaucoup bagarrés, avec Nicolás Franco comme arbitre, nous sommes parvenus à un accord concernant la version officielle : une espionne soviétique s'est immiscée dans l'opération d'Alicante, Queralt lui a damé le pion très efficacement, mais elle s'est évadée au cours des interrogatoires en tuant par la ruse trois policiers. Point final. L'histoire s'arrête là.

– Et moi ?

– Toi, tu as pris la poudre d'escampette parce que je t'ai prévenu du danger qui te menaçait, et tu es en ce moment dans un endroit indéterminé, en train d'accomplir ton devoir patriotique d'espion sous mes ordres. C'est-à-dire de collaborer avec ferveur à la renaissance de l'Espagne.

– Il n'y aura pas d'autres conséquences ? s'étonna Falcó.

L'Amiral lui jeta un regard retors.

– Mon gars… Si les hommes de Queralt arrivent à te mettre la main dessus, ils vont se débrouiller pour te le faire payer cher. Ne perds pas ça de vue. Mais, formellement, nous sommes tous copains comme cochons. Tu sais ce qu'il en est des choses de l'amour.

– Oui, je sais.

L'Amiral ôta son chapeau et passa la main dans ses cheveux gris. Il regardait des gamins qui jouaient à quelques pas de là avec un cerceau, sous la surveillance de leurs bonnes.

– Pendant un certain temps, dit-il au bout d'un moment, méfie-toi non seulement des agents rouges, mais aussi des nôtres. À tout hasard.

Il remit son chapeau et continua d'observer les enfants, le menton maintenant posé sur la poignée de son parapluie.

– A-t-on des nouvelles d'elle ? demanda enfin Falcó.

– Elle s'est évaporée. J'ai cru que toi tu en saurais davantage.

Falcó n'avait pas revu Eva Rengel, et il le lui dit. Après avoir franchi la frontière, dans une auberge en bord de route équipée d'un téléphone elle avait passé un appel. Il ne savait pas à qui. Son idée était de la conduire jusqu'à Lisbonne, mais elle lui avait demandé de la déposer à Coimbra, devant la gare.

– Elle n'a pris aucun train, poursuivit-il. Une automobile l'attendait, avec deux personnes à l'intérieur, dont je n'ai pu voir les visages. Elle est tout simplement descendue de la voiture pour aller les rejoindre.

– Tiens, comme ça, fit l'Amiral, étonné. Sans rien te dire ?

– Eh non. Elle ne m'a pas dit un traître mot, elle est descendue et s'est éloignée sans se retourner.

– Et tu l'as laissée partir tout tranquillement ?

– Dites-moi un peu ce que j'aurais dû faire.

Le regard de l'Amiral redevint méfiant. Il prit une expression désagréable.

– Je ne te crois pas.

– Je vous en donne ma parole.

– Ta parole ne vaut pas un clou.

Ils demeurèrent de nouveau silencieux. L'Amiral gardait son menton posé sur la poignée de son parapluie, où ses doigts tambourinaient. Il finit par se tourner vers Falcó et le regarda avec curiosité.

– Sérieusement... Tu ne l'as pas revue et tu n'as plus eu de ses nouvelles ?

– Comme je vous le dis.

– Après ce que tu as fait pour elle ?

– Nous sommes quittes, elle et moi.

L'Amiral éclata d'un rire sardonique, presque forcé.

– Et tu as mis Salamanque sens dessus dessous pour cette chienne bolchévique.

– Ce n'était pas pour elle, monsieur.

– Oui... – L'Amiral ricanait maintenant entre ses dents, méchamment. – Tu vas encore me resservir le sourire de Lisardo Queralt...

– C'est ça.

– Tu te fous de moi, matelot. Tu ne l'as pas fait pour ça.

– Qu'importe.

Avec un air résigné, l'Amiral consulta de nouveau sa montre et se leva péniblement.

– Dans deux semaines, tout sera revenu à la normale, autant que faire se peut... Du moins en ce qui te concerne. Les Allemands et les Italiens arrivent en masse, mais les rouges tiennent bon. Ils ont leurs Brigades internationales et les Soviétiques derrière eux.

Falcó s'était levé lui aussi. Il coiffa son chapeau.

– Ça va être long, c'est ça ?

– Très long. Et j'ai encore besoin de toi. Ce serait bien que pour le moment tu retournes dans le sud de la France, et que tu t'infiltres parmi ceux qui y cherchent des soutiens pour la République. À Biarritz aussi il y a des casinos.

Ils repartirent en direction de l'hôtel, sous les palmiers.

– C'est vrai que tu ne l'as pas revue ? insista l'Amiral.

Falcó plissa les paupières. Il pensait à Eva Rengel s'éloignant, enveloppée dans le manteau trop grand pour elle du type mort. Il n'était pas vrai qu'elle ne s'était pas retournée pour regarder en arrière. Elle l'avait fait, une seule fois, avant de monter dans la voiture qui l'attendait devant la gare de Coimbra. Elle s'était arrêtée, sérieuse, sans un sourire, et elle l'avait longuement dévisagé avant de disparaître de sa vue et de sa vie.

– Non, Amiral. Je ne l'ai pas revue.

– D'accord. On ne sait jamais, n'est-ce pas ? Tu es dans le même bateau qu'elle, et le monde est petit. En définitive, nous n'arrêtons pas de nous rencontrer tous, continuellement. Il se pourrait que tu la retrouves quelque part, je ne sais où.

– Oui. Ça pourrait arriver.

L'Amiral émit un grognement. Il consulta encore une fois sa montre et s'immobilisa. Son œil sain brillait, ironique.

– Alors, si vous êtes quittes, comme tu l'as dit, veille à ce que ce ne soit pas elle qui te descende. Du moins tant que tu me seras utile.

– J'y veillerai, monsieur. – Falcó leva trois doigts joints, comme les boy-scouts. – Je vous le promets.

– Ça vaut mieux pour ton matricule, vaurien… Et maintenant, disparais.

Il montrait du bout de son parapluie, ronchon, un vague point à l'horizon. Falcó claqua martialement des talons en en rajoutant beaucoup, et inclina son chapeau comme l'aurait fait un voyou. Il avait un sourire de gamin espiègle devant un professeur trop bienveillant.

– À vos ordres, Amiral.

N'importe quelle femme se serait laissé séduire par ce sourire.

Estoril, avril 2016

TABLE

Un jour de colère
Seuil, 2008
et « Points », n° 2260

Le Tango de la Vieille Garde
Seuil, 2013
et « Points », n° 3355

La Patience du franc-tireur
Seuil, 2014
et « Points », n° 4201

Deux hommes de bien
Seuil, 2017
et « Points », n° 4750

LES AVENTURES DU CAPITAINE ALATRISTE
déjà parus

Le Capitaine Alatriste
vol. 1
Seuil, 1998
et « Points », n° 725

Les Bûchers de Bocanegra
vol. 2
Seuil, 1998
et « Points », n° 740

Le Soleil de Breda
vol. 3
Seuil, 1999
et « Points », n° 753

L'Or du roi
vol. 4
Seuil, 2002
et « Points », n° 1108

Le Gentilhomme au pourpoint jaune
vol. 5
Seuil, 2004
et « Points », n° 1388

Corsaires du Levant
vol. 6
Seuil, 2008
et « Points », n° 2180

Le Pont des assassins
vol. 7
Seuil, 2012
et « Points », n° 3145

RÉALISATION : NORD COMPO À VILLENEUVE-D'ASCQ
IMPRESSION : NORMANDIE ROTO IMPRESSION S.A.S. À LONRAI
DÉPÔT LÉGAL : OCTOBRE 2018. N°136733 (1802917)
IMPRIMÉ EN FRANCE